KB097482

월궁정인

月宮情人

월궁정인

김인선 타임슬립 로맨스 소설

1

교쯔넉

월궁정인 1

초판 1쇄 발행 2016년 11월 30일

지은이 김인선
펴낸이 윤승일
펴낸곳 고즈넉

출판등록 2011년 3월 30일 제319-2011-17호
주소 서울시 강서구 공항대로 649 제성빌딩 3층
대표전화 02-6269-8166 **팩스** 02-6166-9199
이메일 realfan2@naver.com

ⓒ 김인선, 2016

ISBN 978-89-6885-064-6　04810
　　　978-89-6885-063-9　(전2권)

잘못된 책은 구입하신 서점에서 교환해 드립니다.
이 책은 저작권법에 따라 보호받는 저작물이므로 무단 전재와 복제를 금합니다.
이 책의 전부 또는 일부 내용을 재사용하려면 사전에 저작권자와 본사의
서면 동의를 받아야 합니다.

月宮情人

인연을 알아 볼 수 없다면……

인연이 닿았던 때로 돌아가면 돼

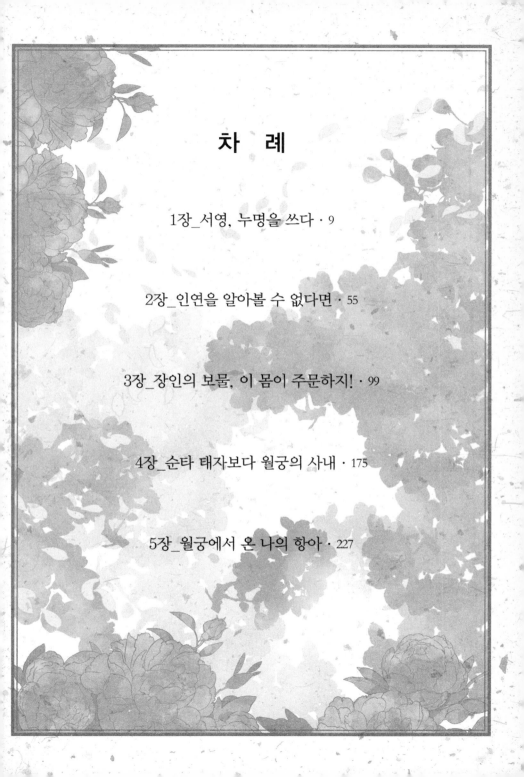

차 례

1장

서영,
누명을 쓰다

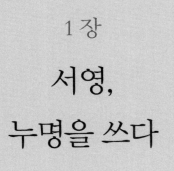

꿈속에서 매번 같은 남자를 만난다면…… 이상한 일인가요?

인터넷에 글을 올리자 거의 실시간 댓글이 달렸지만, 내용은 죄다 쓰레기 같았다. 쓰레기 중에서 그나마 건진 건 대답이 아닌, 질문이었다.

꿈속에서 매번 같은 남자를 만나 무엇을 하는데요?

날카로운데?
모처럼 얘기가 통할 것 같은 예감에 영은 빠르게 댓글을 달았다.

***

영은 또 그 꿈을 꾸는 중이다.

지난 한 달 동안 계속 반복되는 꿈은 얼굴도 모르는 남자의 등을 바라보면서 시작된다.

공들여 깎아놓은 것 같은 그림 같은 해안 절벽 위에서 남자는 햇살에 반짝이는 수면을 내려다보고 있을 뿐이었지만 퍽이나 위태로워 보였다. 바람결에 나부끼는 자줏빛 장의와 남자의 긴 머리칼이 한 폭의 동양화를 연상시켰는데, 그 고고한 숨결이 주변의 모든 소리를 앗아간 것만 같았다.

파도 소리조차 들리지 않는 그곳에서 영은 남자의 등을 또다시 하염없이 바라보는 중이다.

장의가 펄럭일 때마다 혹여 남자가 돌아볼까 기대했지만, 남자는 슬쩍 밀어올린 입 꼬리만을 보여줄 뿐이었다. 부러 돌아보지 않는 것처럼. 어쩌면 영이 기다리는 걸 아는 듯했다.

애가 탔다.

영의 간절한 마음이 전해진 걸까?

남자가 마침내 고개를 돌렸지만 때마침 쏟아져 내리는 햇살에 눈이 부셔 영은 남자의 얼굴을 제대로 바라볼 수가 없었다.

언제나 이랬다. 뒷모습만 보다 이제 겨우 얼굴을 본다 했는데…….

늘 그렇게 억울한 마음이 들기 시작할 때쯤 남자가 영을 향해 걸어오기 시작했다.

한 걸음. 두근.

그가 다가올수록 영의 심장이 물색없이 뛰었다.

다시 한 걸음. 두근두근.

상기된 두 뺨에서 시작된 열기가 얼굴 전체를 붉게 물들이기까지
는 그렇게 오랜 시간이 걸리지 않았다. 남자의 고운 손이 한껏 달아
오른 그녀의 뺨에 닿았다.

뺨에 느껴지는 서늘한 감각 탓에 영은 잠시 꿈이라는 것도 잊고
마냥 설레었다. 사내의 얼굴을 향해 고개를 들자, 붉은 입술만이 보
였다.

붉게 호선을 긋던 남자의 입술이 영을 향해 뭔가를 말하듯 달싹거
릴 때였다.

슝, 바람을 가르는 소리가 지척에서 들려왔다.

붉은 비라도 떨어진 걸까.

영은 제 뺨에 떨어진 것이 남자에게서 튀어나온 핏방울임을 깨달
았다.

남자의 가슴에 붉은 화살이 꽂혀 있었다.

그녀가 할 수 있는 것은 아무것도 없었다. 그를 도와줄 방법이 뭔지
몰랐다. 어떻게 손쓸 틈도 없이 남자가 제 손으로 화살대를 꺾었다.

쿨럭, 검붉은 핏덩어리를 토해낸 그가 어찌할 바를 모르는 영의
손에 억지로 화살대를 쥐어주었다.

영은 자신도 모르게 화살대를 쥔 손으로 남자를 밀쳐냈다.

피 묻은 화살을 떨쳐내려는 본능적인 몸짓이었는데 그가 덩달아 밀려났다.

힘없이 뒷걸음질 치던 남자가 휘청거리더니 이내 왼발이 공중을 딛는 것처럼 허공으로 들렸다.

한 발마저 딛고 선 지면을 벗어났다.

그는 절벽으로 떨어지고 있었다. 바다가 기다렸다는 듯이 그를 삼켜버렸다.

붉디붉은 포말이 절벽을 매섭게 내리쳤다. 남자의 피가 온 세상에 뿌려진 것만 같았다. 검푸른 바닷물도. 깎아 세운 것 마냥 솟은 절벽도.

해와 달마저도. 모두 핏빛에 물들었다.

그 순간, 큰 파도가 영을 향해 밀려왔다. 아가리를 벌리듯 무섭게 쏟아졌다.

'수, 숨 막혀!'

영은 가슴을 짓누르는 압박감에 버둥대다가 겨우 눈을 떴다.

창문을 책장으로 막아놓은 탓에 영의 침실엔 햇빛이 거의 들어오지 않았다. 저를 누른 묵직한 것의 정체는 바로 이불더미였다.

"오늘은 이불이란 말이지?"

영은 허물을 벗듯 이불 고치에서 빠져나왔다.

나신의 젊은 육체에는 어떤 천도 걸쳐 있지 않았다. 단 하나, 옥 조각을 감싼 은으로 만든 팔찌만이 왼 손목에서 어스름하게 빛을 내고 있었다.

샤넬 넘버5 한 방울 그리고 아무것도 필요치 않아요, 라고 말했던 어느 여배우처럼 영도 침실에선 작고 반짝이는 제가 만든 작품만 걸치면 아무것도 필요치 않았다.

그런데 요즘 들어 영의 꿈자리가 사나웠다. 매번 같은 꿈을 꾸는 것이다.

한 달째 똑같은 꿈을 꾼 영은 인터넷의 지식인들에게 조언을 구했지만, 남자를 죽인다는 그녀의 답글에 진지한 댓글은 더 이상 달리지 않았다.

"정신과랑 최면센터, 점집 추천은 나도 검색할 수 있다고!"

댓글에 발끈하던 영은 일일이 신고를 눌러주고 왔지만 저를 관심종자나 정신병자로 취급하던 글에 상처를 받은 건 사실이다.

"심각하다고! 진짜!"

상상력이나 감성이 아무리 풍부하다 해도 벌써 한 달째 같은 꿈을 꾸는 건 이상하다 싶었다. 더구나…… 꿈을 꾸고 난 뒤엔 아무것도 심지어 간단한 작업조차 할 수가 없었다. 장마철 눅눅한 빨래마냥, 먹먹함이 온몸을 내리 누르는 것 같았다.

그 먹먹함이 그리움과 슬픔에서 기인한다는 것을 영은 알지 못했다.

모르니, 그저 두려울 수밖에 없었던 것이다.

"가뜩이나 먹고 살기 힘든 불경기인데……."

영은 손에 잡힐까 싶을 정도로 짧은 붉은색 머리카락을 힘껏 잡아

당겼다.

알싸한 통증에 머리를 놓는 순간, 손가락에 딸려 붉은 머리카락 몇 가닥이 바닥으로 떨어졌다.

"떨어지는 게 돈이었음 좋겠다."

바닥에 제멋대로 흩어진 머리카락을 보며 중얼거릴 때였다.

딸랑.

작은 종소리에 불과했지만, 지금의 영에겐 웬만한 시계탑 종소리 보다 크게 들렸다.

"자, 잠시만 기다리세요!"

아래층 공방을 향해 외치는 동시에 영은 화장대 앞에 섰다.

헉! 새빨간 커트 머리에 군데군데 새집이 지어진 건 그렇다 쳐도 광대까지 내려온 다크서클은 뭐란 말인가!

"판다도 아니고 이게 뭐야? 비비! 비비!"

이럴 때 쓰라고 만든 화장품 아닌가.

하지만 와이어와 공구는 물론 각종 원석들이 쌓인 화장대에서 화장품 찾기란 큐빅 공장에서 다이아 찾는 격이었다.

이럴 줄 알았으면 목욕탕이라도 다녀올 걸……. 후회는 아무리 빨라도 늦는 법이다.

영은 재빨리 화장대 위에 널려 있던 일명 여신 가발이라는 웨이브진 가발을 푹 눌러 썼다. 다이어트가 아닌, 정말 먹을 게 없어서 말라버린 영이 쓰니, 제법 그럴싸했다.

영은 백화점 명품 세일에 달려드는 명품족처럼 잽싸게 공방으로 뛰어 내려갔다.

"구색으로 달고 다니는 눈이야? 밖에 편지함 안 보이냐구! 하도 빨간색만 봐서 우리 파란 편지함은 차별하는 거야 뭐야?"

1층 공방과 연결한 나선형 계단을 달려왔는지 날아왔는지 모를 속도로 내려왔건만, 영을 기다리는 건 손님이 아닌, 집배원이었다.

나무 명패에다 '다리공방'이라고 멋지게 휘갈겨 쓴 앙증맞은 편지함은 영이 할아버지와 처음 만든 작품으로, 이십 년 가까이 된 보물 중의 보물이었다.

그런 보물이 무시당했다는 생각에 영의 성질머리가 또 욱하고 치밀었다.

졸지에 눈 뜬 장님 취급을 당했지만, 이 정도는 아무것도 아니라는 듯 집배원의 유들유들한 대답이 따라왔다.

"서영 씨한테 온 법원 송달인데요?"

본인에게 직접 서명을 받아야 하는 법원 우편물이라 자기도 어쩔 수 없었다는 의미를 담아 집배원은 친근한 미소를 지어 보였다.

영은 찍 긋는 선뿐인, 사인 같지도 않은 사인을 해주고 집배원을 야멸치게 쫓아냈다.

"하여간 괴팍한 여자라니까!"

집배원의 야박한 소리를 듣기라도 한 건지, 공방 안에서 차마 인간의 것이라 하기 어려운 괴성이 들려왔다.

동네의 유명한 트러블메이커와 얽혀봤자 일진만 사나워진다는 것을 수차례 경험한 집배원은 오토바이를 끌고 서둘러 공방을 벗어났다.

공방 주위에선 그 어떤 소음도 용납하지 않는다!

괴팍하다 못해 고약한 영의 일방적인 요구였지만, 어쩐 일인지 이 지역 배달부들은 암묵적인 합의라도 있었는지 공방을 지날 때면 오토바이의 시동을 꺼주었다.

명장이라는 칭호를 받은 장인의 작업실이라는 명분이 있었으나, 현재 명장 칭호를 받은 장인은 이 다리공방에 없었다. 장인의 손녀라는 괴상한 후계자만이 다리공방을 지키고 있을 뿐이다.

다리공방은 2층도 1층도 아닌 어중간한 건물이었다.

다리공방이 1과 3분의 1이라는 이상한 높이가 된 건, 공방 뒤로 다닥다닥 붙어 있는 주택들의 일조권과 공방 앞으로 복구된 높지도 낮지도 않은 어정쩡한 언덕 때문이었다.

한성백제의 위례성으로 추측되는 풍납토성의 일부라고 하는 이 언덕은 본래의 토성과 단절돼 그 동안에는 그저 주택가 앞을 가로막는 별 효용성 없는 땅에 불과했었다.

으아악!

또다시 다리공방에서 울분에 찬 비명소리가 들려왔다.

유적은 이렇게 고성이 난무하는 다리공방의 새 주인 전용 소음 방지벽이라는 또 다른 이름으로 불리고 있다.

"아야! 이걸 누가 옮겨놓은 거야!"

영의 날카로운 비명소리가 공방을 뒤흔들었다.

영의 발등을 찍은 원흉은 반품에 반품을 거듭한 명장의 마지막 작품이었다.

홀어머니가 내민 승능을 천마 위에 떨어트렸는데 그 바람에 날뛰는 천마에서 떨어진 나무꾼이 초가 지붕 위로 간신히 올라가 울부짖는 수탉이 되었다는, 그런 이야기가 있는 청동상이었다.

"이번엔 진짜 녹여버릴 거야!"

한껏 신경질이 돋은 목소리와 달리 청동상 앞에 발을 싸매고 주저앉은 영의 모습은 어쩐지 맥이 풀린 듯했다.

서울지방법원

서영 귀하

법원 등기는 이제 뜯어보지 않아도 안의 내용을 읊을 정도로 익숙했지만, 매번 등기를 받을 때마다 드는 자괴감은 점점 커져만 갔다.

"서류 따위로 누가 겁먹을까 봐! 그까짓 돈 다 갚는다니까!"

영은 할아버지가 남긴 다리공방을 지키기 위해 세상과 싸우고 있는 중이었다.

영의 할아버지인 서환 명장은 영에게 은세공 기술과 빚더미에 오른 다리공방을 남기고 떠났다. 명장이 남긴 유산을 포기할 수 없던 영은 빚마저도 고스란히 떠안을 수밖에 없었다. 공방이 경매에 넘어가 낙찰되고 또다시 명도소송 중이었다.

"그러니까 오늘은 부디 주문이 들어와 있길!"

영은 심기일전한 마음으로 작업대 위의 노트북을 열어 홈페이지에 접속했다.

방문자 수 제로.

"이러다 정말 굶어 죽을 거야!"

노트북 화면을 채운 '다이애나의 보석함'이라는 러블리한 핑크빛 쇼핑몰 홈페이지를 보며, 영은 절규했다.

궁여지책으로 홈페이지를 개설한 지 한 달째, 여전히 주문으로 연결되는 방문은 없었다. 그도 그럴 것이 광고를 하는 것도 아니고 파워 블로그에 소개된 것도 아니니, '다이애나의 보석함'은 인터넷이라는 망망대해에 고립된 섬과 같았다.

선명하게 0이 찍힌 통장과 노트북 화면을 보며 영은 한숨을 내쉬었다.

영이라고 광고의 효과를 모르는 게 아니다. 다만 그것들이 모두 돈과 연관되기에 엄두를 못 낼 뿐이다.

'광고할 돈 있으면 밀린 공과금부터 내고 말지!'

제일 먼저 도시가스가 끊겼지만 한여름이라 아직 크게 불편한 점은 없었다. 그러나 이대로 있다가는 전기도 끊겨 주문 확인도 어려워질 게 분명했다.

영은 습관적으로 왼쪽에 찬 팔찌를 매만졌다.

할아버지의 유품을 정리하면서 발견한 옥 조각은 빛을 발하는 형

석으로, 팔찌의 일부였다. 그 반쪽짜리 옥 조각을 은으로 이어서 영이 차고 있게 된 지는 그리 오래되지 않았다.

영은 커스텀 주얼리(Custom Jewelry) 세공사다.

고객의 주문을 받아 디자인부터 세공까지 모든 공정을 손수 하는 서영은 스물여섯이란 나이에 비해 숙련된 기술을 보유하고 있었다. 남들이 인형 갖고 놀 때부터 은세공 장인 할아버지의 도구를 가지고 놀았으니 어쩌면 당연한 일인지도 몰랐다.

하지만, 아무리 좋은 기술을 가지고 있다 해도 할아버지처럼 살 수는 없었다. 명장 칭호와 함께 장인의 삶을 인정받은 할아버지는 늘 곤궁하게 살았기 때문이다. 영은 그 고달픈 삶의 전철을 따라 밟고 싶지 않았다.

우울하거나 두려운 마음이 들면 티파니 매장에 간다는 어느 영화 속 여주인공처럼, 영은 화려한 주얼리를 만들면서 행복을 찾았다. 물론 주얼리를 팔면서 생기는 돈이 그녀를 더 행복하게 만든 것도 사실이다. 부모님 대신 그녀를 키워준 할아버지에게 배운 기술로 시작해 언젠가 명품 주얼리의 디자이너가 되겠다는 야심도 있었다. 하지만 할아버지가 갑자기 쓰러지자, 영은 생활 전선에 뛰어들 수밖에 없었다.

나무는 큰 나무 덕을 못 봐도 사람은 큰사람 덕을 본다는 옛말처럼, 다행히 할아버지와 안면이 있던 이태원의 한사장 덕분에 영은 불법이긴 하지만 명품 주얼리 카피 시장에 들어설 수 있었다.

명품 신상이 쇼윈도에 진열되는 그 순간부터, 짝퉁시장은 밤낮없이 돌아간다.

밀라노까지 입성한 중국 OEM 덕에 도안은 의외로 쉽게 얻을 수 있었다. 따지고 보면, 명품 중에서 진짜 밀라노 수공업자가 만든 오리지널이 얼마나 있겠는가! 명장인 할아버지를 둔 영은 그렇게 스스로를 합리화했다.

불가리, 까르띠에, 구찌, 샤넬 같은 명품 주얼리를 카피하면서 영은 처음으로 호사를 누렸다. 간신히 목구멍에 풀칠하던 때와는 달랐다. 그녀의 통장에 여윳돈이 생겼고, 달마다 월세 걱정을 하지 않아도 되었다.

하지만 그것도 6개월 전까지 일이다.

"망할 단속 같으니!"

영은 졸지에 자신의 생업을 끊어버린 합동 단속에 울화통이 터졌다.

특허청과 경찰청은 이번에 합동으로 대대적인 짝퉁 단속 특별기간을 정해 영의 거래처였던 이태원과 종로3가의 매장들을 헤집어놓았다. 그녀의 중간업자인 한사장도 단속을 피해 도망 중이라, 영은 다시 곤궁한 예전으로 돌아온 것이다.

이제 영의 활로는 케케묵은 다리공방과 '다이애나의 보석함' 이라는 무인도 쇼핑몰뿐이었다.

딸랑.

또다시 울린 종소리에 영은 인상을 찌푸렸다.

태어나서 줄곧 천호동에서만 살아온 토박이라 의외로 후배가 많았다. 집배원 역시 영과 같은 중학교를 나왔다는 걸 안 순간부터 친한 척 굴었다.

아무튼 한 번에 편지를 배달하고 가는 법이 없었다. 또 깜빡했다는 말과 함께 시시껄렁한 농담을 던지겠지!

동네에서는 싹싹하단 칭찬을 들을지 몰라도…… 영에겐 그저 어리바리한 물건이었다.

"또 등기면 그냥 던져놓고 가! 나 바빠!"

대답이 없었다.

정말 말귀 한 번에 못 알아듣는 인간이네!

가슴 저 깊은 곳에서부터 치받는 짜증에 영이 벌떡 일어섰다.

"그래, 해줄게. 사인 해준다고! 어디다 하면 되는데. 어디…… 헉!"

소, 손님이다!

다리공방의 문 앞에서 나가야 하나, 들어가야 하나 난처한 기색이 역력한 젊은 남자였다.

영이 빠르게 남자를 훑어내렸다.

전체적으로 선이 굵지는 않았다. 슬림한 몸매였지만, 남자의 몸에 딱 맞게 입은 슈트 때문에 더 슬림하게 보였다. 디올 옴므. 백 퍼센트 맞춤 제작이었다.

돈 많은 남자가 매너도 좋은 법. 스캔을 마친 영의 눈에 이채가 번뜩였다.

"죄, 죄송해요. 후배가 장난치는 줄 알고. 들어오세요."

제 발로 찾아온 손님을 놓칠쏘냐. 손님을 진열대로 안내하려던 참이었다.

"공방 분위기가 정말 좋네요."

공방에 대한 남자의 입 발린 평가에 영은 제가 칭찬을 받은 것마냥 뿌듯해졌다.

장인의 손때 묻은 공구들이 놓인 작업대와 저마다의 사연들을 가진 오래된 작품들. 흑백사진 같은 분위기가 만들어내는 고아한 느낌의 다리공방을 처음 방문한 사람들은 시간이 멈춘 것 같다고 했다.

'적어도 이 남잔 눈을 장식으로 달고 다니진 않네.'

영은 남자를 향해 싱긋 웃어 보였다. 접대용 미소가 아니라 가치를 알아줘서 고맙다는, 진심에서 우러나온 미소였다.

남자도 화답하듯 영을 향해 미소를 지었다. 반달마냥 접히는 눈초리가 매력적이었다.

그 화사한 미소가 어디선가 본 듯했다. 분명 눈에 익은 얼굴이다. 어디서 봤더라?

"혹시 이 동네 사세요?"

"아닙니다만……."

남자가 말끝을 흐렸다. 설마, 나 작업 거는 걸로 보였나? 제 발로 찾아온 손님이 놀라 도망갈까 봐 영이 급하게 변명했다.

"손님 낯이 많이 익어서요."

"흠! 흔한 얼굴이라…… 그런 소리 많이 듣습니다."

이 남자야, 지금 그걸 농담이라고 하고 있니?

둘러대는 말치고는 염치가 없었다.

댁 같은 얼굴이 흔한 얼굴이면, 원빈은 옆집 아저씨고 장동건은 윗집 아저씨야!

영은 남자의 얼굴을 자세히 들여다봤다.

동양인치고는 옅은 색소를 가진 남자였다. 흰 피부와 유채색 눈동자가 그 증거다. 언젠가 한 번 그런 기사를 본 적이 있었다. 시베리아 북방계 후손들은 멜라닌 색소가 부족해서 유달리 하얀 피부와 유채색 눈동자를 가졌다고 했던가!

그 순간 남자가 누군지 생각났다.

소가노 준!

몇 년 전, 일본의 한 개인 수집가에게 국보급 달항아리를 사들여서는 한국 정부에 기증하고 한국 국적을 취득한 재일교포 출신의 미술상이라고 알려져 있으나, 확인은 되지 않았다.

그 잘생긴 용모 덕에 제법 매스컴을 오르내렸으니 여러 해 지났어도 뇌리에 남은 모양이다.

"좀 더 기다려야 할까요?"

영의 집요한 시선이 다소 부담스러운 듯 헛기침을 하며 물어왔다.

"아, 안 기다리셔도 돼요. 다리공방은 손님께 24시간 열려 있거든요! 디자이너…… 다이애나라고 합니다!"

영의 과장된 인사에도 준은 부담스러워하지 않고 더 화사한 미소를 지으며 응대했다.

"소가노 준입니다."

역시 영의 눈은 틀리지 않았다.

"소가노 상!"

"준이라고 불러요. 한국 친구들하곤 그냥 이름을 부르니까!"

준이 영에게 명함을 두 손으로 건넸다. 명함의 한자가 영의 눈에 들어왔다. 蘇我 淳.

잠에서 깨어나 슌타!

영은 저도 모르게 공방을 두리번거렸다.

목덜미가 서늘했다. 울음 섞인 목소리 하나가 어디선가 들려왔기 때문이다. 공방엔 물론 준과 자신, 단 둘뿐이었다.

정체는 몰라도 명료한 목소리.

그래도 영은 과민하게 굴지 않았다. 가끔 이명 때문에 이상한 소리를 들었다. 병원에서도 이유를 알지 못했다. 스트레스를 줄이라는, 판에 박힌 말만 늘어놓을 뿐이었다.

어쨌든 작금의 상황이 영에겐 무척 당황스럽고, 무작정 스트레스 받는다는 거다.

대개 예술품이라는 것이 돈이 되려면 작가가 유명하거나 작품이 유명하거나 둘 중 하나여야 했다. 그 두 가지와는 전혀 상관없는 공방이다 보니, 유명하신 분의 등장에 당황스러울 수밖에.

'사인이나 받아둘까? 소가노 준이 찬사를 늘어놓으며 다녀간 곳으로 광고나 하게!'

옷까지 맞춤복을 입는 남자가 브랜드 없는 주얼리를 구입할 것 같지는 않다.

그럼 이 유명한 미술상이 다리공방까지 어쩐 일일까?

영은 준이 건네준 명함을 보는 척하며 머리를 굴렸다. 대체 이 남자가 왜 다리공방에 와 있는 거지?

"뭐가 잘못 됐나요?"

명함을 붙잡고 끙끙거리는 모습이 이상했는지 준이 물어왔다.

"아뇨. 그냥…… 눈에 익은 한자라서요."

"소가씨는 백제에 뿌리를 둔 성씨예요. 알고 계시겠지만요!"

……그런 것까지 세공사가 알아야 하는 건가?

영은 모르겠단 기색을 감추며 희미하게 미소 지었다.

"다리공방!"

"네?"

"무령왕비 팔찌를 만든 장인, 다리에서 따온 거죠?"

느닷없이 공방의 이름을 해석하는 말이, 그것도 확신에 찬 목소리로 나오자 영의 얼굴에서 희미하게 남아 있던 미소가 싹 사라졌다.

딸랑.

평소 같으면 일주일에 한 번이나 울릴 종소리가 세 번째 울렸다. 성큼성큼 들어온 건장한 체격의 남자가 준 앞에 섰다.

"대체 뭐하는 겁니까? 그냥 팔찌에 대해 물어보면……?"

"조대명 씨!"

"뭘 숨기자는 겁니까? 어차피 알게 될 것 아닙니까!"

"최대한 조용하게! 양쪽 집안에서 그리 말한 걸로 아는데요, 조대명 씨!"

대명이라 불린 남자가 멈칫 하더니 낮게 욕설을 내뱉었다.

영은 슬슬 피어오르는 불안감에 초조함을 감추지 못했다.

'대체 이 시추에이션은 뭐야?'

"놀라게 해서 미안합니다. 이 친구가 워낙에 단순하고 무식해서요."

"뭐요?"

발끈하는 대명에겐 시선도 주지 않고 준은 내 말이 맞죠, 하는 시선으로 장난스럽게 되물었다. 그런 의외의 모습에 영은 저도 모르게 피식거렸다.

"이 친구가 팔찌를 좋아해서 말입니다."

팔찌라고는 국가에서 무료로 나눠주는 은팔찌가 가장 어울릴 험상궂은 외모. 영은 그런 대명을 슬쩍 보았다. 그리고는 준을 향해 알겠다는 듯이 고개를 끄덕이며 말했다. 평상시처럼, 설을 풀면 되는 것이다.

"인류가 언제부터 장신구를 착용했을까요?"

태연함을 가장한 영의 목소리에 두 남자의 시선이 모아졌다.

무슨 흰소리냐는 듯 불만 가득한 대명. 그와 달리 준의 얼굴에는 호기심이 떠올랐다. 역시! 여유 있는 사람은 말도 잘 통한다니까! 영은 짧게 헛기침을 하고 말을 이어나갔다.

"반지나 귀걸이의 유래는 누군가의 소유권을 주장하기 위해 사용되던 것이 오늘날의 장신구가 됐죠. 하지만 팔찌는 약속을 하고 나서 그것을 어김없이 지킨다는 뜻이었죠. 팔에 끈을 묶어 매듭을 지은 것이 팔찌의 유래가 된 거랍니다."

대체 무슨 소리를 하는 거냐는 불만에다 짜증까지 가세한 표정으로 대명이 노려봤다.

"역시 팔찌만 한 게 없죠! 구속의 의미 없이 두 분의 동등한 관계를 나타내는 증표로 이만한 장신구가 없다는 거예요."

"관계?"

"증표?"

지금 자신들이 들은 내용을 되물으며 서로를 쳐다보는 두 사내에게 영은 서비스 마인드로 충만한 미소를 지으며 이야기를 이어나갔다.

"괜찮습니다, 형제님들! 다리공방의 경영방침은 다양성을 존중하는 데서 시작하거든요. 아무리 집안에서 두 분 사일 반대해도 지금처럼 이렇게 떳떳하시면 됩니다. 우리 커플 팔찌 보러 왔다. 우린 서로 사랑하는 사이다! 아, 얼마나 좋습니까! 그럼 저는 두 분께 어울릴 만한 팔찌를 가져오겠습니다. 잠시만 기다려주세요!"

영의 말을 다 듣고 나서야 대명과 준의 표정이 일그러지더니, 시시각각 변했다.

황당에서 경악으로. 경악에서 부정으로.

"팔찌를 좋아해? 웃기고 있네!"

두 남자에게 어울릴 만한 팔찌를 찾아준다며 2층으로 올라온 영은 부리나케 짐을 싸고 있었다.

준은 몰라도 조대명이란 남자는 누가 봐도 사복형사였다. 영은 저를 체포하기 위해 함정수사를 하러 온 것이 틀림없다고 결론 내렸다.

도망 중인 한사장이 체포된 것일까? 만약 체포됐다 해도 한사장은 저 말고도 거래처가 많으니, 굳이 제 순서까지 오지 않을 거라고 안일하게 생각한 것이 잘못이다. 이래서 믿는 도끼에 발등 찍힌다는 말이 있는 건가! 영은 창문을 가린 책장을 옆으로 밀었다.

다리공방 뒤로는 주택가가 다닥다닥 붙어 있었다. 책장 말고도 창문틀 사이로 끼워둔 합판을 꺼내자, 영의 침실 창문은 다락에나 어울릴 만한 작은 크기를 온전히 드러냈다.

평소에는 사생활 보호를 위해 책장으로 가려놓았지만 비상시엔 옆집 담으로 뛰어내릴 수 있는 비상구 역할도 겸하고 있었다. 영이 가방을 메고 창문을 넘어 내려갔다.

헌데 이상했다. 아무리 발을 내려 봐도 옆집 담이 닿지 않았다.

의도치 않게 창틀에 매달린 영은 올라가지도 내려오지도 못한 채 떨어지지 않기 위해 안간힘을 쓰며 버티고 있었다. 얼마나 시간이 지났을까?

"힘들어 보이는데요?"

소가노 준! 영의 머리 위로 그의 목소리가 들려왔다.

"애매한 높이네요. 주차라도 된 차가 있으면 수월할 텐데."

그래, 주차장! 2주 전쯤 이웃집이 담장을 허물고 주차장을 만들려는 공사를 양해 없이 진행해 언성을 높였던 일이 그제야 기억났다.

영이 신고를 해서 아직 주차장은 완성되지 못했던 것이다.

"내려줄까요, 올려줄까요?"

준이 손을 쑥 내밀며 물었다.

그 순간, 준이 내민 왼 손바닥의 붉은 흉터가 영의 시선을 끌었다. 불길하다 싶을 만큼 붉게 솟아오른 긴 흉터였다.

"내 손을 잡아요."

주문 같은 야릇한 목소리에 이끌려 영은 그의 손을 잡았다.

찌릿.

준의 손을 잡은 순간, 저릿한 통증이 손바닥에서 팔 전체로 이어졌다.

"까악!"

영은 자신도 모르게 준의 손을 놓아버렸다.

쿵! 엉덩방아를 제대로 찧은 영은 작열감과 아릿한 통증을 느낄 새도 없이 실패로 끝난 탈출현장을 급습한 조대명의 살벌한 눈빛과 마주쳤다.

"도망치려고 한 겁니까?"

"그럴 의도였지만 마지막에 마음을 바꿨다고 말해야겠네요."

창틀에 기댄 준이 영의 대변인이라도 된 듯 말해주었다.

소가노 준과 조대명.

두 남자가 가져온 용건이 아주 오랜 세월을 거슬러가야 함을 알지 못한 영은 그저 마른침만 삼킬 뿐이었다.

"정식으로 인사드리죠. 문화재청 안전기준과 조대명입니다, 서영 씨."

역시나! 영이 첫인상에서 받은 느낌대로 대명은 수사관인 모양이었다.

'대체 내 인생의 장르는 왜 스릴러 아니면 다큐가 전부인 거야!'

나뭇가지마냥 마른 두 손목을 순순히 내밀면서도 영은 그런 제 모습이 마음에 들지 않아 혼잣말로 이죽댔다.

"문화재청은 인력이 남아도나요! 짝퉁 단속도 나오게?"

풉!

준이 황급히 몸을 돌렸지만, 부들거리며 떨리기까지 하는 어깨를 보아 하니 웃음을 참는 게 분명했다.

"문화재청 소속은 문, 화, 재 관련 업무만 합니다."

대명이 준을 무섭게 노려보며 말했다.

그러고 보니 영은 고작해야 명품 주얼리 짝퉁업자다. 물론 등급으로 치자면 가짜에도 특 A급인 슈퍼페이크를 제작하는 고급 기술의 장인이지만 말이다. 어쨌든 해외 명품의 저작권 침해가 문제가 됐다면 문화재청이 아니라 경찰이나 특허청에서 영을 찾아와야 했다.

"그런데 문화재청에서 왜 나를 찾아온 거죠?"

대명과 준, 두 사람의 굳은 표정에서 영은 무엇을 상상하든 그 이상일 거란 느낌이 들었다.

잠시 후, 대명이 품에서 검은 케이스를 꺼내 열었다. 일순 영의 얼굴이 딱딱하게 굳어졌다.

대명이 케이스에서 꺼낸 것은 팔찌였다. 은제 팔찌. 그것도 장인 다리가 만들었다는 무령왕비의 팔찌 한 쌍이었다.

복잡하게 얽힌 털실뭉치도 매듭 하나로 시작되듯, 대명과 준이 다리공방을 찾아온 일 역시 시작은 단순했다.

일본 오사카 지역의 미술관에서 열릴 〈백제 무령왕릉 특별전〉에 반출 예정인 국보 제160호, 무령왕비 은제 팔찌!

장인 다리가 만든 무령왕비 은제 팔찌가 세상에 등장한 건, 1971년 무령왕릉이 발굴되면서다. 한 쌍의 무령왕비 팔찌는 은을 주재료로 사용해 한 쌍의 용을 조각해 넣었지만, 그 조각이 세밀하지는 않았다. 오히려 팔찌 안쪽에 새겨진 명문이 팔찌의 외형보다 더 유명한 작품이었다.

庚子年二月多利作 大夫人分 二百卅主耳

장인 다리가 경자년 이월, 대부인 즉 무령왕비를 위해 팔찌를 만들었다 밝히고 있는 것이다.

이 명문에 대해 의견이 분분했다. 여기서 장인 다리는 한 사람의 이름을 지칭하는 게 아니라 장인 단체의 이름일 것이라거나, 마지막 구절의 풀리지 않는 단어를 두고 백제시대 사용한 이두 혹은 무게 단위 아닌가 하는 여러 설들이 있었다. 그러나 명문을 새긴 장인 다리가 아니라면 누가 설명한들 정설이 될까?

특별전을 기획한 소가노 준과 호송을 감독하는 조대명은 공주박물관에서 만났다.

두 사람은 이미 안면이 있었지만, 그다지 유쾌한 인연은 아니었다. 아니, 악연이라고 하는 게 적절할 듯싶다. 둘이 뒤얽힌 사연은 소가노 준이 대한민국에 기증했던 달항아리가 원인이었다.

달항아리의 반환은 원래 조대명이 주도해 추진하고 있었다. 그가 먼저 소유자를 찾아내 기증해달라고 접촉했다고 한다. 구두 약속까지 다 받아냈는데, 졸지에 물거품이 되어버렸다. 중간에서 원화 8억 원을 주고 소가노 준이 낚아채버린 것이다. 그 바람에 대명은 한순간 닭 쫓던 개가 되어버렸다.

소가노 준은 그렇게 거액을 들여 사들여서는 한국 정부에 아무 조건 없이 기증했다.

달항아리가 고국으로 돌아온 결과는 변함이 없었지만 조대명의 입장에서는 일을 그르친 셈이 되었다. 그 일 이후, 또다시 만난 두 사람의 감정이 좋을 리 없었다.

그런 분위기 속에서 사단이 벌어지고 말았다.

무령왕비 은제 팔찌를 옮기던 그 순간, 소가노 준이 팔찌가 가짜인 것을 알아챈 것이다. 명문에 '多利'가 아닌, '月耳'로 적혀 있는 게 발견되었다.

무령왕비 은제 팔찌가 가짜라고 밝혀지자 문화재청은 발칵 뒤집혔다.

뒤집힌 게 문화재청과 한국 정부뿐일까. 몇 해 전 일본에서 밀반입된 불상이 강탈당한 통일신라 불상이라는 것이 밝혀지고 나자 소유권 문제로 양국의 여론이 문화재에 대해서도 민감해질 대로 민감해진 상황이었다. 어떻게든 양국 사이에 화해 무드를 조성하기 위해서 자신의 가계가 무령왕릉에서부터 시작됐다는 일왕의 발언을 기반으로 전시회가 기획됐던 것인데, 이 전시회가 부메랑이 되어 돌아올지는 그 누구도 예상하지 못했다.

양국의 긴밀한 협조 아래 범인 체포를 위해 항구와 공항 검색이 강화됐지만, 은제 팔찌는 흔적도 찾지 못했다. 언제 가짜로 뒤바뀌었는지조차 알 수 없었다.

막막한 그때, 가짜 무령왕비 팔찌를 다리공방의 서환 명장이 복제했다는 정보가 들어왔다.

최대한 조용히, 신속하게 진품을 찾아와! 이 사실이 알려지면 여럿 목숨 날아간다.

문화재청장과 청와대 면담을 하고 나온 대명의 상사인 박과장이 하얗게 질린 얼굴로 대명을 소가노 준과 함께 다리공방으로 보낸 것이다.

영은 할아버지의 작품을 한눈에 알아봤다. 가품의 명문에는 '多利' 대신 분명 '月耳'로 적혀 있었기 때문이다.

서환 명장은 명문이 백제 사람들이 쓰던 이두라고 믿었다. 그리고 장인 다리의 이름을 종종 달 월(月)자로 썼던 것이다. 그리고 月耳를 월이가 아닌, 달이로 읽었다.

무령왕비의 팔찌를 만든 장인 다리. 아니, 장인 달이는 할아버지의 뮤즈였다.

오랜만에 본 할아버지의 작품에 반가움도 잠시, 할아버지가 만든 복제품이 진짜 무령왕비 팔찌를 훔치는 데 이용됐다는 사실이 영의 사고를 둔중하게 만들었다.

"아는지 모르겠지만, 문화재를 복제할 땐 소유기관의 동의와 허가에 대한 법적절차가 필요합니다. 서환 명장께선 분명히 그 점을 알고 계셨을 텐데…… 유감입니다!"

유감이라니? 영은 대명의 마지막 말에 숨겨진 의미를 간파하고 정신이 번쩍 들었다.

"할아버진 이미 돌아가셨어요. 돌아가신 분한테 책임전가를 하겠다는 건가요?"

"문화재를 무단으로 복제하는 건 불법입니다."

"적반하장도 유분수지 누구한테 책임을 떠넘기는 거예요? 막말로 무령왕비 팔찌를 잃어버린 건 그쪽이라구요!"

"서환 명장이 복제품을 만들지 않았다면 범행이 일어났겠습니까?"

맥락 없이 책임 공방이 이어질 때였다.

"서환 명장이 장인의 전설을 믿으셨다고 들었습니다."

그때까지 지켜만 보던 준이 갑작스레 장인의 전설을 꺼내자, 영은 절로 얼굴을 찌푸렸다.

"전설 따윈 없어요."

전설이래 봤자 거창한 건 아니고, 장인들의 입에서 입으로 내려온 문장 하나가 전부였다.

해와 달이 지키는 주작이 잠든 곳에 장인의 보물로 인도하는 길잡이가 빛나고 있다.

수수께끼 같기도 하고 시 같기도 한 이 문장에서 보물이라는 단어에 집착한 사람들은 어딘가에 보물이 숨겨져 있을 것이라고, 장인이라는 단어에 집착한 이들은 옛날 장인들의 비급을 얻을 수 있을 것이라고 전설을 맹신한 것이다.

누가 언제 무슨 의도로 만들었는지 알 수는 없었지만, 이 장인의 전설에 집착하는 사람들이 있었다. 영의 할아버지 서환 명장도 그 중 하나였다.

"국보가 사라진 마당에 지금 전설이나 찾고 계신 거예요? 지금 두 분 꼴이 얼마나 우스운지 아세요?"

영의 힐난에 두 남자가 짧게 시선을 주고받았다.

"장인의 보물에 대해서는 다른 사람도 말했습니다. 가루베 지온이라고. 그 사람은 1930년대 공주 지역에서 활동했던 일본인이에요. 가루베는 학자라는 신분으로 당시 백제 유적의 발굴을 지휘했어요. 대표적인 게 송산리 고분군 6호분이죠."

"6호분이든 7호분이든 관심 없다니까요!"

영이 비명 같은 소리를 질렀지만, 준은 설명을 멈추지 않았다.

"가루베는 자신이 발굴하기 전에 6호분이 도굴됐다고 보고했죠. 하지만 그 당시 총독부에서조차 그 말을 믿지 않았다고 합니다. 사실 그는 아주 유명한 도굴꾼이었거든요. 그의 집안이 골동품상을 했었죠. 당시에 백제 유물을 보고 싶다면 가루베 지온을 찾아가라는 말이 있을 정도였으니까요. 그리고 대한민국은 광복을 맞습니다. 1960년대 들어 가루베 지온이 다시 공주를 찾아요. 그때 가루베는 6호분을 보면서 진짜 보물은 아직 발견되지 않았다고 했죠. 1971년에 무령왕릉이 발굴된 후에야, 당시 가루베의 말을 들었던 사람들은 그가 말했던 보물이 무령왕릉이라고 짐작했죠. 하지만 장인들의 전설을 믿었던 일부는 달랐어요. 서환 명장처럼요."

준의 말이 끝나기 무섭게 대명이 말을 이었다.

"진짜 장인의 보물을 찾기 위해선 장인의 보물로 인도할 길잡이부터 찾아야 한다고 믿었던 겁니다. 서환 명장은 무령왕비 팔찌가 장인의 보물로 인도할 길잡이라고 생각하신 듯합니다."

대명의 말에 영이 발끈했다.

"무령왕비 팔찌가 장인의 보물로 인도할 길잡이라고요? 그럼 우리 할아버지가 처음부터 진품을 훔칠 목적으로 복제품을 만들었다는 거예요?"

영이 도리어 사납게 되묻자 대명은 입을 꾹 다물었다. 그 침묵이 할아버지를 범죄자로 단정하는 것 같아서 영은 심장이 덜컥 내려앉는 것만 같았다.

"지금 가장 중요한 건 팔찌를 찾는 일입니다, 서영 씨! 이 일은 서환 명장의 명예와도 관계된 일입니다."

"명예요? 지금 명예라고 하신 거예요? 생전엔 기술공 취급이더니 명예라고요? 대한민국에서 장인으로 산다는 건 두 분보다 내가 더 잘 알아요. 장인? 명장? 그것 다 빛 좋은 개살구예요, 알아요? 후계자 없는 명장도 수두룩하고 생계 유지도 어려워서 기술도 버리는 세상이라고요. 명장 칭호 하나 받자고 그 고된 삶을 산 줄 알아요!"

냉정하게 상황을 받아들여야 한다는 걸 알면서도 할아버지의 장인 인생이 생각지도 못한 복제품 하나 때문에 부정된다는 사실만으로 영의 머릿속은 이미 엉망이 돼버렸다.

"물론 명장의 삶은 마땅히 존경받으셔야 합니다. 명장께서 비록 가품을 만드셨지만, 이 가품 때문에 장인의 삶마저 외면 받는 일이 벌어져서는 안 된다고 생각합니다. 장인의 보물에 대한 물욕 때문은 아니셨을 겁니다. 명장께선 백제 장인들이 만든 작품들을 직접 보고 싶으셨을 거라고 생각합니다. 찬란했던 장인의 혼을 말이죠."

채찍과 당근, 나쁜 경찰과 착한 경찰.

나중에서야 조대명과 소가노 준이 서영을 상대로 심문을 벌이기 위해 역할을 맡은 것을 알았지만, 그 순간 이후 그녀는 할아버지를 두둔해주는 소가노 준이 자신의 편이라고 완전히 믿게 되었다.

'할아버지! 대체 어쩌자고 이런 큰일을 벌이신 거예요!'

할아버지는 5년 전 봄에 갑자기 쓰러지셨다. 원인은 가루베 집안 때문에 생긴 화병이었다. 대전의 한 방송사가 가루베 특집을 다루었을 때, 가루베의 유족들은 백제 유물 반환을 약속했는데 공주박물관에 기증하겠다고 보내온 것이 달랑 기와 네 점이었다.

가루베는 공주 일대 백제 묘를 1천 기 가량 발굴 조사한 것도 모자라 송산리 6호분은 무단 발굴까지 했다. 그런데 그가 가져간 백제 유물이 달랑 기와 네 조각이라니, 어린애도 믿지 못할 소리였다.

공주 지역에서 발굴을 명분 삼아 가루베가 도굴해간 백제시대의 유물들을 할아버지는 평생을 통해 한 번이라도 제대로 보길 원했다. 뮤즈인 달이처럼, 그 찬란한 백제시대 장인의 혼을 보고 싶었던 거다.

그 때문에 전설이 말하는 확인되지 않은 장인의 보물에 집착했고, 그 결과 서영의 할아버지는 장인 인생까지도 망치게 된 것이다. 말장난 같은 전설 따위에 휘둘린 결과였다.

"해와 달이 지키는 주작이 잠든 곳에 장인의 보물로 인도하는 길잡이가 빛나고 있다! 전설은 분명히 보물에 접근할 수 있는 조건에 대해서 말하고 있어요."

전설을 해석하는 소가노 준의 말이 이어졌다.

"아주 오래전엔 달을 태음이라 불렀죠. 해와 달, 태양과 태음이 의미하는 건 음과 양입니다. 한국의 민속에서는 음과 양의 조화가 아주 중요했다더군요. 전설을 믿는 분들은 길잡이를 만날 수 있는 날을 음과 양이 화합되는 날이라고 생각하셨답니다. 1년에 단 두 번! 정월보름과 칠석이죠."

소가노 준은 생각보다 장인의 전설에 대해서 해박했다. 영이 믿지 않았고 일부러 듣지 않았던 것까지 그는 이미 알고 있었다. 그럼 왜 자신을 찾아온 걸까?

영에게 답을 해준 건 대명이었다.

"우리는 진품을 훔쳐간 범인이 명장과 마찬가지로 전설을 믿는 자라고 생각합니다. 범인은 이번 칠석날을 놓치지 않을 겁니다. 왕을 뜻하는 주작이 잠든 곳은 왕릉. 그렇다면, 범인은 보물을 찾기 위해 어떻게든 무령왕릉에 접근하려고 하겠죠. 범인은 명장과 안면이 있을 가능성이 높습니다. 서영 씨가 범인을 알아볼 가능성도 그만큼 클 거라고 생각합니다."

결국 할아버지의 결백을 증명하고 싶다면, 용의자를 가려내라는 말이었다.

***

"이런 인생도 있는 거구나!"

영의 입에서 감탄해 마지않는 말이 탄성처럼 흘러나왔다. 그리고 그뿐이었다. 편백나무로 만든 욕조에서 한강을 내려다보는 호사를 누리고 있는 지금 정작 별다른 감흥이 일어나지 않았다.

한강이 내려다보이는 복층 펜트하우스. 고층 빌딩에서도 최상위 층에 자리 잡은 이곳은 소가노 준의 집이다.

협박이라 쓰고 협조라 읽는 대명의 제안으로 소가노 준을 따라 이곳까지 오게 되었다. 무령왕릉까지 동행해 잠복하겠다고 약속했다.

만약 영이 끝까지 동행을 거부하고 비협조적으로 나갔다면, 그녀는 마천루가 보이는 펜트하우스가 아니라 칙칙한 철창 안에 있었을지도 모른다.

"감시당하고 있는데 감옥이든 펜트하우스든 그게 그거지, 뭐!"

샐쭉하게 말하긴 했어도 편백나무 특유의 향에 영은 나른해질 대로 나른해지고 말았다. 문득 자신의 손을 들여다봤다. 준의 왼손을 잡았을 때, 감전이라도 된 것처럼 찌릿한 통증이 손바닥을 꿰뚫고 팔까지 지나갔다.

그때는 얼음 송곳 같은 것이 긁고 지나가는 것처럼 서늘하고 저릿한 느낌이었다. 다행히 통증이 지나간 손은 별 이상이 없는 것……. 앗, 팔찌!

영은 너무 놀라 욕조에서 벌떡 일어섰다. 왼쪽 손목에 차고 있던 팔찌가 없었다!

"지금 씻고 있습니다."

준은 통화 중이었다. 물론 상대는 조대명이었다. 문화재청에 보고를 하러 들어간 조대명은 준과 영이 단 둘만 있는 것이 불안했는지, 수시로 전화를 걸어왔다.

샤워 중이라는 말에도 대명은 전화를 바꿔달라고 재촉해왔다.

"소리라도 지르라고 하시죠. 전적이 있어서 안심이 안 되는군요."

"원한다면."

대명이 고집을 부리면 얼마나 귀찮은지 경험해본 터라, 준은 욕실로 향하는 발걸음을 지체하지 않았다.

"서영……!"

준이 막 노크를 하려던 순간, 영이 벌컥 문을 열고 나왔다. 그것도 실오라기 하나 걸치지 않은 나체로!

"끼아악!"

영이라 추정되는 여자의 갑작스런 비명소리에 대명은 한순간 귀가 멍멍해졌다.

"여보세요? 소가노 상! 거기 무슨 일이 있는 겁니까?"

혹시나 하는 마음에 대명의 마음이 다급해졌지만 러시아워라 도로는 정체 상태였다. 차를 버리고 지하철로 가는 게 낫겠다 싶을 때, 준의 목소리가 들려왔다.

"비명 소리를 들으셨으니 이제 안심은 되시겠죠!"

소가노 준이 제 할 말만 하고 통화를 끊자 대명은 잠시 멍해지고 말았다. 뭔가 화가 잔뜩 난 것 같기도 하고 얼이 빠져 있는 것이 평소의 그와는 달랐다. 냉혈한 진면목을 감추는 데 선수인 소가노 준 아니었던가!

대명은 저가 모르는 사이 준과 서영이 뭔가 일을 꾸미는 게 아닌가 의심이 들기 시작했다.

영은 소파에 무릎을 꿇듯이 앉았다. 할아버지의 유품인 팔찌를 잃어버렸다는 생각에 앞뒤 가릴 겨를이 없었다. 무작정 밖으로 나왔다가 마침 전화를 들고 서 있던 준과 마주치고 만 것이다.

준에게 제 팔찌의 행방을 물으려던 영은 경악한 소가노 준의 얼굴을 보고 그제야 자신이 나신임을 알아챘다.

처절한 영의 비명 소리에 먼저 반응을 보인 건 준이었다. 욕실에서 가운을 가져와 영의 어깨에 걸쳐주고 떨어진 전화기를 주웠다.

"비명 소리를 들으셨으니 이제 안심은 되시겠죠!"

차가운 그의 목소리에 영도 정신이 들었다.

어쩔 줄 몰라 하며 가운을 챙겨 입는데, 일방적으로 통화를 끊고 돌아선 준이 영을 복잡한 눈으로 바라보았다.

'화가 난 건가?'

입술을 꾹 다문 채 바라보자 영은 괜히 주눅이 들었다.

아니, 내가 뭘 잘못했다고! 그러고 보니, 억울한 건 내가 아닌가!

몸매에 자신 있는 건 아니지만, 원치 않는 다이어트로 군살은 따로 없으니 못 봐줄 몸은 아니었다. 스물여섯 순결한 아가씨의 나체 좀 봤다고 저리 죽을상을 하는 준이 도저히 이해가 안 가는 영이다.

설마!

뜬금없더라도 묻지 않을 수 없었다.

"정말 남자 좋아해요?"

쿨럭! 영의 기습적인 질문에 준은 연거푸 기침을 쏟아냈다.

"대체 아까부터 왜 그런 말을…… 쿨럭!"

"아까는 남자 둘이 와서 팔찌가 어떻고, 양쪽 집이 어떻고 하니까 그냥 꺼낸 얘긴데. 지금 준의 반응은 뭐랄까, 굉장히 초조해 보이고 당황스럽다 못해 화가 난 것 같아서요. 정말 남자 좋아하는 거예요?"

심각한 표정으로 영을 바라보던 준의 얼굴에 한순간 어이없는 웃음이 스쳐지나갔다.

어쩐지 격의 없어 보이는 그 웃음에 영은 내심 안도했다.

"머리가……."

준이 영의 머리를 가리키자, 그때서야 영은 제가 가발을 벗어놓고 나왔음을 깨달았다.

"아! 이게 원래 제 머리예요. 작업할 땐 거추장스러워서 머리를 길러본 적이 없거든요."

"그랬군…… 요."

묘한 여운이 담긴 말에 영이 갸웃거릴 때였다.

소가노 준이 서슴없이 그녀에게 손을 뻗어왔다.

처음엔 그녀의 머리칼을 직접 만지려는 것처럼 보였다. 하지만 소가노 준은 어느덧 반쯤 일어난 상태였다. 준은 대담하게도 그녀의 얼굴을 향해 머리를 기울여 왔다.

어느새 숨결이 닿을 정도로 가까이 다가왔다.

영은 유채색 눈에 비친, 당황스러워 어쩔 줄 모르는 자신의 모습을 보았다. 왠지 모르게 부끄러운 생각이 들어서 영은 질끈 눈을 감았다.

하지만 눈을 감은 것이 다른 감각을 더 예민하게 느끼게 하는 것까지는 몰랐던 영이다.

준에게서 나는 레몬 계열의 시트러스 향이 영의 얼굴을 휘감은 동시에 차가운 손가락이 목덜미를 가볍게 스쳐 지나갔다. 그리고 는······.

"서영 씨?"

웃음기 머금은 목소리에 영은 찬물이라도 뒤집어쓴 것 같았다.

황급히 눈을 떴지만, 두 눈을 감았던 자신이 꼭 그의 키스를 기다리고 있었던 것처럼 보였을 것이기에 영은 창피해서 숨고 싶을 뿐이었다.

하지만 준의 손에 들려 있는 것을 보자, 영은 창피함 따위는 느낄 겨를이 없어졌다.

"이 팔찌를 찾았던 거죠? 창문에 매달릴 때 떨어진 걸 주웠는데 돌려주는 걸 깜빡했네요."

준이 영의 팔찌를 들어 보이며 말했다. 영이 찾던 그 팔찌였다.

"독특한 작품이에요. 은과 옥의 만남이라. 게다가 야명주로군요!"

준은 영에게 바로 팔찌를 돌려주지 않고 마치 감정사처럼 이리저리 살펴보았다.

"옛날엔 쇠붙이나 옥팔찌를 부러트린 부절로 정표를 삼았죠. 시간이 많이 흘러 서로를 알아보지 못한다 해도 딱 들어맞는 정표를 통해서 알아보도록."

옥을 어루만지는 준의 표정이 너무 진지했다. 앞에 앉은 자신은 안중에도 없는 그 눈빛. 영은 문득 꿈속의 남자가 생각났다. 꿈속의 남자도 애절하게 그리워하는 이가 있었던 건 아닐까? 정표를 나누고도 못 만난 정인을 그리는 남자가 자신의 사연을 가지고 꿈길에 영을 찾아온 건 아닐까?

할아버지의 달이처럼, 영에게는 꿈이 뮤즈였다. 아주 가끔이긴 했지만, 어떤 감흥이 일어나서 그것에 홀린 듯 작업을 하다 보면 작품이 끝나 있기도 했다. 영에게 꿈은 영감을 얻는 통로나 마찬가지였다.

물론 그렇게 찾아온 영감님들은 대부분 작품으로 완성되지 못한 채 사라졌다.

그 감흥이 마음을 온전히 차지하지 못했기 때문이다. 사는 게 바빠서, 목구멍이 포도청이라서 항상 주문받은 물건이 먼저였다. 일거리를 앞에 두고 꿈속을 여유롭게 유영하고 다닐 겨를이 없었다. 꿈속의 남자 역시 마찬가지였다. 분주하고 심란하고 들뜬 영의 마음이 남자의 애틋한 사연을 바다에다 냉큼 밀어버렸는지도 모르겠다.

가만히 생각해보니 한편으로 괘씸했다.

찾아가려면 자기 정인을 제대로 찾아갈 것이지! 애먼 저에게 와서 작업도 못하게 만들어놓고서는. 제 사연을 만들어 달라는 건가? 뮤즈라는 영감님치고는 너무 이기적이었다.

"그 말은 수긍하기 어렵겠네요. 아무리 시간이 흐른다고 해도 사랑하는 이를 알아보지 못하는 사람이 어디 있겠어요?"

준의 말에 딴죽을 걸려는 게 아니라, 사실 페이스오프를 한 게 아니라면 저가 사랑한 이를 못 알아보는 게 말이 되느냐는 거다.

"그러게…… 말입니다."

잇새 소리가 마치 으르렁거리는 것 같아 잠시 움찔거렸다.

왜 준의 말이 자신을 탓하는 것처럼 느껴졌는지 영은 알 수 없었다.

"돌려줄게요."

준이 팔찌를 내밀자 영이 무의식적으로 왼손을 뻗었다.

순식간에 차가운 준의 손이 영의 손목을 움켜잡았다.

"뭐, 뭐하는 거예요?"

당황스러움도 잠시, 준이 잡은 손목이 간질거렸다. 정작 간지러운 것도 아닌데 그 생소한 느낌은 무릎 뒤쪽과 겨드랑이, 배꼽 아래에서 봉기하듯 이어졌다.

준은 안심하라는 듯이 미소 지으며 말했다.

"오경요의라는 책에 따르면 왕을 모시러 올 때, 여인들은 팔찌를 왼손에 채워야 한다고 해요. 왼손은 남자인 양에 속하고 오른손은 여자인 음에 속한다고 믿었기 때문이죠. 왕을 모신 후에야 다시 오른손에 팔찌를 끼웠죠."

준이 영의 왼손을 가볍게 잡고선 팔찌를 채워주며 일어섰다.

팔찌에 그런 의미가 있었다는 건 금시초문이었지만, 유채색 눈이 주는 신뢰감에 준이 무슨 말을 하건 어쩐지 믿음이 갔다.

'이거 좀 위험한데?'

영은 낯선 제 모습에 당황스러웠다. 신문이나 뉴스를 장식하는 무서운 살인범들은 의외로 선하게 생긴 호감형이 많아서 피해자들이 경계하지 않다가 결국 해를 당한다는 인터넷 상의 글을 본 적이 있다. 설마 자신 앞에 닥친 위기 상황에서 로맨스나 상상하는 둔한 인간이 어디 있겠냐며 댓글을 달았던 영은 의외로 둔한 인간은 항상 가까이 있다는 걸 깨달았다.

소가노 준이 화사한 미소를 지을 때마다 영의 심장은 두근대며 빨리 뛰곤 했다. 하물며 준이 자신의 팔을 놓을 때조차 영의 가슴에서는 방망이질이 멈추지 않았다.

'긴장해서 그런 거야. 긴장하면 원래 심장 박동은 빨라지잖아! 그런 거라구!'

영은 불안한 마음을 감추기 위해 습관처럼 팔찌를 돌리며 주위를 살폈다. 커트월 방식의 통 유리창으로 서울의 마천루가 모두 내려다보였다.

바닥도 진짜 대리석이 깔려 있는 억 소리 날 정도로 비싼 집이라는 건 들어올 때부터 알 수 있었다. 하지만…… 그게 다였다. 분양하는 모델하우스의 그것처럼, 간소하다 못해 허전한 살림살이에서는 진짜 사람이 사는 흔적을 찾기 힘들었다.

'준은 이곳에 혼자 사는 걸까!'

영은 문득 베일에 싸인 그의 사생활이 궁금해졌다.

소가노 준은 말 그대로 부자였다. 겨우 삼십대 초반에 소유한 어마어마한 자산과 미스터리에 가까운 그의 출신을 두고 외계인설을 비롯해 미술품 사기설까지 별별 소문이 파다했다. 그래도 소가노 준은 자신의 신상에 대해 절대 털어놓지 않는 걸로 유명했다. 정체를 알 수 없기에, 그 위화감의 격차가 천지 차이라서 보는 눈이 곱지 않을 조건을 두루 갖춘 셈이다.

그럼에도 불구하고 소가노 준이 호감 캐릭터를 유지하는 이유는 그의 끊임없는 문화재 환수작업 때문이었다.

미술상인 소가노 준은 세계 곳곳에 흩어진 대한민국의 문화재 환수를 위해 노력하는 한편, 소유자들에게도 넉넉한 대가를 지불하는 것으로 좋은 평가를 받았다. 준수한 외모와 공익에 앞장서는 그의 행적에 언론은 급기야 그를 제2의 간송이라는 최고의 찬사를 보냈다.

제2의 간송인 준이 어느새 실내복 차림으로 나타났다. 자신의 집에서 입는 옷조차 돌체라니!

"나라면 창문 쪽은 포기할 거예요. 34층밖에 안 되지만, 먼로 바람 때문에 위험하거든요."

마릴린 먼로라는 여배우가 출연한 영화 장면을 두고 하는 말이었다. 지하철 환풍기에서 올라오는 바람 때문에 치마가 뒤집히는 현상을 빗댄, 고층빌딩 사이로 부는 회오리바람이 먼로 바람이었다.

다리공방에서처럼 어설픈 탈출은 꿈도 꾸지 말라는 것 같아서 영은 샐쭉거렸다.

"걱정 말아요. 약속한 건 어떻게든 지키니까!"

일부러 톡 쏘아붙였는데도 준은 환하게 웃어보였다. 영에게는 분명 그렇게 보였다. 상대를 무방비로 만드는 빛나는 미소. 사람이 눈부시다는 게 이런 걸까?

어이, 정신 좀 차리자!

영은 중얼거리며 고개를 도리도리 흔들었다. 파파라치도 포기한 소가노 준의 사적인 얼굴을 본다는 우월감이 감시를 당하고 있는 제 처지를 잊게 한 모양이었다.

"이런 야경을 매일 보는 느낌은 어때요?"

통 유리창에서 내려다보는 화려한 빛으로 둘러싸인 한강 다리에 영이 부러움을 담아 물었다.

"글쎄요. 내려다보질 않아서!"

"내려다보질 않는다구요?"

이해가 되지 않는다는 표정으로 묻자 준은 난감한 미소를 지으며 말했다.

"고소공포증이라서요."

"고소공포증인 사람이 펜트하우스에서 살아요?"

말도 안 돼! 영은 잔뜩 짓궂은 표정을 지으며 그에게 다가섰다.

"서영 씨?"

영이 당황해하는 준을 통유리 창으로 몰고 있었다.

주춤거리며 뒷걸음질 치는 준의 등짝이 어느덧 유리창에 닿았다.

"봐요. 저렇게나 아름다운데……."

영의 손가락이 가리키는 건 한강을 지나는 유람선이었다.

유람선이 과할 정도로 휘황한 조명을 달고 먹물 같은 한강의 밤을 조용히 가르는 와중에도 소가노 준은 유람선이 아닌 영을 뚫어지게 쳐다보고 있었다.

영은 다시 간질간질한 느낌이 들어 준의 시선을 피하며 물었다.

"야경을 즐기지도 않으면서 왜 이런 높은 곳에 사는 거예요?"

"눈에 보기 좋다고 그게 진짜라고 할 수 있을까요? 야경은 가장 가짜에 가까운 풍경일 것 같은데요."

"그래도 그냥 즐기면 되는 걸 가지고……."

"아무리 지상의 별이라 불려도 진짜 별은 아니죠."

뭐야, 이 남자! 지금 날 교묘하게 디스하는 거야?

도둑이 제 발 저린다고, 짝퉁업자인 영은 진짜 가짜가 테마가 되는 이런 얘기 앞에선 예민할 수밖에 없었다.

"가짜에 많이 노출될수록 사람들은 진짜를 두고도 확신하지 못해요."

한숨과도 같은 말을 내뱉는 준이 영의 눈에는 쓸쓸해 보이기까지 했다.

미술상인 그가 감정을 잘못해서 가짜 미술품이라도 사는 바람에 큰 손해를 입은 것일까?

그 순간, 영은 깨달았다.

어차피 그는 유명한 미술상이고 자신은 그와 같은 미술상에게는 피해야 할 짝퉁업자였다.

그런 생각을 하다 보니, 그가 쓸쓸해 보이는 것도 한순간이었다.

영은 이내 도전적인 얼굴로 준을 마주 보았다.

"짝퉁업자 때문에 진품을 구별 못한다면 그 사람 눈이 잘못된 거죠. 안 그래요, 소가노 상?"

앙칼지게 더 할 말을 쏟아내려는데 준이 말없이 영을 향해 다가왔다.

"이름을 불러요. 내 이름을……."

주문같이 낮은 목소리가 영을 재촉했지만, 영은 끝내 그의 이름을 부르지 않았다. 간절한 준의 얼굴을 보는 순간, 영은 다시 한 번 환청을 들었기 때문이다.

모습이 달라도 하늘에 떠 있는 달은 하나인 것을.

공방에서 들었던 목소리와는 달리 남자의 목소리가 머릿속에서 울렸다.

단순히 이명이라고 치부하기엔 남자의 목소리가 전하는 말을 언젠가 들어본 것 같았기 때문이다.

그래서였을까? 영은 자신도 모르게 남자의 목소리가 전한 말을 따라했다.

"모습이 달라도 하늘에 떠 있는 달은 하나……."

중얼거리던 영의 눈에 놀란 준의 표정이 들어왔다.

잠꼬대도 아니고 대체 무슨 생각으로 그런 말을 꺼낸 건지 순간 당황한 영이 고개를 돌리려 했지만, 준은 영이 도망치도록 놔주지 않았다.

오히려 차가운 손으로 영의 얼굴을 감싸기까지 했다.

영의 시선이 유채색의 그것과 다시 마주쳤다.

마침내 준의 눈동자에 영이 드리워졌다.

영의 눈동자에도 준이 맺혔다.

어느새 눈부처를 확인할 정도로 가까워진 두 사람의 시선이 서로의 입술에 닿았다.

보이지 않는 힘이 둘을 끌어당기고 있는 것만 같았다.

띵동.

35억짜리 펜트하우스든, 35만 원짜리 월세 집이든 벨소리는 다 똑같은 모양이었다.

"망할! 조대명 씨가 왔나 봅니다!"

아쉬움을 감출 생각도 없이 구는 준의 표정이 마치 불만투성이인 십대 소년 같아서 영은 킥킥거렸다.

띵동.

아쉬운 듯 자리를 뜨면서도 준은 아직도 웃고 있는 영의 붉은 머리칼을 장난스레 살짝 잡아당겼다.

머리카락에 감각기관이 있을 리 없는데도 준의 체온이 느껴지는 것 같았다.

2장

인연을
알아볼 수 없다면

백제가 500년 수도인 한성을 잃고 웅진, 지금의 공주를 도읍지로 삼은 기간은 63년밖에 되지 않았다.

백제가 다시 도읍을 부여로 옮기고 멸망할 때까지 120여 년을 보낸 남부여 기간을 비교해봐도 확실히 공주는 백제 역사에서 아주 작은 점 하나에 불과했다. 1971년 무령왕릉이 발굴되기 전까지만 해도 말이다.

공주에 위치한 송산리 고분군은 삼국시대 왕릉 중 유일하게 주인이 밝혀진 무령왕릉을 포함한 총 7기의 고분들이 전해졌다. 모두 백제 웅진시대의 왕과 왕족들의 무덤군이었다.

이 고분군은 공주국립박물관과 산등성이를 따라 연결돼 있는데 소나무로 둘러싼 산책길로 조성돼 관광객들의 발길이 끊이지 않는 곳이었다.

8월 9일, 방학 시즌인데다 칠석을 맞아 박물관과 고분군 일대는 인파로 붐볐다. 행사장마다 그야말로 발 디딜 곳이 없었다. 전통 부채 만들기, 활 만들기, 규방 공예 체험장 같은 곳은 아이들까지 가세해 시끌벅적했다. 가장 많은 인파를 몰고 다닌 건 칠석을 맞아 준비한 전통혼례 시연이었다.

마지막 신랑 신부 가마 행렬을 따라 쫓아온 사람들의 발걸음은 고분관으로 이어졌다.

"큐빅 공장에서 다이아몬드 가려내는 것도 아니고! 이 많은 사람들 중에서 누굴 골라내라는 거야, 진짜!"

점점 몰려드는 인파 속에서 5호분 앞은 소가노 준이, 6호분은 서영이, 7호분은 조대명이 각각 지키고 섰다. 말이 지키고 있는 거지, 땡볕에 인상을 잔뜩 찡그리고 서 있는 게 고작이었다.

손바닥만 한 그늘 아래서 6호분을 바라보는 영의 머리 위로 목소리 하나가 들려왔다.

"6호분은 무령왕릉과 같은 방식으로 지어진 유일한 능이죠."

어느새 준이 6호분 앞으로 올라와 있었다.

지난밤 이후, 준은 영에게 말을 걸지 못해 안달이 난 사람처럼 굴었다. 틈만 나면 자신에게 다가와 말을 걸었는데 영도 싫지만은 않았다. 하지만 그때마다 대명의 눈총을 받기 일쑤였다. 지금도 영의 목덜미가 따끔한 걸 보면 대명의 마뜩찮은 시선이 이쪽을 향하고 있는 것이 분명했다.

"준은 6호분의 주인이 누구라고 생각하는데요?"

영은 부러 대명의 눈총을 무시하고 준에게 친근하게 굴며 물었다.

"무령왕릉 앞에 놓인 이 6호분의 주인은 무령왕의 측근이겠죠."

"예를 들면 무령왕의 첫 번째 왕비?"

영이 무심코 한 대답에 준이 자못 놀란 표정을 지었다.

"예전에 다큐에서 봤어요. 무령왕릉 특집! TV에서 봤는데 무령왕
이 백제 최고의 미남 왕이었대요."

"백성에겐 인기가 많은 어라하였죠."

쓴웃음을 짓는 준의 유채색 눈동자가 깊게 가라앉았다.

고구려에 밀려 한성을 잃고 웅진으로 수도를 옮긴 백제를 다시 재
건한 왕이 바로 무령왕이었다. 그 오랜 세월 동안 도굴당하지 않고
처녀분으로 온전히 제 모습을 후손들에게 내보여준 것도 무령왕이
다. 백제 백성에게도, 대한민국 국민에게도 준의 말대로 인기가 많
은 왕인 건 분명했다.

"가루베가 그나마 풍수사상에 빠져 있었던 게 고맙네요. 무령왕릉
을 주산으로 여겨서 도굴하지 않은 게 어디예요."

영은 텔레비전에서 본 그대로를 읊으며 6호분에 시선을 두었다.

일제강점기에 한반도는 도굴로 몸살을 앓았다. 송산리 고분군들
도 도굴을 피해 갈 수 없었다. 무령왕릉 단 한 곳만 빼고 말이다.

졸속 발굴이라고 비난을 사기도 했지만, 무령왕도 6호분 주인에
비하면 양호한 편일 것이다. 6호분의 주인은 도굴범 때문에 죽은 후
에도 편히 쉬지 못했으니 말이다.

영은 괜히 먹먹해져서 6호분의 일부인 구릉을 토닥토닥 두드려줬

다.

'누군지 몰라도 지켜주지 못해서 미안해요.'

"일본서기에 무령왕의 장자에 대해서 한 줄 기록이 있어요."

영이 하는 짓을 지켜만 보던 준이 대뜸 6호분의 주인이 누구인지 다시 말하기 시작했다.

"513년, 무령왕의 장자 순타태자가 8월에 죽었다는 한 줄이요."

"순타…… 태자?"

"무령왕의 장자 부여순타. 들어본 적 있어요?"

생소한 이름에 영은 고개를 저었다.

"그럼 준은 이 6호분이 무령왕 태자의 무덤이라고 생각하는 거네요? 무령왕이 자신의 무덤까지 내준 걸 보면 어지간히 사랑받는 아드님이었나 봐요."

애틋함이 느껴지는 말에 준의 얼굴이 일순 굳어졌다.

"할아버지도 가루베 말처럼 무령왕릉은 분명히 주산으로 만들어놓은 곳이라고 확신하셨어요. 만약 그게 사실이라면, 6호분은 원래 무령왕이 자신의 무덤으로 준비해놓은 곳이잖아요. 그 무덤을 태자에게 내줬다는 건 그만큼 그의 죽음을 애도한 게 아니겠어요?"

"죽어서도 사랑을 받는다? 대단한 부정이네요."

비아냥대며 내려온 건 대명이었다.

"자리를 이탈하면 어쩝니까?"

이래 가지고 네 할아버지의 명예를 지킬 수 있겠냐는 듯이 대명이 눈총을 줬다. 협박도 이런 협박이 없다.

하지만 이 정도로 기죽을 서영이 아니다.

"생각해봐요. 어차피 무령왕릉은 폐쇄됐잖아요. 범인이 이곳에 온다 치자고요. 어떻게 저 두꺼운 쇠문을 열고 들어갈 건데요? 이게 말이 돼요?"

애당초 장인의 전설 따위로 범인을 잡겠다는 발상이 한심하다며 영은 이죽거렸다.

"그러게 왜 애당초 복제품을 만들어서 이 난리랍니까!"

생각보다 관람객들이 너무 많아 무작정 짜증이 난 대명도 기다렸다는 듯이 쏘아붙였다.

"어머, 또 시작하자는 거군요!"

일대일 대결이라면 자신 있는 영이다. 본격적으로 붙어보려는 두 사람을 말린 건 준이었다.

"서영 씨 말이 맞습니다. 전설을 믿고 범인을 무작정 기다리는 게 헛수고일 수도 있죠. 하지만 진품을 찾는 수고를 하는 건 우리뿐만이 아닙니다. 다른 대원들도 적극적으로 검색대와 암시장을 수색하며 노력하고 있어요. 우린 그 중 하나인 겁니다. 혹시라도 모를 가능성에 매달려서요."

준의 호소에 영은 슬그머니 5호분을 향해 내려갔다.

'망할 전설 같으니! 대체 장인의 전설은 누가 만든 거람!'

영은 이 생고생의 원흉으로 전설을 만든 자를 1순위로 꼽았다.

"어머, 뭐야!"

인파 사이에서 술렁이는 소리가 들렸다.

분명 자전거 타기가 금지된 곳인데 철없는 남학생들이 자전거로 경주까지 벌이며 좁은 비탈길을 내려오고 있었다. 술렁이는 소리는 사람들이 그들을 피하면서 내는 소리였다.

"시원하기는 하겠네!"

영이 땀을 닦아내며 중얼거릴 때였다.

더위에 녹아 흘러내리는 아이스크림을 아깝다고 핥으며 걸어가는 아이가 보였다.

아이스크림에 정신이 팔린 아이는 앞도 보지 않고 무작정 걸었다. 먹는 것보다 흘리는 게 더 많아 절로 혀를 차게 만드는 장면이었다.

"위, 위험해!"

끼이익, 가속도가 붙어 브레이크가 들지 않는지 자전거가 쇳소리를 내며 달려오고 있었다.

툭, 저를 향해 달려오는 자전거를 보다가 아이는 아이스크림을 땅에다 떨어트렸다.

"까악!"

요란한 비명소리가 여기저기서 울렸다.

"잠시만요! 잠시만요!"

사람들 틈을 헤치며 대명과 준이 다가왔을 때는 이미 상황이 종료된 후였다.

아이를 감싸고 대신 자전거와 부딪힌 사람은 영이었다. 그녀는 자전거에서 넘어진 남학생의 몸에 깔려 신음을 흘리고 있었다.

"대체 어떤 멍청이가 자전거를 타고 다니는 거야!"

대명의 일갈과 함께 한손으로 들려진 남학생의 몸이 자전거 위로 던져졌다.

"괜찮습니까, 서영 씨?"

준이 영의 반응을 살폈지만 제 손을 움켜쥐고 떨고 있는 모습은 전혀 괜찮아 보이지 않았다.

으앙, 그 와중에 놀란 아이가 울음을 터트렸다.

"아이 부모님 안 계십니까?"

대명이 아이의 부모를 찾았지만 서로 눈치를 보는 사람들 틈에서 부모라고 나서는 사람은 없었다.

"서영 씨! 손이 다치지 않았는지 내가 좀 볼게요. 괜찮죠?"

준이 영에게 천천히 손을 가져다댔다. 차가운 감각에 순간 움찔하자 안심하란 듯 준이 손바닥을 내보였다.

붉은 선.

영의 흐릿하던 시야가 준의 왼 손바닥 붉은 흉터에 맞춰져 점점 선명해졌다.

"주먹을 쥐어볼래요? 안 구부려진다거나, 통증이 있어요?"

준이 하라는 대로 따라해보면서 영은 다행히 제 손이 무사하다는 걸 깨달았다.

"잘했어요."

준의 야릇한 목소리가 귓가에 오랫동안 울렸다.

"자아, 이걸 잘 보는 거야!"

패닉에 빠졌던 영을 챙겨주고 나서 준은 이번엔 우는 아이를 달래고 있었다. 동전을 이리저리 손으로 현란하게 움직이더니 갑자기 사라지게 만들었다. 사라진 동전이 아이의 관심을 끌었는지 그제야 울음을 멈췄다.

아이의 조막만 한 손이 사라진 동전을 찾겠다고 준의 손을 잡아당겼다.

"아, 안 되는데!"

당황해하는 그의 손목 안쪽에서 동전이 떨어졌다. 아이는 얼굴이 일그러지더니 전보다 더 우렁차게 울었다.

난감해하는 준을 밀쳐내더니 대명이 우는 아이를 번쩍 들었다.

"보호소에 데려다주고 오겠습니다."

아이를 짐짝마냥 옆구리에 끼고는 아이의 울음 따윈 상관하지 않고 박물관 쪽으로 성큼성큼 걸어갔다.

나, 나도!

잠시 땡볕을 피할 수 있다면 산길도 마다하지 않겠다는 일념으로 영이 대명을 따라 일어섰다. 그때 그녀의 어깨를 잡는 손길이 있었다.

"우린 따로 갈 데가 있습니다."

준의 속삭이는 듯한 말에 물색없이 영의 심장이 또 쿵쾅거렸다.

"으아악!"

처절한 비명이 터져 나오자 붕대를 감던 봉사자가 멈칫거렸다.

"발목은 한 번 접질리면 습관성이 됩니다. 제대로 치료를 받기 전에 더 크게 다칠 수도 있으니까 참아요. 더 강하게 감아주십시오."

준이 냉정하게 말하자 봉사자가 기다렸다는 듯 있는 힘껏 영의 발목에 압박붕대를 감았다.

"아으윽! 인간적으로 진짜 아프다구요."

손은 무사했지만 남학생 몸에 깔린 발목이 삐끗한 거다. 준은 영을 안내소로 데려와 일시적인 응급치료를 부탁했다.

"조대명 씨가 오면 제가 말하겠습니다. 이곳에서 쉬고 계시죠."

폭염을 피해 잠시 쉬라는 말이 반갑긴 했지만 영은 눈총을 줄 대명이 신경 쓰였다. 6호분 앞을 지키고 서 있는 건 정말 고역이었다. 그렇다고 자리를 비우면 조대명이 다시 할아버지를 소환해 속을 긁어놓을 게 뻔했다.

융통성 없는 공무원 같으니라고!

뭐라고 또 비아냥거릴까. 기분을 참담하게 하는 그런 말을 듣느니 차라리 땡볕에 익는 게 나았다. 영은 어깨를 으쓱했다.

준도 알 만하다는 얼굴이었다.

"박물관까지 갔다니 꽤 오래 걸릴 겁니다. 그냥 쉬고 계세요."

"같이! 같이 쉬었다 나가죠!"

영은 안내소를 나가려고 일어서던 준의 옷자락을 다급히 붙잡으며 말했다.

준의 얼굴에 당황한 표정이 스쳐 지나갔다. 그의 시선이 자신들을 흥미롭게 보고 있는 봉사자를 의식하고 있었다. 그러고 보니 이 공간에는 자신들 말고도 사람이 더 있다는 것을 잠시 잊고 있었다. 민망한 나머지 영은 준의 옷자락을 슬며시 놓았다.

설마 들이대는 걸로 보였나? 그저 더우니까, 조금 쉬자고 한 것뿐인데…….

준에게 오해라도 살까 봐 꿀 먹은 벙어리처럼 전전긍긍하는 제 모습이 영 마뜩찮았다.

다른 뜻은 없다고 간단하게 말해버리면 그만인데, 호기심인지 호감인지 아직 뚜렷하지 않은 제 마음을 속이는 것도, 들키는 것도 영은 원치 않았다.

"그럼 쉬었다 나갈까요?"

얄궂은 표정을 지으며 준이 영의 곁에 바짝 붙어 앉았다. 두 사람을 힐끗 대던 봉사자는 때마침 표를 사러 온 커플에 불려 고맙게도 그들과 등을 지고 섰다.

벽걸이 에어컨에서 나오는 냉기가 시원찮아서인지, 옆에 앉아 고르게 숨소리를 내쉬는 준 때문인지 영은 열이 올랐다.

준은 정면으로 시선을 고정시킨 채 안내소 작은 창으로 바깥을 주시하고 있었다.

덕분에 영은 마음껏 그의 얼굴을 탐할 수 있었다.

선이 굵지는 않았지만 이마로부터 시작해 곧게 뻗은 콧날에서 인중을 거쳐 턱까지 내려오는 옆선이 조각상을 빚는 원리라던 황금비율에 가까웠다.

이래서 스타 못지않은 인기를 구가하는 건가 싶은 생각이 들 때쯤 그만 준과 시선이 마주쳐버렸다. 관찰하는 게 습관이라 너무 뚫어지게 본 탓이다. 바로 옆에서 대놓고 탐색하는 시선을 못 느낄 리 없었다. 영을 바라보는 유채색 눈이 해명을 요구하는 것만 같아서 영은 입에서 나오는 대로 핑계를 댔다.

"구, 궁금한 게 있는데요!"

하필 둘러댄 말이 질문이라니, 영은 또다시 질문을 급조해야만 했다.

"저기, 준은 어느 나라 사람이에요?"

유채색 눈이 잠시 일렁거렸다.

그가 재일교포라는 말도 사실인지 확인되지 않은 추측일 뿐이었다. 스스로를 노출시키지도 않는 데다 사소하고 일상적인 스캔들도 하나 없는 것 보면 파파라치들도 그의 사생활에 대해 거의 모르는 게 분명했다. 아는 게 없고 드러난 게 없으니 사람이 아닐지도 모른다는 소문이 날 만도 했다. 정말 누구 말마따나 하늘에서 갑자기 떨어진 사람 같은 것이다.

"글쎄요. 이 땅에 있었지만, 지금은 없는 나라라고 해두죠."

아리송한 대답을 듣고 영은 재일교포로 가닥을 잡았다. 광복 이후 일본 거주 조선인들이 가지게 된 국적도 있다니까 말이다.

"이제 내 차례인 거죠?"

"네?"

"명품 주얼리는 언제부터 복제한 거예요?"

상처를 건드리는 기습적인 질문이라 영은 막막함을 느꼈다.

명장의 후계자가 어떻게 짝퉁업자가 됐는지 그 비하인드가 궁금하다는데……. 딱히 다른 이유는 없었다. 살기 위해서. 단순히 먹고 살기 위해서였다.

"그때는 한사장님, 그러니까 제 중개인이요, 그분 매장이 동대문에 있었거든요. 물건 배달하러 갔는데 고등학교 연극부라던가? 명품 주얼리 카탈로그를 들고 그것과 가장 비슷한 팔찌를 찾는 손님이 있었어요. 연극에서 필요한 소품인데 이런 모양이어야 한다고 카탈로그까지 가져왔더라구요. 알다시피 그런 유니크한 스타일이 있을 리 없잖아요! 근데 보니까, 내가! 이 디자이너 다이애나가! 만들수 있을 것 같아서 카탈로그를 받아온 게 시작이었죠. 그 후로 이탈리아, 프랑스 세계 곳곳의 장인이 만든 팔찌, 반지, 목걸이…… 주문하는 건 뭐든지 만들었죠. 저, 이래 봬도 그 바닥에서 꽤 몸값 높아요. 디자이너 다이애나! 들어본 적 없어요? 일본에서도 주문 많았는데! 슈퍼페이크의 장인. 진짜에 가까운 가짜. 이미테이션의 혁명이라고까지 인터넷 기사에도 소개됐다니까요!"

준이 믿기지 않는다는 듯이 물었다.

"실물 없이 카탈로그만 보고도 제작이 가능했던 겁니까?"

"하나 만들어줄까요?"

준의 얼굴에 당혹스러움이 스쳐지나갔다.

'맙소사! 소가노 준이 어떤 남자인지 몰라서 그래? 정장도 맞춰 입는 남자가 짝퉁 따위 차고 다닐 리 없잖아!'

68

영은 뒤늦게 몰려오는 민망함에 어색한 웃음만 지었다.

"서영 씨 이름을 걸고 만든다면!"

주문과도 같은 야릇한 목소리가 귓전을 간질이자 영은 하마터면 네, 라고 대답할 뻔했다.

짝퉁업자 주제에 무슨 오리지널이람? 영은 즉시 고개를 흔들며 부인했다.

"나는 오리지널은 만들지 않아요. 어차피 수공업자 인생인데 머리 복잡하게 살 게 뭐 있어요? 난 돈 되는 복제품만 만들기로 했어요."

어려서부터 할아버지를 지켜봤다. 자라면서 절실하게 깨달았다. 전통을 지킨다는 자부심 하나만으로 살기엔 이 세상은 너무도 각박하다.

일을 시작하면서 또 하나를 절감했다. 민감한 트렌드를 쫓아가기엔 전통이 가진 무게가 너무도 무거웠다는 것을.

오랜 전통이라는 정체성이 기술의 발전을 가로막은 셈이었다. 변화무쌍한 유행을 쫓아 처음 짝퉁을 만든 그 순간, 영은 춘풍에 겨울옷을 벗어버리듯 장인 정신을 버렸다. 이런 저를 본다면 분명 할아버지는 통곡하겠지만 말이다.

"이 세상에 모방 아닌 것이 있나요. 재능은 빌리고 천재는 훔친다는데!"

이런 말을 농담으로 할 사람이 아닌데?

명품 아니면 상대를 하지 않을 것 같은 준의 입에서 나온 말은 다소 충격적이었다. 그의 고객들이 들었다면 기함하고 말았을 것이다.

"꼭 오리지널만이 명품이 되는 건 아니에요. 명품업계 경영자들을 만나보면 늘 그런 말을 하더군요. 자신들은 전통과 혁신을 조화시키는 작업을 하고 있다고요. 전통이 기술이라는 혁신을 만나서 모습을 바꾸고, 또 다른 명품이 되는 경우도 허다해요. 서영 씨가 차고 있는 그 팔찌처럼요. 오래된 옥팔찌 조각일 뿐인 유물을 서영 씨의 은세공 기술로 다시 팔찌가 되도록 했잖아요. 새로운 변용도 창조에 해당하죠."

준이 눈으로 영이 찬 팔찌를 가리키며 말했다.

은으로 감싼 옥 조각이 야명주라서 은은하게 빛을 내고 있었다.

"할아버지가 돌아가신 직후엔 다리공방을 정리하려고 했어요. 근데 할아버지의 유품에서 이 옥 조각을 발견하면서 마음을 고쳐먹은 거예요. 할아버지가 한 번도 보여준 적이 없었는데 이상하리만큼 낯익은 느낌이 들었거든요. 마치 이 옥 조각의 반쪽을 만들어야 한다는 게 할아버지의 마지막 유언처럼 느껴졌어요. 우리 할아버지……돌아가시기 전에는 의식이 없으셨거든요."

정확하게는 이지를 상실했던 상태였지만 영은 할아버지의 마지막 모습을 그 어느 누구에게도 말하지 않았다. 평소 명장을 아는 사람들에게조차 정확한 병명을 알리지 않았던 서영이다. 그때는 그것만이 할아버지의 명예를 지키는 일이라고 생각했던 것이다.

"정신을 차리고 보니까, 팔찌를 만들고 있더라구요."

서환 명장의 참혹했던 마지막 모습이 생각난 영은 옥을 매만지며 씁쓸히 말했다.

"야명주의 반쪽은 명장의 유품에 없었던 모양이군요."

순간, 영은 옥 조각을 발견한 후에 남은 반쪽을 찾으려는 생각조차 하지 않았다는 걸 깨달았다. 왜 그랬을까? 당연히 나머지 반쪽을 찾는 것이 보통의 반응인데 어째서 자신은 옥 조각의 반쪽은 자신이 새로 만들어야 한다고 생각했던 것일까?

"어제 준이 그랬잖아요. 부절은 누군가와 나눈 정표라구요. 할아버지의 정표인지는 확실하지 않지만 이젠 영영 짝을 잃은 조각에 불과한걸요. 원래의 짝을 찾는 것보단 새로 만드는게 더 낫지 않아요?"

"새로운 짝이라……."

묘한 여운을 남기며 준이 말을 흐리자, 영은 문득 궁금해졌다.

소가노 준이라면 어떻게 했을까?

영은 유채색 눈을 바라보며 그가 자신처럼 새로운 짝을 만들 사람인지, 아니면 원래의 반쪽을 찾을 사람인지 궁금해졌다.

준에게 당신이라면 어찌하겠냐고 물으려던 찰나, 영은 그의 옅은 갈색 눈동자에 자신의 얼굴이 드리워지는 것을 보았다.

"당신 눈동자에 내가 있어요."

눈부처를 말한 것뿐인데 너무 야하게 들린 것 같아 영이 제풀에 피식 웃고 말았다.

"나도 당신 안에 있어요."

대답과 동시에 준의 눈에 이채가 서렸다.

그 순간, 영의 입술에 말캉한 뭔가가 닿았다.

준의 입술이 영의 그것에 닿고 미소가 머물던 곳을 열어 짧은 인사를 건넸지만 인사도 아니 받고 급하게 사라졌다.

대신 놀란 토끼 눈만이 준을 바라보고 있었다.

준이 다시 그녀의 얼굴을 잡고 입을 맞추었다. 영은 조금의 틈도 없이 밀어붙이는 준에 의해 속수무책이었다.

이번에는 농밀한 설왕설래가 이어졌고, 지난번의 인사보다는 제법 긴 안부까지도 서로 오갔다. 차가운 손과 다르게 영의 입 속을 헤집는 준의 혀는 무척이나 뜨거웠다.

준이 지피는 열기에 정신이 점점 아득해지고 있었다.

좁디좁은 안내소 안에서 키스를 나누고 있는 줄 모르는 사람들이 태연히 지나가는 스릴도 있었다. 이제는 지나치는 사람들이 하나의 배경으로밖에 보이지 않았다. 스치듯 사라지는 배경 말이다. 하지만 그 스치는 순간에 영의 눈에 익숙한 얼굴이 들어왔다.

"고맙습니다. 정말 고맙습니다."

아이의 부모가 몇 번이나 인사를 하는 통에 대명은 쉽게 자리를 뜰 수 없었다.

제 부모의 품에 안겨 있는 아이의 눈에는 아직도 눈물이 그렁그렁 맺혀 있었다.

날이 너무 더운 데다 사람들이 북적거리니 다들 불쾌지수가 높을 수밖에 없었다. 연휴를 맞아 어린아이를 데리고 고분관을 찾은 젊은 부부도 예외는 아니었다. 박물관으로 이동 중에 가벼운 말다툼이 생겼고, 아이가 아이스크림 때문에 뒤처지는 것도 몰랐다. 박물관에 도착해 각자 구경하고 나서 다시 만났을 때야 아이가 사라진 것을 알았다고 한다.

둘 다 상대방이 아이를 데리고 있다고 생각한 것이다. 그때야 부부가 혼이 빠져서는 박물관을 이 잡듯이 뒤져 아이를 찾았다. 박물관 안에 없으니 밖으로 나왔지만 박물관을 벗어날 수는 없었다. 아이가 그렇게 멀리까지 혼자 나갔으리라고 생각하기 어려웠기 때문이다. 그러니 고분관에서 그렇게 기다려도 아이의 부모가 나타나지 않았던 것이다.

엄마와 아이가 서로 껴안고 울고 불고 하는 것을 보며 대명은 슬슬 초조해지기 시작했다. 대명의 감시 없이 소가노 준이나 서영이 제대로 소임을 다하고 있을 것 같지 않았기 때문이다.

대명은 책임을 회피하는 스타일이 아니었지만 생각할수록 짜증이 났다. 이게 내 책임인가? 운반 중에 가품인 것이 밝혀지긴 했으나, 국보 무령왕비 은제팔찌가 언제 사라졌는지 누구도 알지 못했다. 국보가 오래전에 모조품과 뒤바뀌었다면 검문대가 소용없는 일이었다. 어쩌면 은밀한 컬렉터의 창고에 이미 들어가 있는지도 모른다.

대명의 상사는 위에서는 이미 그쪽으로 가닥을 잡은 듯하다고 말해주었다. 그렇게 된다면 무령왕비 팔찌를 영영 잃어버리게 되는 걸까? 높으신 분들은 하나같이 소가노 준이 이번에도 해결해줄 것이라고 믿는 모양이었다. 불법적인 방법을 통해서라도 소가노 준이라면! 소가노 준이라면 어떻게든!

그렇기에 소가노 준이 주장하는 장인의 전설을 따라 수사하는 것이 허락된 것인지도 모른다. 윗분들 단순한 생각이야 불 보듯 **뻔**했다. 여차하면 모든 책임을 소가노 준에게 뒤집어씌우고 책임자인 자신은 감사원에 넘기고, 그렇게 국민적 관심이 사라지도록 내버려두는 것이다. 눈 가리고 아웅도 이 정도면 어린애들 수준이다.

"아저씨!"

아이가 대명을 향해 다가왔다.

아이의 부모는 또다시 말다툼을 벌이고 있었다. 서로 네 탓이라며 책임공방이 벌어지는 것 같았다. 이건 뭐, 부모가 아이를 찾는 게 아니라 아이가 철없는 부모를 찾은 게 맞는 것 같다.

"아저씨도 동전 사라지게 할 수 있어?"

"뭐?"

"아까 그 아저씨처럼 동전 사라지는 마술 할 수 있냐구!"

준이 아이를 달래느라 손 마술을 보여준 모양이다.

그 따위 것이 무슨 마술이야. 눈속임에 불과⋯⋯.

순간 대명은 가슴이 철렁 내려앉는 기분이었다.

감전이라도 된 것 마냥 손끝에서부터 전율이 자르르 올라왔다. 추리소설에서 반전에 드러난 살인사건의 진범을 만나는 기분이었다. 한 번도 의심해보지 않은 대상이 범인으로 드러날 때 돌이켜보면 늘 곁이나 가까이 있었다. 그런 건 다 설정이라고만 여겼는데, 현실에서 실제로 맞닥뜨리는 것 같았다. 대명은 저도 모르게 소리쳤다.

"그래, 눈속임이다!"

아무도 몰랐지만 놈의 눈속임에 불과했던 것이다.

분명 그럴 것이다. 그는 마술 같은 것을 결코 좋아하거나 관심을 가질 사람이 아니라고 여겼다. 직선적이고 매사에 정확하며 조금의 틈도 허용하지 않는 철저함은 마술과 거리가 먼 소양들이 아닌가. 마술 같은 걸 경멸할 것 같은 소가노 준! 그게 바로 그의 마술이었던 거다.

대명은 곧장 보안실로 향했다.

"더 돌려봐요. 아니, 다시 앞으로!

대명은 박물관 보안실에서 그날의 CCTV를 확인했다. 벌써 몇 번째 같은 구간을 돌려보는지 몰라 청원경찰마저 그를 이상하게 보았다.

"이쪽을 다른 방향에서 찍은 건 없습니까?"

대명이 드세게 요구하자 보안직원이 즉시 새 영상을 보여주었다.

대명은 주먹 쥔 손을 부르르 떨었다. 미세한 움직임이었지만, 팔찌의 명문을 살피는 소가노 준의 손이 다른 쪽 소매 안으로 움직이는 것이 보였다.

"이 부분 다시 한 번 더 느리게 봅시다!"

대명이 화면 속으로 빨려들어 갈 것처럼 노려보았다. 그리고 좀더 정확하게 준의 손놀림을 확인할 수 있었다.

"이럴 줄 알았어. 이럴 줄 알았다고!"

잡았다! 대명은 드디어 찾아낸 흔적에 환호를 지르며 보안실을 뛰쳐나갔다.

하지만 곧 다시 돌아온 대명이 청원경찰에게 손을 내밀며 말했다.

"총 좀 빌려주시죠!"

콜록콜록, 잔기침이 절로 나왔다. 영은 어스름한 빛을 따라 좁고 캄캄한 연도를 걷고 있었다. 무덤 안에 들어와 있다니, 생각도 못한 상황에 몽롱한 기분마저 들었다.

비릿한 연도의 흙냄새와 케케묵은 먼지만 아니라면 꿈이라고 생각했을 것이다.

서영 씬 여기 있어요. 내가 먼저 가서 이상이 없는지 둘러보고 올게요!

영이 한사장을 봤다는 말을 꺼내자마자, 준은 민첩한 동작으로 안내소를 뛰쳐나갔다.

혼자 남은 영은 망연자실한 기분이었다. 도망중인 한사장이 관광중이라고는 생각할 수 없었다. 한사장은 할아버지의 오랜 지인이었고, 영이 짝퉁업자로 굳건히 서게 해준 고마운 사람인데. 정말 한사장이 무령왕비 팔찌를 훔쳤을까? 할아버지의 복제품을 이용하면서까지 보물을 차지하려 했다고? 정말 그렇다면!

갑자기 분노감이 물밀 듯이 몰려왔다.

더 이상 이대로 가만히 앉아서 기다릴 수는 없었다. 무령왕릉 문을 따는 모습이든 그 앞에서 체포를 당하는 모습이든 직접 확인하고 싶었다.

그래서 영은 절뚝거리는 걸음으로 안내소를 나섰던 것이다. 왕릉으로 향하는 비탈길을 막 오르려던 순간이었다. 겉보기에는 이상한 점이 없었다. 6호분을 막아놓은 강철 문이 비스듬히 열려 있었던 것만 빼고 말이다.

언제부터 저렇게 살짝 열려 있었던 걸까?

이리저리 돌아봤지만 사람들은 무심해보였다. 마치 문이 열려 있는 게 보이는 사람은 영 혼자뿐인 것 같았다. 사람들은 6호분으로 들어갈 수 있는 문조차 보이지 않는 것 같았다.

피안(彼岸). 이쪽의 세계만 보이는 보통의 사람들에게 보이지 않는 저 너머의 세계. 그 세계로 향한 문은 어디에나 열려 있다고 했다. 하지만 사물의 이면과 시간과 공간을 초월한 장인의 눈인 감식안만이 그 문을 볼 수 있다고 서환 명장은 늘 말했었다.

감식안. 진짜와 가짜를 구별하는 장인의 눈이 영을 6호분 안으로 이끌었다.

비좁은 연도를 더듬거리며 영은 희미한 불빛이 새어나오는 묘실로 향하고 있었다.

"전설은 이제 필요 없다니요?"

한사장의 새된 목소리가 묘실 쪽에서 들려오자, 영은 갑자기 쓰디 쓴 위액이 올라오는 것을 느꼈다.

한사장 같은 짝퉁업자를 가까이 하는 것은 결국 흠이 되니 멀리하 라고 할아버지에게 말한 적이 한두 번이 아니었다. 그때마다 이용 당하면 당했지 다른 사람을 이용할 사람은 아니라며 할아버지는 언 제나 한사장 편을 들곤 했다. 명장과의 친분을 과시하며 가품을 매 매하던 것도 모르는 척 넘어가주던 할아버지였다. 그렇게 잘해주었 는데. 왜, 왜 그랬던 거야!

울컥한 영이 참지 못하고 묘실로 들어서던 순간이었다.

"어찌된 일인지 말 좀 해보시라니까요!"

거의 패닉에 가까운 한사장의 모습이 눈에 들어왔다. 벽면에 꽃잎 모양의 빈 공간인 등감에 켜놓은 등잔 덕분이었다.

음영뿐만 아니라 안색마저 선명했다. 그리고 또 한 사람이 눈에 들어왔다.

소가노 준. 그 누구도 아닌 소가노 준이 6호분 안에 한사장과 함 께 있었다.

영은 도무지 믿기지 않는 장면이 그저 비현실적으로 느껴졌다. 꿈 을 꾸는 것 같은 착각마저 들었다. 저기에 왜 준이 있는 걸까? 제가 보고 있는 이가 준이 맞긴 한 걸까?

그리고 더욱 믿을 수 없는 건 한사장이었다. 그가 준을 어떻게 알 고 있는 거지? 그들은 이미 알고 있는 정도가 아니라 무언가를 거래하는 사이처럼 익숙해 보였다.

기가 막혀 웃음만 나왔다.

그렇게 찾으려고 했던 한사장을 준이 이미 알고 있었다니! 처음부터 이건 준의 계획이라고밖에 다른 가정을 하기 어려웠다. 그런데도 그 진실을 외면하고 싶은 자신의 마음이 이상했다.

영은 막혔던 숨을 토해내는 것처럼 헉, 소리를 지르고 말았다.

준을 부르려고 했지만 그 이름이 입 밖으로 나오지 않았기 때문인지도 몰랐다. 지금 그의 이름을 부르면 금세라도 다가올 것 같았기 때문이다.

유채색의 눈동자가 영에게 고정된 채 가느다랗게 흔들렸다. 그렇지만 동요하는 것처럼 보이지는 않았다.

표정 하나 바뀌지 않고 서 있는 남자 때문에 영은 소름이 돋았다.

"서영!"

"다가오지 마!"

영을 향해 발을 떼려다가 준은 발작적으로 내뱉는 비명 소리에 멈춰 섰다.

"당신이 우선 들어야 할 이야기가 있어."

"아니요! 조대명 씨랑 같이 들을 거예요."

영은 그를 외면했다. 유채색의 눈동자에서 느껴지는 절박한 감정이 그녀 몸을 땅 속으로 끌어내리는 것 같았다.

"영아! 이건 명장님도 원했던 일이야."

뒤늦게 영의 존재를 알아차린 한사장이 단번에 상황을 파악한 것처럼 말했다. 영의 원망 어린 시선이 한사장에게 가 꽂혔다.

"어떻게 감히 할아버지를 그 입에 담을 수 있어요? 할아버지가 한 사장님한테 어떻게 했는데!"

분해서 몸이 떨려왔다. 머리는 한없이 뜨겁고 몸은 냉동고에 들어온 것처럼 서늘했다. 몸이 오그라들 것처럼 추웠다. 한사장의 말이 가슴에 비수처럼 박혔다. 꼭 할아버지가 국조모의 팔찌를 훔치려고 자신들과 작당이라도 한 것처럼 말하는 게 아닌가!

장인의 보물 따위가 대체 무엇이길래!

그 길잡이라는 무령왕비의 팔찌가 인도할 보물이 얼마나 대단한 것이길래! 가족 같던 이를 배신할 수 있는 것일까.

영은 떨리는 목소리를 애써 감추며 말했다. 간신히 견뎌내며 준을 노려보았다.

"당신들 다 잡힐 거야. 도망칠 수 있을 것 같아요?"

아니라고. 모든 것이 오해라는 대답을 원했지만, 고저 없는 준의 목소리가 묘실에 사무적으로 울릴 뿐이었다.

"거래는 이쪽에서 파기했으니 그에 합당한 보상은 할 겁니다. 이만 나가보시죠."

당혹스러워 어쩔 줄 몰라 하던 한사장이 그제야 반색했다. 기다렸다는 듯이 움직였다. 묘실로 들어서는 아치형의 입구 앞에 서 있던 영을 피해 한사장은 서둘러 6호분을 빠져나갔다.

감히 할아버지의 작품을 도둑질에 사용하다니. 범인을 잡으면 가만두지 않을 거라고 다짐했던 것과 달리 영은 스쳐 지나는 한사장에게 손가락도 하나 댈 수 없었다. 아니, 마주보고 있는 것만으로도 소름이 끼쳤다.

그건 준에게도 마찬가지였다.

지금까지 영을 사로잡은 건 그의 외모도, 반듯한 태도도, 유창한 언변도 아니었다. 믿음이었다. 영이 어떤 말을 하든지 준은 믿어주었고, 그녀의 편이 돼주었다. 하지만 그 모든 게 이 도둑질을 위해서라고 생각하니 분노보다는 서글퍼지는 감정이 더 컸다.

"서영, 당신 말이 맞아! 원래 이곳은 무령왕이 자신의 무덤으로 마련한 곳이야."

생각지도 못한 말이었다. 일그러진 미소를 한 채 다가오는 준을 보자 영은 갇힌 공간에 치한과 단 둘이 있는 것처럼 오싹해졌다.

"묘실을 둘러봐. 오수전이 새겨진 벽돌로 쌓아올린 이 웅장하고 섬세한 아치형의 구조를. 벽화는 또 어떻고! 벽토로 칠해지긴 했지만, 사방신을 구별할 수 있지. 청룡, 백호, 현무. 그리고 주작! 당신 머리 위에 있어. 고개를 들어봐!"

영은 그의 말이 무슨 주문이라도 되는 것처럼 거역할 수 없는 힘에 이끌려 그가 가리키는 쪽으로 고개를 움직이고 말았다.

영의 시선이 준을 따라 아치형의 입구로 옮겨졌다. 입구 위에는 해와 달을 사이에 둔 주작이 칠해져 있었다.

해와 달이 지키는 주작이 잠든 곳!

경악할 수밖에 없었다.

"6호분이었어. 무령왕릉이 아니라. 이곳이…… 헉!"

영은 기척 없이 어느새 자신 앞에 서 있는 준을 보고 화들짝 놀랐다.

주춤 물러서는 영을 향해 준이 그녀가 물러선 만큼 더 다가왔다. 유채색 눈이 순식간에 영을 가두고 말았다.

"맞아, 전설이 가리키는 건 6호분이야!"

준이 영을 향해 손을 내밀었다. 그가 내민 손에는 무령왕비의 은제 팔찌 한 쌍이 빛나고 있었다.

오리지널에서만 느껴지는 시간의 무게가 그의 손에 놓인 무령왕비 은제 팔찌에서 느껴졌다. 진품이 분명했다.

"정말 당신이 훔쳤어요?"

"……그래!"

대체 뭐가 아쉬워서 이 사람은 그토록 전설에 집착하는 걸까?

"인연이 있으면 천리를 가도 서로를 만나고, 인연이 없으면 얼굴을 맞대고 있어도 만나지 못한다지."

나지막한 목소리와 숨결이 영의 귓가에 닿을 정도로 가까웠지만 이해가 되지 않는 말을 듣자 준에게서 가장 멀리 떨어져 있는 사람이 된 것 같았다.

"소가노 준!"

그때 날카로운 대명의 목소리가 묘실 안에 쩌렁쩌렁 울렸다.

어느새 대명까지 6호분 안으로 들어왔다. 정작 기다리던 사람이 들이닥쳤는데도 영은 어쩐지 반갑지가 않았다. 그러나 인정해야 한다는 걸 알았다. 이제는 돌이킬 수 없는 상황인 거다. 헌데 준은 오히려 평안한 표정이었다.

자포자기한 걸까? 그러기엔 준의 눈에 어린 이채가 너무 강렬해 보였다.

미묘한 감정이 스며 있는 그의 미소가 영을 향했다. 도무지 이해할 수 없는 모습이었다.

"포기해! 여기서 도망갈 곳은 없어! 서영 씨를 이리로 보내!"

대명이 준을 향해 총을 겨누며 다가섰다. 준이 자신을 인질로 잡고 있다고 생각한 모양이었다.

준은 영을 향해 더 없이 화사하고 평안한 미소를 지으며 담담히 말했다.

"인연을 알아볼 수 없다면…… 인연이 닿았을 때로 돌아가면 돼."

수수께끼 같은 말을 내뱉고, 준은 영을 대명에게로 밀어내는 동시에 영의 손에 채워져 있던 그녀의 팔찌를 빼갔다.

그 순간, 대명이 청원경찰에게 빌려온 가스총의 방아쇠를 당겼다.

***

"와!"

영은 절로 나오는 감탄을 어쩌지 못했다. 붉은 노을이 구름을 여기저기 붉게 물들였다.

발밑에 펼쳐진 호수는 티끌 하나 없는 거울처럼 타오르는 하늘을 고스란히 비추고 있었다.

해질녘 풍경에 사로잡혀 자신이 왜 이곳에 있는지, 여긴 어딘지 궁금하다는 생각도 들지 않았다. 해와 달이 동시에 함께 떠 있는 하늘을 바라보며 영은 그렇게 혼자 누워 있었다.

모든 것이 평화로웠다. 이런 여유로운 마음이 저절로 드는 곳은 처음이었다.

"일심이야!"

황홀경에 빠진 그녀를 깨우는 목소리가 지척에서 들려왔다.

"자신을 잊고 무아지경에 오른 장인에게만 허락된 세계지."

어느새 영의 곁에는 한 소녀가 앉아 있었다.

소녀의 첫인상은 그야말로 볼품없었다. 까무잡잡한 피부에 대충 묶은 머리카락이 꿈틀거리듯 삐죽삐죽 빠져나와 갈까마귀 같았다.

"갈까마귀? 장인이란 자가 보는 눈이 겨우 그거야?"

소녀가 영의 속마음을 듣기나 한 것처럼 입이 댓발이나 나왔다.

'뭐야, 이거…… 꿈이야?'

"꿈이야말로 장인의 혼이 오가는 통로지."

마치 영의 속내를 읽은 것 같은 갈까마귀의 대답에 영은 소스라치게 놀랐다. 눈앞의 이 지저분한 소녀는 자신의 머릿속을 훤하게 들여다보는 것이 틀림없었다.

"놀랄 것 없어. 모든 장인의 혼은 장인들의 신인 하늘장인을 통해 서로 연결돼 있으니. 더구나 명색이 장인의 보물로 인도한다는 길잡이가 장인의 심안 하나 못 들여다볼까?"

"길잡이? 서, 설마! 진짜였어?"

머리를 얻어맞은 것 같은 둔중한 표정이 영의 얼굴에 떠올랐다. 장인의 전설에 집착해 생명마저 돌보지 않았던 할아버지. 당신이 믿은 장인의 보물을 영은 하찮은 미신이라며 부정해왔는데 보물로 인도할 길잡이를 만나다니, 믿어지지 않았다.

아니, 그것보다 어떻게 자신이 길잡이를 만난 걸까?

머릿속에 안개라도 낀 듯 모든 것이 희미했다.

송산리 고분군에서 범인을 찾다가 한사장을 발견하고 그 뒤를 쫓다가 6호분 문이 열려 있기에 들어섰다는 건 기억났다.

그곳에서 한사장과 소가노 준이 함께 있는 걸 목격한 영에게 무령왕비 팔찌를 훔쳤다고 준이 고백했다.

전설이 지목한 곳이 무령왕릉이 아니라 6호분이라는 것과 믿고 싶지 않았지만 소가노 준이 무령왕비 팔찌를 훔친 범인이라는 진실에 영이 혼란스러워할 때, 조대명이 총을 들고 묘실로 들어왔다. 그리고 대명의 가스총이 뿜어댄 가스가 묘실에 가득 퍼졌었다.

정통으로 가스를 맞은 준이 무령왕비 은제 팔찌와 영의 팔찌를 떨어트린 것을 보고 주우러 가던 중에 영도 정신을 잃었다. 기억나는 것은 거기까지였다.

파편뿐인 기억을 제대로 맞춘 영이 황급히 제 팔을 확인했지만, 옥 조각을 이어 만든 팔찌는 없었다. 왜 소가노 준이 자신의 팔찌를 빼갔던 것일까?

"그새 장인의 전설을 잊은 거야? 해와 달이 지키는 주작의 무덤

안에 장인의 보물로 인도할 길잡이가 빛나고 있다. 말 그대로 됐잖아. 네가 만든 팔찌의 옥 조각 반쪽은 무령왕비 은팔찌에 숨겨져 있었어. 전설이 가리키는 때와 장소에서 옥으로 만든 팔찌가 온전히 짝을 이룬 덕에 지금 네가 나를 볼 수 있게 된 게지."

무심하리만큼 담담한 어조로 갈까마귀가 설명하자, 영은 더욱 의문이 들었다.

"말도 안 돼! 아니, 만에 하나 옥팔찌가 장인의 보물로 인도할 길잡이라고 치자고. 하지만 그 반쪽이 무령왕비 팔찌에 숨겨져 있었다면, 백제시대에 만들어졌다는 얘기잖아! 그걸 어떻게 할아버지가 가지고 있었다는 거야?"

"원래가 네 할아버지의 것이 아니었어. 네가 가진 장인의 혼이 장인의 보물을 불러들인 것뿐이야."

"장인의 혼이 장인의 보물을 불러?"

"때로는 장인의 보물이 장인의 혼을 부르기도 하고. 한 가지에서 나온 장인의 혼과 장인의 보물은 공명할 수밖에 없으니까!"

소녀의 말은 영에게 선문답에 가까웠다. 그 와중에 소녀가 얼굴을 가까이 들이밀더니 이번에는 신이 나 저 혼자 떠들기 시작했다.

"어쨌든 장인의 보물을 다시 구할 기회가 생긴 거야."

"장인의 보물을 다시 구할 기회라니? 그게 무슨 말이야?"

영이 어리둥절해 하는 게 재밌기라도 한지 갈까마귀 소녀는 개구쟁이처럼 웃으며 말했다.

"아! 하늘장인께서 기억을 지운 건가? 상관없어! 너는 이미 장인의 보물을 구한 적이 있으니까."

하늘장인은 또 뭐람? 장인의 혼이든 보물이든 하늘장인이든 짝퉁 업자에게는 죄다 흰소리일 뿐이었다. 뭔 소린지 알아야 대충 알아듣는 시늉이라도 하지. 대체 자신이 언제 장인의 보물을 구했다는 건지. 영은 도통 이해할 수가 없었다.

"분명 장인의 보물을 구했다니까! …… 완전하진 못했지만!"

단호한 어투 뒤에 얼버무리던 소녀는 말을 이어나갔다. 앳된 소녀의 목소리엔 어느새 위엄마저 실려 있었다.

"장인의 보물을 다시 한 번! 완전하게 구하는 거야. 구해서 이번에야말로 장인의 보물을 완성하는 거야."

이번에야말로?

"보물을 만들어줘. 그러면…… 수 있어."

영이 묻는 것에 답변이라도 하려는 듯 소녀의 입이 열렸지만 어디선가 심상치 않은 바람이 불어오더니 말소리가 휩쓸려 사라졌다.

"뭐라구? 잘 안 들려!"

그 순간, 영의 몸이 갑자기 기우뚱하더니 중심을 잃었다.

쓰러지는 그 찰나의 순간에 가장 먼저 영의 시선이 호수에 빠졌다.

수면에 드러난 하늘은 마치 해와 달이 나란히 뜬 것처럼 일직선으로 비쳤다. 그 형상이 주작을 둘러싼 해와 달이 그려진 6호분의 벽화 같다는 생각을 마지막으로 영은 정신을 잃었다.

***

아주 오래전, 가뭄이 몇 년이나 계속되던 어느 해, 파도가 하늘의 달만큼 높이 차올라 개화를 덮쳤다.

머리 희끗한 백발의 노인들도 본 적은 없었지만, 가끔 바다에서 잡히는 물고기가 강에서 잡힐 때면 개화인들은 으레 아주 오래전 파도에 휩쓸려온 것 중 하나라고 생각해 살려주곤 했다.

언덕바지에 생긴 작은 못 역시 그랬다. 도무지 물길 솟을 곳이 아니건만, 바위에서 샘솟는 따뜻한 물에 개화인들은 그날의 파도가 바위 틈 어딘가로 사라졌다가 바다로 돌아가고자 애타는 마음으로 매번 뜨거워지는 거라고 말하곤 했다.

그 역시 신성한 곳이라고 금줄을 둘러 발길을 금했다. 샘을 함부로 범했을 때마다 개화에 변고가 생겼다는, 아비의 아비가 전해준 금기가 같이 내려왔다.

정월보름에 내리는 하얀 눈발은 샘으로 가는 발자국마저 덮어버렸다. 저 뒤로 사라지는 발자국의 주인은 바로 달이었다.

저자에서 팔린다고 다 방짜 같냐?

굴퉁이 따위를 가지고 장인 직함을 달라니!

그깟 재주는 널리고도 널렸으니 일찌감치 정신 차려! 갈까마귀 개화 계집은 하늘장인의 재주를 빌려와도 절대 장인이 될 수 없으니까.

아직도 직공의 비웃음소리가 들리는 것만 같았다.

하지만 달이는 개의치 않았다. 장인들에게 재주를 빌려준다는 장인들의 신인 하늘장인에게 재주를 빌려서라도 이 지긋지긋한 개화 땅을 떠나 꼭 백제 왕실 공방으로 들어가 이름을 널리 알릴 테니까.

"두고 봐! 백제 사람들도, 대륙 사람들도 모다 장인 달이한테 주문을 하러 올 테니까! 그땐 이 달이님한테 엎드려 빌어야 할 걸."

달이의 눈에 독기가 서렸지만 제 팔에 얹은 바구니를 보고서는 이내 힘이 풀려버렸다. 직공이 내던져 망가져버린 장신구들이 볼썽사납게 담겨 있었다.

"굴퉁이! 장인은 무슨. 개화 촌것들 틈서 이름 없이 죽을 팔자나 아니면 다행이게?"

열일곱 어린 계집의 심사는 포구의 바람처럼 변덕스러웠다.

"아녀! 이 달이님은 할 수 있어! 암만! 하늘장인을 만나 직접 재주를 빌려와서 이 망할 개화 땅에서 꼭 벗어날 거니께 두고 보라고."

앙다문 잇새 사이로 얕은 숨이 새어나왔다. 샘에서는 김이 올라오고 있었다.

이년아, 정신 차려! 하늘장인인지 뭔지 만나러 가다가 네년이 먼저 죽겠다.

딸년의 기행을 말리는 아비의 목소리가 귓가에 울렸지만, 죽어도 상관없다는 달이의 결심은 이미 굳혀졌다.

풍덩.

달이는 조금의 주저함도 없이 못으로 달려들었다. 떠오르는 몸을 억지로 주저앉히면서 달이는 제 숨구멍을 틀어막고 버텼다.

'하늘장인님, 재주 좀 빌려주시오. 달이가 꼭 장인의 보물을 만들 테니!'

가슴께가 쥐어뜯는 것 같이 아파왔다. 그럼에도 버텼다. 머릿속엔 오직 장인의 보물뿐.

그때였다. 못에 비친 달이 일렁이더니, 달빛이 수면을 가르며 달이를 둘러쌌다. 물속인지 달빛 속인지 구분이 가지 않을 즈음, 달이의 눈에 한 여인이 보였다.

새빨간 머리의 여자가 죽은 듯이 눈을 감고 있었다.

'하늘장인님!'

달이의 참았던 마지막 숨이 공기방울로 흩어졌다.

달빛이 다시 한 번 수면을 가르자, 공기방울은 수많은 진주빛 물거품으로 변했다.

아롱아롱 물거품이 여인의 몸에 와 닿자, 감겨 있던 여인의 눈이 비로소 떠졌다.

따뜻했다!

영은 자신을 감싼 따뜻한 기운에 온전히 몸을 맡겼다.

뜨겁지도 미지근하지도 않은 적당한 그 온기에 영은 불현듯 태아를 감싼 양수가 이런 느낌이지 않을까 생각했다. 최초의 보호막이자, 근원에 가까운 안식처.

그 순간, 강한 힘이 영의 목덜미를 잡아채 끌어당겼다.

싫어!

영이 입을 달싹거리려는데 기침이 터져 나왔다. 심장이 쥐어뜯기는 것 같았다.

"숨이 돌아왔어? 살아있는 겨?"

울먹이는 목소리가 등 뒤에서 울렸다.

"이제 하다하다 물귀신이라도 될 참이여?"

맹렬하게 달려드는 힐난이 자신을 향한 것인지도 모른 채 영은 저를 잡아챈 이의 품을 파고들었다.

간헐적인 온기가 등을 두드려준 덕에 기침이 잦아들었다.

"하늘장인 만나러 가다가 네년이 먼저 황천길 가것다!"

바락바락 악다구니를 쏟아내는 목소리에 영은 정신을 차렸다. 그녀의 시선에 제일 먼저 닿은 것은 남자의 맨가슴이었다.

영의 시선이 차츰 위로 올라갔다. 가죽 털로 된 조끼 하나만을 달랑 입어 훤히 보이는 남자의 구릿빛 가슴에서 굵은 목으로 그리고 각진 턱선이 보였다.

"헉!"

외마디 비명과 함께 영은 돌이라도 된 듯 굳어버렸다.

맨가슴을 내놓은 남자의 뺨에 있는 야만적인 흉터 때문이었다. 칼자국이나 화상자국이 아니라, 더 야만적인 느낌이었다. 마치 살을 찢어낸 것 같았다.

"부염 네놈 흉흉한 상판 땜시 놀란 거 아녀! 갑자기 들이댄 얼굴이 귀신인디 놀라 자빠지지 않을 인간이 어딨어?"

퉁명스런 목소리가 또다시 들려왔다. 영은 그제야 목소리의 주인 공을 발견해낼 수 있었다.

사내는 나무통을 들고 지척에 서 있었다.

어깨와 머리가 바로 붙어 있는 것처럼 보이는 사내의 외모가 눈에 들어오자 영은 저도 모르게 그의 목을 찾고 있었다.

"니미! 꼽추 처음 보냐?"

목소리만큼이나 날선 눈빛에 오그라들어 영은 황급히 시선을 돌렸다. 그 바람에 주변의 풍경이 시야에 들어왔다.

숲이었다. 저녁노을이 길게 늘어지고 하얀 눈이 풍경을 온통 순백으로 물들인 겨울 숲.

분명, 자신은 2016년 칠석날인 8월 9일, 송산리 고분군 6호분에 있었다.

그러니까 이건 꿈이야. 당연히 꿈이어야지! 그런 안도감이 들자 설핏 웃음이 나왔다.

영은 남자의 가슴을 밀치며 벌떡 일어났다. 손끝에 닿는 온기가 꺼림칙했지만, 더 이상 두렵지는 않았다.

"무슨 꿈이 이렇게 생생해? 진짜 깜짝 놀랐잖아!"

황당한 시선으로 저를 주시하는 존재들을 애써 잊고자 영은 아직 녹지 않은 땅 위의 눈을 발로 밟기 시작했다.

생생한 음향과 눈 위에 찍히는 발자국이 운동화가 아니라는 것도 그저 꿈이라고 치부할 수 있었다. 하지만 그녀의 몸 전체가 젖어 있었다. 머리끝부터 발끝까지 물방울이 뚝뚝 떨어졌다.

"하나도 안 추워! 하나도 안 춥다고! 꿈인데 추울 리 없잖아!"

와들와들 몸을 떨면서도 영은 소리치는 걸 멈추지 않았다.

그 모습에 안절부절 못하는 것은 더벅머리다.

"놔둬라, 부엄! 달이 저것이 언제 제정신일 때가 있었냐? 어이구, 내 팔자야! 개화 땅에서 꼽추로 태어나 고달픈 인생을 사는 것도 모자라서 딸년 하나 있는 것도 저리 온전치 못하니! 이 고달님 신세는 누가 알아주냐고!"

달이? 꼽추 사내의 신세 타령에서 익숙한 이름을 듣자 영은 반사적으로 고개를 돌렸다. 그리고 부엄이라 불린 더벅머리 남자와 시선이 딱 마주쳤다.

상대의 눈망울에서 의아함과 걱정이 고스란히 묻어났다. 영은 낯선 이의 얼굴에서 자신을 걱정하는 듯한 기색을 노골적으로 느끼자 난감해졌다. 저절로 시선이 아래로 떨어졌다.

대체 어떻게 된 일일까? 김이 모락모락 나는 못이 눈에 들어왔다. 영은 망설일 것 없이 못을 향해 뛰었다.

"저 망할 년!"

자신을 고달이라고 부른 꼽추 사내가 나무통을 던지고 뛰어오는 동시에 부엄이 영을 낚아챘다. 하마터면 못에 빠질 뻔했지만 영은 그런 것 따윈 안중에도 없었다.

"이게…… 뭐야?"

샘에 비친 얼굴. 고달이 부르던 달이. 이곳에 오기 전에 봤던 그 갈까마귀 소녀가 왜 자신의 얼굴 대신 있는 걸까?

제 얼굴이 아니다. 저를 호수로 밀어 넣었던 갈까마귀를 지금 달이라 부르고 있었다.

달이라니! 하필이면 할아버지의 뮤즈와 같은 이름의 달이라니!

"아냐! 내가 왜 달인데?"

못에 비친 달이의 얼굴을 지워버리려는 것처럼 영이 손을 휘젓는데 비명이 들려왔다.

"으악, 이놈들아! 쏘지 마! 쏘지 마!"

팔을 휘젓고 난리를 치는 고달을 공격하는 건 벌떼였다.

그가 들고 있던 나무통이 벌통이었다는 것을 깨달았을 땐 영도 이미 벌 떼의 포위망에 갇힌 뒤였다.

"오, 오지 마! 나 벌 알레르기 있어!"

수십 마리 벌들이 날갯짓하는 소리가 가까이 달려들자 공포 영화의 음향 효과처럼 소름이 끼쳤다. 오싹해진 영은 다시금 못으로 뛰어들어야 하나, 갈피를 잡지 못했다.

"어이구, 우리 봉군들! 아까워서 어쩌누! 응?"

퉁퉁 부어 괴기스런 얼굴로 땅에 떨어진 벌들을 모으는 고달을 보며 영은 이내 눈살을 찌푸렸다. 고달이 벌들의 꼬리를 입에 물고 쪽쪽 빨아댔기 때문이다.

"저기여, 제가 좀 비위가 약해요! 그만 좀 하시죠! 네?"

영의 얼굴도 마찬가지로 퉁퉁 부어 있었다. 아니, 갈까마귀 같은 달이의 얼굴이라고 해야 할까? 벌 알레르기가 있는 영이라면 지금쯤 거의 사경을 헤매고 있을 것이다. 끔찍하게 아팠다.

톡, 영의 부은 얼굴에 꿀을 발라주는 부엽만이 벌에게 공격을 받지 않은 듯 멀쩡했다.

"망할 년! 모다 네년 때문이여!"

고달이 표독스럽게 말하자, 영도 지지 않고 되받아쳤다.

"사람이 죽을 뻔했는데 그깟 벌이 대수예요? 아, 진짜 너무하네!"

"그깟 벌? 이 봉군들이 얼마나 충성스러운데! 주인한테 일이 생기면 머리에 흰 띠를 둘러서 상장을 치른다고, 이년아! "

"왜 자꾸 욕이에요, 이 아저씨가!"

"저 봐! 저 봐! 지 애비도 몰라보는 딸년보단 주인 알아보는 봉군이 낫지."

"누가…… 누구 딸이라고?"

"누군 누구여. 달이 네년이지!"

갑자기 생긴 부친의 타박에 영은 절로 고개를 흔들었다. 대체 이게 무슨 상황인지 가늠할 수가 없었다.

자신이 왜 갈까마귀 소녀, 달이의 모습으로 이 낯선 곳에 서 있는 것일까?

영은 답답한 눈길로 풍경을 내려다보았다.

그녀가 있던 송산리 고분관이 아니었다. 새부리마냥 뾰족하게 세워진 언덕 아래로 구불구불한 길을 걷는 사람들이 다니는 길은 흙탕물로 군데군데 웅덩이가 져, 길이라기보다는 공사 현장처럼 진흙

탕에 가까웠다. 그 길이 뻗어나간 끝에는 검푸른 바다가 펼쳐져 있었다.

"바다? 대체 이게 무슨……."

공주에 바다가 있던가? 혼란스런 가운데 갑자기 언덕 아래는 여기저기서 불이 피어올랐다.

불은 듬성듬성 산발적으로 동시에 일어났다. 놀라운 광경이었다. 영이는 저도 모르게 괴물처럼 화르륵 몸을 부풀리는 저것을 난생 처음 본 것처럼 외치고 말았다.

"불!"

"뭐? 불이라고?"

영의 말에 달려온 고달이 아래를 보더니 기가 찬 표정이다.

"옘병! 달집 태우고 있잖어!"

달집? 계절에 어울리지 않는 생경한 단어에 영이 갸웃댔다.

"정월 대보름날 달맞이 하러 온 거 아냐! 이것아, 정신줄 챙겨!"

"정월 대보름? 무슨 소리야. 난 분명 칠석에……."

일순 영은 포구를 보고 갑자기 소름이 돋았다. 포구로 향하는 사람들의 줄이 끝이 없었다. 아이들의 웃음소리가 바람결에 실려 왔다. 비릿한 바닷바람이 콧속을 간질였다.

"여기가…… 어디야?"

"어디긴 어디여? 개들도 전대를 찬다는 개화 땅이지!"

고달이 시큰둥하게 대꾸했다.

영은 미식거리는 속을 진정시키기 위해 눈을 감았다. 눈앞의 풍경이 사라지자, 정신이 드는 것도 같았다.

　　보물을 만들어줘. 그러면…… 수 있어.

　갈까마귀 달이의 마지막 말이 불현듯 떠오르면서 영은 제대로 듣지 못한 마지막 문장을 기억해내려고 애를 썼다.

　갈까마귀 달이의 마지막 말은, 돌아갈 수 있다고 말하려 했던 게 아닐까.

　보물을 만들면 돌아갈 수 있다!

　장인의 보물을 만들면 영의 세상으로 돌아갈 수 있다는 말을, 길잡이는 하고 싶었던 걸까?

　영은 제 할 말만 던지고 사라진 갈까마귀 달이의 말을 취합하느라 머리가 아파오고 신물마저 넘어왔다.

　'이거 물러주면 안 될까? 나 여기 오고 싶은 마음이 전혀 없었다니까!'

　눈을 뜨면 다시 현실로 돌아가 있지 않을까 하는 바람으로 눈을 질끈 감았다 떴지만, 생소한 풍경만 더욱 선명하게 보였다.

　'장인의 보물을 만들면 돌아갈 수 있다! 장인의 보물!'

　눈앞의 현실을 부정하듯 영은 오직 그 말을 반복할 뿐이었다.

　그새 어스름해진 포구에 수많은 불빛들이 생겼다. 저마다 손에 든 등불이 흔들리는 몸을 따라 일렁였다.

　긴 불빛이 점처럼 이어져 구불구불 몸체를 만들더니 하나의 형상으로 굳어졌다. 꿈틀거리는 화룡이 번쩍 눈을 뜨고 영을 주시했다.

이건 꿈이야. 그래야 한다고! 영은 지금까지 본 것들을 하나도 믿지 못하겠다는 듯 세차게 시선을 돌렸다.

"용왕님, 아무쪼록 올 한 해도 개화가 평안하게 해주시오."

고달이 포구를 향해 손바닥을 연신 굴리며 소원을 빌었다.

영은 다시 한 번 포구로 눈을 돌렸다. 그 순간, 등불로 만들어진 용이 영을 향해 맹렬히 용솟음치며 힘껏 날아올라 달려들었다.

용의 뱃속은 차고 검었다.

3장

장인의 보물,
이 몸이 주문하지!

바다가 내려다보이는 야트막한 언덕 위에 자리 잡은 초가는 기둥으로 삼은 해송이 해마다 벌어져 가는 것이 눈에 보일 정도로 낡았지만 부지런한 주인의 손길 덕분에 아직 거뜬해 보였다.

마당 한쪽엔 잘 말린 갑오징어 뼈들이 널렸고, 평상에는 이제 막 지어 올린 밥상이 주인을 기다리고 있는데 소박한 풍경을 담은 한 폭의 그림 같았다.

"으아악!"

일순 처절하고 다급한 비명소리가 화폭을 찢고 튀쳐나왔다.

"또 뭔 지랄이여!"

부엌에서 국그릇을 들고 선 고달의 눈에 바지춤을 움켜쥔 영이 요란스럽게 뛰어오는 것이 보였다. 오늘은 또 무슨 일로 설레발을 치는 건지, 시큰둥하게 바라보던 고달은 짧게 혀를 찼다. 계집 나이 열일곱이면 혼례를 올려도 벌써 올렸어야 될 때건만 딸의 행동은 여태 덜떨어진 빙충이 같았다.

"벌레! 벌레! 엄청 큰 벌레!"

"염병, 더럽게 뭘 휘두르는 거야!"

큰일이라도 난 것처럼 헐레벌떡 뛰어 들어온 영의 손에는 이 시대 사람들이 뒷간에서 화장지 대신 썼던 긴 막대가 들려 있었다.

딱히 화장실이란 것이 존재하지 않아 이곳 사람들처럼 영도 으슥한 곳으로 가 대충 일을 봐야 했다. 하지만 뜻하지 않게 숲속의 작은 벌레들에게 놀라 뛰어오는 경우가 지금처럼 종종 있었다. 고달의 반응에 무색해진 영이 긴 막대를 버리고 평상에 앉았다.

"그러게 화장실 좀 만들자니까!"

"뭐를 만들어?"

"뒷간! 뒷간 좀 만들어 달라…… 악!"

고달이 익숙한 손놀림으로 영의 머리를 나무 숟가락으로 때리며 말했다.

"밥상 앞에서 더럽게 뒷간 얘기를 하고 지랄이여."

다시 부엌으로 들어가는 고달을 노려보던 영이 제 머리를 어루만지며 씨근덕거렸다.

"더럽긴 뭐가 더러워. 아무데나 싸지르는 자기들이 더 더럽지."

하아! 영은 한숨을 폭 내쉬며 벌러덩 평상에 드러누웠다. 여름날이라 오전부터 내리쬐는 볕은 따뜻하다 못해 뜨거웠다.

"사우나가 따로 없구나!"

눈발이 흩날리던 정월 보름으로부터 다섯 달이 되도록 영은 여전히 달이의 몸으로 개화에 있었다. 꿈같은 나날이었다. 그 꿈이 악몽이란 것이 문제였지만 말이다.

저는 분명 달이가 아니라고 했건만, 달이 이게 평소 어떤 인간이었는지 씨알도 먹히지 않았다. 그저 이것이 진짜 돌았구나 하는 눈빛일 뿐. 광년이를 대하는 사람들의 태도는 영의 세계나 달이의 세계나 다름없었다. 무시, 아니면 동정!

광년이 취급도 받다 보니 이로운 점이 있었다. 새롭다 못해 낯선 것뿐인 달이의 세계를 영에게 차근차근 알려주기도 했으니 말이다.

개화 땅이란 곳이 어디 위치한 곳인지는 자세히 알지 못했지만, 고달이 백제부 시종으로 일한다는 걸 알면서 영은 이 시대가 백제가 있던 삼국시대라는 것을 깨달았다.

삼국시대였다. 조선시대도 기겁할 정도인데, 백제라니! 달이……할아버지의 뮤즈였던 그 달이의 시대 말이다.

영은 제 얼굴인 달이를 틈만 나면 바라보았다.

'정말 이 갈까마귀가 장인 다리가 된다고?'

코웃음이 나왔다. 할아버지나 소가노 준이 이 꼴을 당했어야 했는데 애먼 제가 겪고 있다니……. 다시 생각해도 기가 찼다.

백제는 역사책보다 사극 드라마를 통해 더 잘 알게 된 나라였다. 주몽의 여자 소서노, 그 소서노의 아들인 온조가 세운 나라. 한성과 웅진, 부여를 도읍으로 삼았다가 결국 삼국 중 가장 먼저 망한 나라가 아닌가!

그런 백제에 떨어졌다는 사실이 영은 내심 불안했다. 하지만 영의 걱정은 괜한 기우였다. 한성을 고구려에게 빼앗기고 웅진으로 도읍을 옮기면서 백제는 망국의 길로 가는 듯했지만, 이후 다시 강성해졌다는 얘기를 달이의 아비인 고달을 통해 귀에 딱지가 앉을 정도로 들어왔다.

아무튼 백제는 영이 알던 그 약소국이 아니었다. 멀리 중국까지 제 땅이라며 태수를 보내 다스리기도 하고 가야와 신라, 왜까지 제 속국처럼 부리던 나라가 바로 백제였다.

이 개화 땅 역시 백제의 땅이었다. 영이 살던 시대에선 서해안 지방 어디쯤으로 생각되는 이곳은 비록 강 하나를 사이에 둔 백제보다는 가야와 인접한 곳이었지만, 백제는 개화를 가지기 위해 전쟁까지도 불사했다.

처음 이 개화 땅에 왔을 때 서영이 느꼈던 불안감과 두려움은 어느새 많이 사라져 있었다. 서영이라 주장하는 저를 원래 광년이 자질이 농후한 달이의 미친 짓으로 치부한 고달이 세세하게 옆에서 가르치고 말해준 덕분이었다.

그 와중에 재밌었던 것은 이 나라가 그렇게 예의를 중시하던 건 아니라는 거다. 신분의 고하는 있었지만 나이에 대한 예우 따위는 없었다. 삼강오륜은커녕 남아 선호도 찾아볼 수가 없었다. 영의 세계보다 더 살색 향연인 곳이 또 이 시대였다. 오죽하면 씨를 파는 남자들이 있을까.

영은 아직도 저자에서 씨를 판다는 남자들이 버젓이 돌아다닐 때면, 시선을 피하기 일쑤였다. 개화의 피 맺힌 역사로 여자에 비해 남자의 수가 턱없이 모자라 어쩔 수 없다는 게 이유였지만, 나라에서 권장하는 매춘이라니. 21세기 영의 사고방식으로는 이해하기 힘든 문화였다.

어쨌든 확실한 건, 영은 점점 이 시대가 익숙해지고 있다는 거다. 먼 미래에서 살고 있는 서영이 간혹 꿈이 아니었을까 생각할 정도로 말이다.

"아니지, 난 갈까마귀 달이 년이 아니야! 디자이너 다이애나! 서영이라구. 그 까짓 장인의 보물 따위 빨리 만들어준다니까. 다 가져오라구!"

다짜고짜 하늘을 향해 삿대질을 하던 영이 씩씩댔다. 이렇게라도 안 하면, 이 생활에 하릴없이 젖어들 것 같았기 때문이다.

퉁!

둔탁한 소리와 함께 묵직한 고통이 또 한 번 느껴졌다.

"밥상 앞에 두고 웬 염불이냐!"

알싸한 고통에 눈물이 질끈 나왔다. 이번엔 나무로 만든 빈 벌통이었다.

"왜 자꾸 때려요! 말로 하라구요. 무기 소지는 특수 폭행죄로 가중처벌 받는 것도 몰라요?"

"……."

암팡진 대거리에 평소 같으면 버럭 소리라도 질렀을 고달의 얼굴이 어두워졌다. 지금처럼 영의 입에서 이해 못할 단어가 나올 때면 고달의 얼굴에도 언뜻 두려움이 스쳐 지나갔다.

"또 머리 아프냐? 약방 아재한테 얻어온 약 한 재를 다 먹었는데. 아직도 아픈 겨?"

백제 판 자린고비라고 해도 넘치지 않을 고달이건만, 제 딸에게는 속절없이 약한 아비였다. 혹시나 자신의 딸이 완전히 미친 건 아닌가 하는 두려움 속에서도 끝까지 제 딸임을 의심치 않는 고달의 처연한 눈빛에 영은 급히 얼버무렸다.

"……암튼 때리지 말라구요. 진짜로 확 돌아버리면 어쩌려고 계속 머리를 때려요?"

"아, 암만. 이제 머리는 안 때릴 거구만."

아예 때리지 않겠다는 말은 아니었다. 그런 고달을 향해 눈을 부라리며 영이 밥상 앞에 앉았다.

"그려 그려. 약방 아재 말이 잘 먹고 잘 쉬면 문제 없다드라."

고달은 정작 약방 사내가 말한 '장인의 광기'에 대해서는 쏙 빼고 말을 전했다. 장인의 보물을 만들기 위해 혼을 쏟아 붓느라 장인 중엔 제 광기를 못 이기고 결국 미쳐버리고 마는 이들이 수두룩하다는 것을.

그들에겐 처방할 약도 없고, 예방할 수도 없다 했다. 그들은 이미 피안의 세계를 마주한 이들이고 피안을 쫓아갈 수밖에 없다고.

하던 대로 작업을 할 수 있도록 해주고 어떤 미친 짓을 하든 무조건 용납해주라는 거였다. 백약이 소용없는 광기는 집념을 쏟아넣은 장인의 보물이 완성되어야만 한차례 고비를 넘기듯 사라질 거라고 말이다.

이번이 끝이 아닐 거라는 약방 사내의 말에 어째 그런 병이 있을 수 있냐고 고달은 따져 물었지만, 돌아온 답은 장인이란 자들의 숙명이란다. 이 세상과 저 세상을 잇는 숙명. 어찌 보면 신기와 다름없다는 그 말에 고달은 버럭 성을 냈다.

차라리 신기라면 이해라도 하지!

접신하듯 장인의 삶을 어그러트리는 장인의 혼이란 것이 정녕 귀신같다고 고달은 생각했다. 그러다 또 생각했다. 미쳐도 제 딸년이라고. 사람 잡는 장인의 혼이란 귀신이 들어 있어도, 껍데기는 제 딸, 달이 년이라고 말이다.

"쓸데없는 말 떠들지 말고, 정신 줄 단단히 잡고 있어!"

"나 안 미쳤다니까요!"

발끈하는 영을 달래듯 고달이 말했다.

"그래, 내 딸 달이 년 아녀! 됐나?"

피붙이라고는 딱 하나뿐인 딸년이 하고 다니는 짓은 의뭉스럽다 못해 괴팍했다. 대륙을 넘나드는 상인들에게서 바람만 잔뜩 들어 어느 날부터 장인이 되겠다고 개화공방을 다니다가 한 해전부터는 공방도 때려치우고는 장인의 혼이네, 뭔 하늘장인이네 하면서 수련을 빙자한 자해를 하더니만 기어코 정신이 나가버린 것이다.

그날도 온천에 익사하기 직전인 것을 꺼내놨더니만 제 이름이 서영이라면서 꿈 타령이나 하고, 보다 못해 방 안에 가둬놓길 사나흘.

미쳐도 배고픈 줄은 아는지 밥 앞에선 조용해졌다. 달이가 죽으라면 죽는 시늉이라도 하는 부염 녀석이 약재를 가져왔지만, 미친것에게 밥보다 좋은 것은 없었다.

뭔 놈의 밥을 삼시 세 끼 꼬박 챙겨먹으려 드는지 딸년 밥 챙기느라 고달의 허리가 펴질 날이 없었다.

달포 정도 밥만 축내던 달이 년이 달라진 건, 부염이 제 움막 한쪽에 마련한 공방으로 데려다준 뒤부터다. 언제나 굴퉁이만 만들던 달이의 물건이 어느새 방짜가 돼 있었다. 아비인 저를 닮아 약삭빠른 달이가 물건들을 저자에 팔기 시작하면서 미쳤지만 밥값은 하게 된 것이다.

"그려, 밥벌이는 하니께, 그것도 어디냐. 얼릉 묵어라!"

끝까지 영의 손에 숟가락을 쥐어주며 설핏 웃는 고달은 영락없는 아비의 얼굴이었다.

"이번에도 장인 직함을 못 받으면 나가 하란 대로 각신만 만들어 파는 겨."

그러다 고달은 뒤집어쓴 가면 벗듯 아비의 얼굴을 순식간에 벗어 버리고 기억하라는 듯이 강조했다.

영이 대번에 얼굴을 찌푸렸다. 각신은 개화에서 가장 잘나가는 제품이긴 했지만 민망함을 동반하는 물건이었기 때문이다.

"아니, 무슨 놈의 장인 우대 사회가 작품이 아니라 장인 직함 따위에 목을 매냐고!"

달이의 세상에서는 장인에 대한 예우가 극진했다.

백제는 박사제도가 있었는데 오경박사와 전업박사로 구분되어 있었다. 사서와 같은 한학을 가르치는 오경박사와 잡학을 가르치는 전업박사였는데, 질병을 치료하는 의박사나 역법과 음양도를 가르치는 역박사는 물론이요, 기와를 만드는 와박사, 불탑을 건축하는 기술자 노반박사 등이 전업박사에 속했다. 장인들마저 박사라 칭해주던 백제는 단언컨대 장인들의 시대였다.

듣기론 고마성에는 왕궁 전용 장인들을 발굴해 왕궁의 기와부터 이불 한 장까지 장인의 손에서 완성된다 했다.

박사 칭호를 받은 장인들은 대륙과 왜는 물론, 외국 상단들과 직접 거래를 하기도 했다. 실제로 사신단과 함께 왜로 가는 박사들 중에는 태반이 장인이었다. 이른바 장인의 직함은 이 시대의 로또와도 같았다. 먹고 살 걱정을 안 해도 된다는 것이다.

영은 진심으로 부러웠다. 영의 세계보다 장인을 대접해주는 이곳이 장인을 꿈꾸는 사람들에겐 천국과 다를 바 없었다. 단, 장인 직함이 있어야만 그에 어울리는 대우와 존경이 따른다는 것이 문제였다.

직함 없는 자에게 주문하러 오는 이는 없었다. 장인 직함이 있어야만 주문도 받을 수 있다는 말이었다.

장인 직함은 백제부가 발부하기 때문에 개화인이 그것을 얻기란 매우 힘든 일이었다. 영에게도 마찬가지였다.

영이 21세기 유행하는 명품들을 만들기엔 이 시대의 도구들이 도무지 손에 익지 않았다. 그나마 다행인 건, 달이가 쓰던 작업실을 이용하면서 필요한 것들을 고달이 즉각 마련해준다는 거였다. 딸년 덕 좀 보자는 말로 아낌없는 지원을 하는 것 같았지만, 제 딸이 더

미치지 않기만을 바라는, 까맣게 타들어가는 아비의 속내라는 걸 영
은 빤히 알 수 있었다.

그 마음에 보답하는 방법은 영이 직함을 얻는 것뿐이었다.

갑오징어 뼈로 틀을 만들어 주물 주조방식인 캐스팅 기법을 이용
해서 영은 자신의 세계에 유행한 명품들을 재현해냈다.

가끔 핸드메이드 방식으로 이 시대 사람들처럼 장식품을 만들기
도 했는데, 할아버지의 가르침이 없었다면 불가능했을 작품들이었
다.

그런 노력으로 공들여 만든 작품들이니까 한 번에 합격할 줄 알았
다.

헌데 영의 기대는 벌써 다섯 달 동안 어김없이 무너졌다. 장인의
직함을 얻기는커녕 매번 굴퉁이라는 멸시만 받고 돌아와야 했다.

이번에는 기필코! 영은 푸석푸석한 보리밥을 씹으며 다짐했다.

"맛나냐?"

맨송맨송한 밥에 풀냄새만 나는 나물을 얹어주는 고달을 보며 영
은 우걱우걱 씹다가 겨우 말을 이었다.

"싱거워!"

정말이지 맛이 없었다.

고추가 임진왜란 중에 들어왔다 하니, 고춧가루 팍팍 버무린 김치
까진 바라지도 않았다. 헌데 이곳에는 소금도 귀한 재료여서 영의
입맛에 싱겁다 못해 아무 맛도 나지 않는 것이다.

"네 말대로 바닷물에 절인 건데?"

고달이 조금 맛을 보다 짜게 느껴졌는지 퉤퉤 뱉어냈다.

"이게…… 소금 아니, 소곰이 부족한 게 아니야! 마법의 가루라고 있는데, 아무리 맛없는 음식도 그것 하나면 극상의 맛이 되는 거지!"

"극상의 맛? 그런 가루가 있어야?"

"있지. MSG!"

"……엠? 뭐시라고?"

"그런 게 있어! 한 번 빠져들면 못 헤어 나올 정도로 인이 박히는 거지!"

고달은 미친 딸년과 이렇게 얘기하고 있는 자신이 내심 한심스러웠다. 지난번에도 고추인가 뭔가 맵다는 향료가 있으니 알아봐달라고 했다. 왜인들에게 물어보면 알 거라고 해서 몇 놈을 붙잡고 알아봐도 모른다는 대답만 듣지 않았던가!

영도 고추의 원산지가 아마존 근처라는 것까지는 알지 못했다. 더구나 왜에 고추가 전파된 것도 16세기였으니, 천 년 이상 흘러서야 비로소 왜인들도 고추를 알게 되는 셈이다.

고달은 이 정신 나간 짓거리를 언제까지 해야 되나 싶어 나지막하게 한숨을 내쉬었다.

그때 더벅머리 부엄이 마당으로 들어섰다.

"부엄!"

영이 부르자 부엄이 강아지마냥 단번에 평상으로 다가왔다. 이내 고달의 혀 차는 소리가 들려왔다.

"반푼이 놈들끼리 죽이 맞아서는…… 쯧! 근데 이놈의 벌통은 누가 자꾸 건드리는 겨?"

빈 벌통을 마당에 던져두고 고달이 사립문을 나섰다.

백제부 태수의 개인 시종으로 일하고 있는 고달은 이 길로 백제부로 향할 것이 분명했다.

영이 그의 뒷모습을 한참 동안 눈으로 좇았다. 고달이 언덕 밑으로 완전히 사라지는 것까지 확인하고서야 부염에게 손을 내밀며 물었다.

"가져왔지?"

부염이 가슴팍에서 주섬주섬 꺼낸 것은 천으로 싼 작은 뭉치였다.

벌집의 부스러기.

고달이 눈치 못 채게 몰래 담아오는 게 워낙 적은 양이라 영의 작업을 돕기엔 부족했다. 때문에 부염이 멀쩡한 저밀방에서 밀개 조각을 잘라온 것이다.

"꿀도 챙겨 왔어?"

부염이 고개를 끄덕이며 작은 단지를 내밀었다.

"거봐! 너도 생각을 하고 사니까 편하잖아! 시키는 대로 다 한다고 해서 저 자린고비가 대우해주니? 너 필요한 건 네가 직접 챙겨야 한다니까!"

떠돌이 부염이 달이네와 함께 살게 된 건 한 해 전이라고 했다. 그동안 부염은 고달이 부려먹는 대로 늦은 밤까지 일을 해왔다. 그것도 모자라 부염이 무보수로 일한다는 걸 알고 영은 강한 반감이 생겼다. 한 번은 항의 비슷하게 말을 꺼내 이 문제를 제기했다. 고달은 재워주고 먹여주는데 품삯은 무슨 품삯이냐고 심드렁하게 대꾸하고 말았다.

그 뒤로 반항심이 끓어오른 영은 부염을 꼬여 이것저것 필요한 것들을 몰래 빼돌리고 있었다. 대개가 부염이 필요한 게 아니라 영이 필요한 거였지만, 부염은 언제나 영의 말이라면 다 들어주었다.

부염을 평상에 앉힌 영이 다짜고짜 얼굴을 쓰윽 내밀었다.

"달이 얘는 열일곱 살에 피부가 완전 저질이야. 자기 관리가 엉망이라니까! 나이도 어린 게!"

휴우, 한숨 소리가 지척에서 들렸지만 영은 뺨을 두드리며 바르길 재촉했다.

갈까마귀 같은 까무잡잡한 피부색은 어쩔 수 없지만 바닷바람에 거칠어진 피부는 꼭 재생시키리라 다짐한 터였다.

꿀을 막 바르기 시작하는데 고달의 목소리가 들렸다.

"참, 저자에 가서 소금 좀…… 니들 뭐하냐?"

고달은 못 볼 것을 본 것처럼 그 자리에 굳은 채 서버렸고, 부염과 영도 눈치만 주고받을 뿐 얼음이라도 된 듯 입도 벙긋하지 못했다.

"달이 이 망할 것…… 가만! 너 얼굴에 뭔 짓을 한 거냐?"

"피부에…… 양보하세요."

이 딸년이 미쳐도 단단히 미친 게다! 고달은 철렁 내려앉는 가슴도 모자라 다리가 후들후들 떨렸다.

세상에 먹기도 힘든 저 아까운 꿀을 얼굴에 바르다니, 달이 저것이 드디어 완전히 돌아버린 것이다. 광중에는 약도 없다더니! 약방 사내의 말이 맞았다.

눈앞이 캄캄해진 고달의 눈에 크게 들어온 것이 영의 곁에 멀뚱거리고 앉은 부염이다.

"이 반푼아! 저 미친것 말을 듣냐."

차마 정신 오락가락 하는 딸년은 때릴 수가 없었던지 애먼 부염만 매타작이다. 고달이 빗자루를 들고 부염을 쫓으면서 마당을 벗어났다. 두 사람의 추격전 뒤로 수평선을 가로지른 배 한 척이 개화 포구로 다가오고 있었다.

***

은사로 수놓은 한 폭의 비단 같은 강을 끼고 순타는 모친과 함께 달리고 있었다.

살기를 품고 맹수처럼 쫓아오는 미명을 피해 달아나지만 언제나 순타는 승자가 아니었다.

누군가가 곧 흘리게 될 핏덩어리처럼 붉은 해가 떠오르고 은백색의 강이 순식간에 붉은 피로 물들자 순타는 머리털이 죄다 곤두설 정도로 공포에 사로잡혔다.

어라하가 백가의 수급을 자른다.

잘라진 수급이 저 백강 속에 던져진다.

피 묻은 검을 들고 어라하가 대성팔족을 끌고 그들 쪽으로 다가올 때면, 어머니는 항상 소매로 감춘 오른손에서 옥팔찌를 꺼내 순타의 손에 대신 채웠다.

'살아! 내 보물 순타야!'

모친이 백강에 나풀거리며 뛰어들었다. 단 한 번도 날개가 젖어본 적 없는 하얀 나비처럼.

***

끼이익 끼이익.

배 뒤편에 자리 잡은 선실이라 그런지 물살을 힘겹게 헤치는 키 소리가 간헐적으로 들려오고 있었다. 일정하게 물살을 걷어내는 소리와 간간히 파도에 흔들리는 선체를 고스란히 느끼며 순타는 조용히 눈을 떴다.

어느새 백강은 사라지고 낯선 천장이 보이는 선실에 그 홀로 누워 있었다.

두 눈을 뜨자마자, 통증도 눈을 뜬 모양이었다. 순타는 두통이 일어 머리로 손을 가져가려다 제 팔에 느껴지는 묵직한 감각에 팔을 눈앞으로 들어 보였다. 팔목에는 은은한 빛을 내는 야광주로 만든 옥팔찌가 어스레 빛나고 있었다.

야광주는 밤에 빛을 발하는 극히 희귀한 기석이었다. 낮에는 평범한 옥팔찌에 불과하지만 밤이 되면 빛이 난다.

모친이 남긴 유품.

모친은 정말 하늘장인의 은혜를 받은 장인이었는지도 모른다고 순타는 생각했다.

살아! 내 보물 순타야!

이 팔찌가 그의 목숨을 구명할 유일한 방도임을 모친은 그때 이미 알았던 것이다.

순타의 다른 손이 옥팔찌를 스치듯 지나갔다. 팔찌는 어느새 순타의 다른 손에 들려 있었다. 마술을 연상케 하는 재빠른 손놀림이었다.

태자의 스승이라는 직책을 받은 왕유 박사가 제게 가르친 것이라곤 이런 시시한 방술 따위가 다였다.

원래 방술이란 자연현상을 연구하고 신선에 이르는 여러 방법을 구하는 학문의 통칭이었건만 점차 눈속임의 기예로만 전락하고 있었던 것이다.

사실 백제는 방술을 가진 이라면 승상부터 해주었는데 신비적인 기술이나 기예를 가진 이들뿐만 아니라, 천문이나 의술을 비롯해 장인은 물론 악공까지도 승상하는 문화였다. 기술을 가진 자가 대접받는 백제 문화에도 사람들을 속이는 사술가가 넘쳤다. 오죽하면 신라에서 백제는 사람을 속이는 자들이 많다는 기록을 남겼을까.

순타가 팔찌를 다시 품속에 막 갈무리하던 참이었다.

삐그덕.

조심스럽게 연다고 열었을 선실 문이 기분 나쁜 소리를 내며 열리더니, 간 큰 쥐새끼 한 마리가 선실로 들어서고 있었다.

수정 파편을 뿌려놓은 듯 햇살을 반사하는 수면이 눈부시게 반짝거렸다.

그 넘실거리는 물비늘 덕분에 수면은 거대한 용이 몸통을 꿈틀거리는 것처럼 보였다.

바다와 강이 만나는 개화 포구.

그곳을 향해 한 척의 범선이 막 용의 허리를 타고 넘을 때였다.

"사, 살려주십시오! 이놈 헤엄을 못 칩니다!"

비쩍 마른 사내 하나가 뱃머리에 매달려 발버둥을 치고 있었다. 사내의 머리는 쑥대머리마냥 더부룩하게 헝클어졌는데 누군가에게 잘려진 것만 같았다.

사내의 얼굴 위로 곧 잘려진 머리카락이 흩날렸다.

머리카락을 흩날리도록 명령한 자는 태자였다.

자고 있던 태자가 갑자기 일어나는 순간, 사내는 선실에 침입한 목적도 달성하지 못하고 다부진 체격의 소년에게 끌려와 난간에 매달려 있게 된 것이다.

"태, 태자전하!"

마른 사내의 다급한 목소리가 어느새 울먹임으로 바뀌었다.

사내의 눈에 태자가 손짓을 하는 것이 보였다. 그러자 자신을 제압했던 체격 좋은 소년이 태자에게 다가왔다.

이제야 끌어올려주는 걸까? 내심 기대를 품던 마른 사내는 태자가 소년에게 쑥덕이고 돌아서는 것을 보고 눈만 깜빡거렸다.

"이 몸은 쥐새끼는 못 참는 성격이니라…… 고 말씀하신다."

가까이 보니 더욱 건장한 소년은 귀찮다는 표정으로 칼집을 마주 잡았다.

설마! 이대로 수장시키겠다는 건가?

사내는 입으로 들어간 머리카락을 연신 뱉어내며 고개를 저었다. 말조차 나오지 않았기 때문이다. 그때 마침 장삼 위에 노란 가사를 걸친 승려 하나가 고개를 삐죽 내밀었다.

"사, 사아군! 부디 부처님의 자비를 보여주십시오!"

대번에 사내는 저를 살리러 온 부처라도 만난 것처럼 간절하게 손을 뻗었지만, 사아군이라 불린 승려의 입에서는 나른한 염불만 돌아올 뿐이다.

"아생이안 불온어원. 원한에 대해 노여움 없으면 나의 삶은 이미 편안하여라. 중인유원 아행무원. 사람들 모두 원한이 있지만 내게는 원한이 없네. 극락왕생하시게나."

"사, 사아군!"

이렇게 편안하게 외는 염불이 사형을 집행하라는 말보다 더 무서워 사내는 가슴이 철렁 내려앉았다. 이렇게 허무하게 죽을 순 없다! 사내는 최후의 방책으로 제 신분을 꺼내들었다.

"태, 태자전하! 저는 해씨 일족입니다. 결단코 백씨 일족이 아닙니다."

팔성귀족 중 태자에게 그나마 호의적인 일족이었다.

지난날의 그 번듯한 권세를 유지하고 있지는 않지만, 해씨 일족 중에는 여전히 병관좌평인 해명이 있었다. 병권을 쥔 자였다. 비록 제 일족과는 상종도 안 하는 괴이한 이였지만, 어찌 됐든 백제의 왕비인 어륙과 외척인 백씨 일족을 견제하는 데 가장 큰 도움을 줄 자였다. 물론 백제의 왕인 어라하의 어심이 없다면 불가한 일이었지만 말이다.

잠시 후, 태자가 스윽, 마른 사내 앞으로 몸을 숙였다. 난간에 매달린 사내의 시선 속에서 태자의 입술은 작약같이 붉었다.

고마성 으뜸이라는 미형이라더니, 입술만으로 사내 혼을 빼놓기에 충분하다 새삼 느낄 때였다. 태자의 붉은 입술에서 냉랭한 말이 튀어나왔다.

"동명왕께서 시암수를 어찌 건너셨는지 아느냐?"

부여를 뿌리로 둔 백제인치고 동명왕을 모르는 이가 있을까? 동명왕은 시암수라는 전설의 강에서 수면을 때려 떠오른 물고기와 자라를 이용해 무사히 강을 건너 부여를 건국한 시조였다.

대적 고구려의 추모왕이 아무리 동명왕의 전설을 베껴 신격화 한다 해도 조선을 이은 부여를 계승한 것은 고구려가 아니라 백제라고 할 수 있었다.

백제는 건국 때부터 국조모 소서노와 부여의 동명왕 사당에 제사를 지냈는데, 대성팔족을 통합한 유일한 지도자인 국조모 소서노를 기리는 것과 조선의 또 다른 이름인 부여를 계승했다는 뿌리를 잊지 않기 위해서였다.

해씨 일족인 마른 사내는 같은 시조를 가진 태자를 보며, 빠르게 고개를 끄덕였다. 그 순간 태자의 붉은 입술이 부드러운 호선을 그려냈다.

어디선가 짙은 향기가 배어나올 것 같은 착각에 멍해진 마른 사내의 시선이 태자의 입술에 닿았다.

"해씨 일족이라 하니…… 개화 땅은 오어교(鰲魚橋)를 밟고 오려무나."

마른 사내가 태자의 말을 이해한 것은 제 머리카락을 잘랐던 다부진 소년 무사가 다시 등장했을 때다.

"증걸! 이자가 해씨 일족이라 하나 그 말을 어찌 믿겠느냐! 해모수가 제 후손을 어찌 구하는지 보자꾸나!"

태자의 말에 마른 사내의 얼굴이 사색이 됐다.

증걸이라 불린 다부진 소년이 다시 칼을 빼며 다가왔다. 기어코 저를 수장하라는 명이리라.

해모수에 맹세하건대 내 요사스런 태자를 결코 가만두지 않으리라!

봉두난발이 된 해씨 일족의 사내는 제 손을 잘라내려는 칼날이 다 뽑히기 전에 스스로 난간을 잡고 있던 손을 놔버렸다.

풍덩.

외마디 비명도 없이 물보라를 뿌리며 물속으로 사내가 사라져버리자, 제일 먼저 당황한 건 칼집에서 칼도 못 빼낸 증걸이었다. 역시나 매서운 태자의 시선이 느껴지자 목덜미가 뜨끔해졌다.

필시 저를 두고 쓸모없는 놈이라고 욕을 하는 것이 틀림없었다. 호위랍시고 달랑 혼자만 데리고 올 때부터 증걸은 무탈한 여행길이 되긴 어려울 거라 예감은 했다.

증걸은 반쯤 꺼낸 칼을 도로 집어넣으며 선단 위로 올라서서 심호흡을 했다.

"쫓겠습니다."

헤엄칠 생각만 해도 끔찍했지만 태자에게 갈굼을 당하느니, 용왕을 뵙는 게 나을 듯싶었다.

'아버지가 태자를 모시라 할 때부터 알아봤지!'

삼형제 중 막내인 증걸은 형들에 비해 그다지 아비의 신임을 얻지 못하는 아들이었다. 그런 저를 태자의 호위로 추천한 이유는 단 하나였다. 나이! 태자가 소년 무사들을 호위로 들이자, 조건을 충족한 아들은 증걸뿐이었던 것이다. 아비는 그저 태자에게 쫓겨나지나 않으면 다행이라 여겼을 것이다.

멀쩡한 호위들을 하루아침에 다 갈아치우더니 새로 뽑아놓은 인물들은 정식 관직도 받지 못한 그야말로 풋내기 소년 무사들이었다. 그 중에 무과로 들어온 이는 저 하나로, 그나마도 아버지 위사좌평의 천거가 있어 가능했다는 말을 들었다.

시정잡배 오합지졸 틈에 막내아들을 넣어달라고 조른 아비나, 그

아비가 밉다고 그 아들인 저를 핍박하는 태자나, 증걸의 입장에서는
둘 다 질릴 노릇이었다.

"되었다. 용왕님 기미라도 시킬 양이면 두 손은 멀쩡히 보내줘야
지."

어차피 물속 귀신이 될 놈을 굳이 쫓아가서 죽일 필요는 없다는
말이었다.

증걸의 입장에선 칼도 꺼내지 못하고 당한 치욕 아닌 치욕인데 어
찌된 일인지 태자가 그 허물을 가려주는 것이다. 태자답지 않게 소
탈한 말이라 의심이 가기도 했지만 증걸은 그래도 얼굴에 화색이 돌
았다. 건네는 말은 족족 비아냥거림이요, 한 번씩 흘깃 보는 눈초리
는 고깝기 그지없어 하던 태자가 고마성을 나오니 드디어 자신에게
의지하는구나 싶은 알량한 마음까지 솟구쳤다.

"연호위가 어지간히 마음에 드시나 봅니다, 전하!"

사아군도 평소와 달리 태자가 호의를 베풀자 의외라는 듯 나직이
말했다.

"제 아비가 일당백이라 침이 마르도록 칭찬하더니만……. 칼을
빼는 것이 전광석화 같아서, 하마터면 칼집에서 칼도 못 빼내는 빙
충이로 오해할 뻔했으이!"

그럼 그렇지!

태자는 제대로 칼을 빼내기도 전에 해씨 일족을 놓친 증걸의 허물
을 덮는 게 아니라, 두고두고 놀려먹으려는 속셈인 거다.

웬일로 아량인가 싶었던 증걸은 결국 허탈해지고 말았다.

태자의 심술보는 조금도 줄어들지 않았다. 마음 같아서는 당장이라도 칼을 빼들고 싶었지만 상대는 태자였다. 억울하면 왕족으로 태어나라는 말을 입에 달고 사는 그에게 대거리를 할 정도로 증걸은 명청하지 않았다.

한동안 야죽댈 게 분명해서 대꾸하는 것도 잊고 돌아서버렸다.

"황당객도 저런 황당객이 없지! 바락바락 대들기라도 하면 밟는 재미가 쏠쏠할 텐데 말야."

증걸의 등 뒤에다 낮게 뇌까리는 태자의 빈정거림에 사아가 곤란하단 표정을 지었다.

"연호위를 너무 몰아세우지 마십시오. 그는 위사좌평의 아들 아닙니까. 위사좌평은 연씨 일족의 수장입니다. 어라하의 수족이기도 하구요. 그와 척을 지어서는 아니 되십니다. 어륙의 백씨 일족과 맞서기 위해선 다른 팔성 귀족들을 하나라도 더 전하의 편으로 끌어들이셔야 합니다. 그들을 끌어낼 수 있는 왕유 박사 같은……."

해씨 일족이라 밝힌 사내를 굳이 몰아세울 필요가 있었냐는 타박은 참아도 왕유 그 땡중의 필요성을 나열하려는 제 사촌의 말을 순타는 단호하게 잘라냈다.

땡중이 개화로 갔다는 소문이 있었지만 만나봐야 서로에 대한 입장차만 더 견고할 뿐이었다. 그런 땡중 따윈 없어도 그만이라는 것이 순타의 솔직한 마음이었다.

"참으려고 했지만, 사방 천지에 새와 쥐새끼가 득실거려서 머리가 아파!"

마침 출렁이는 뱃머리에서 태자의 몸이 휘청거리자, 사아의 얼굴이 대번에 사색을 띠었다.

"그러게 이동은 무리라 하지 않았습니까!"

사아는 태자의 안색이 눈에 띌 정도로 창백한 것이 마음에 걸렸다.

태자의 처소인 동궁에서 암살 기도가 있었다. 마침 침방 시녀 아해가 한자리에 없었다면, 태자는 목숨을 보전하지 못했을 것이다. 반백을 넘어선 어라하가 기행이 심해지면서 다급해진 어륙과 백씨 일족이 부린 술수라며 태자는 노여워했다.

그날, 태자는 제 호위를 모두 갈아치웠다.

동궁 정자에 침방 시녀들이 출입하는 것을 막지 않았다는 이유를 들었지만, 기실 제 암살 기도를 관망했기 때문이다. 백씨 일족에게 사주를 받았거나 적어도 그들 편에 선 것이 틀림없었다.

순타는 사아를 통해 자신들이 지원하고 키워온 소년 무사들로 호위를 새로 뽑았다. 귀족 출신은 아니었으나 모두 태자와 사아의 지원을 받아 큰 소년들이었다. 즉시 태자의 취향이 남색이란 소문이 돌았지만, 태자는 마냥 잠잠했다. 암살사건의 배후를 추적하려는 의지도 보이지 않았다.

순타가 새로 뽑은 호위들로 인해 가납사니들의 소문 한가운데 서 있을 때 위사좌평이 친히 동궁으로 들어 제 아들을 천거했다.

어라하의 수족인 위사좌평의 아들을 옆에 두는 건 제 행동을 어라하에게 죄다 보고하는 거나 다름없었지만, 태자는 기꺼이 받아들였다.

그가 거절한다 해도 어차피 위사좌평의 아들은 호위로 들어왔을 것이다. 그런 연유로 중결은 태자의 미움을 잔뜩 받고 있는 신세였다.

"개화행이 건강을 악화시킬 수도 있다 하였습니다."

사아는 동궁에서 피습당할 때 상처 입었던 태자의 이마를 슬쩍 보며 걱정스레 말했다.

"내 처소에서 습격을 받았어! 고마성에 계속 있었다간 노망난 어라하가 토지신에게 구입한 땅을 내가 먼저 사용하게 될 뻔했다고."

"전하!"

사아가 주위를 힐끔거리며 순타의 말을 끊었다. 어라하가 매지권(묘지매입문서)를 만들라고 한 것은 고마성에서조차 비밀이었다.

물론 왕족인 부여씨와 함께 백제를 다스리는 8성씨의 귀족 집안인 대성팔족이 모르는 비밀은 없었지만, 백성들에겐 알려지면 안 되는 일 중 하나였다. 노쇠한 제왕이 자신의 능 자리를 미리 사놓는다는 것은 백제에 아무런 이득도 되지 않는 일이었다.

"개화는 정치적으로 민감한 곳입니다. 아무 뜻 없는 말이라도 저들에게 빌미를 줄 여지가 있습니다."

"뜻이 없다니? 신선놀음이나 하며 자리만 차지하고 앉은 어라하에게서 보위를 강탈하기 위해 이 개화를 방문한 것인데."

여전히 활동 중인 낮 새들을 향해 태자가 들으라는 듯 말하자, 사아의 얼굴은 사색이 되어갔다.

2층 누각의 개화 공방을 올려다보며 영은 비장해진 마음을 가다듬었다.

이번에야말로!

꼭 장인 직함을 받아내겠다는 야무진 각오가 서려 있었다.

영은 소쿠리에 든 작품들을 다시 한 번 점검했다.

은반지, 백동으로 만든 민비녀. 원래는 호박이나 비취 같은 옥으로 재료를 삼지만 여의치 않아 은으로 연꽃 봉오리를 만들어 붙인 연봉뒤꽂이까지!

영이 디자인을 배우며 습작했던 작품들로, 21세기 명품들과는 전혀 다른 작품들이었다.

"명품도 알아줘야 명품이지!"

처음 공방에 제가 만든 최신 명품들의 짝퉁을 가져갔을 때, 영은 장인은커녕 직공들에게조차 보일 수도 없는 굴퉁이라며 퇴짜를 맞았다.

아니 왜? 개화인들도 서로 좋아라 하며 사가는 작품이 왜 여기서만 굴퉁이가 되는 것이냐고 따져도 봤지만, 대답은 단 하나였다. 굴퉁이라서!

겉모양은 그럴듯하나 속은 보잘것없는 물건이라는 말이었다. 신기함에 호기심으로 산다고 하여 그것이 다 방짜는 아니라는 것이다. 영의 자존감이 와르르 무너지는 건 한순간이었다.

하지만 영도 틀렸던 거다. 시대를 한참이나 앞서가는 물건을 내놓았으니 저들이 못 알아보는 게 당연했다.

그 후로 영은 몸에 익은 방식을 버렸다. 아니, 21세기 명품 스타일을 버렸다. 그리고 그들이 사용하는 작품들을 만들기 시작했다.

영은 그렇게 지난날 서환 명장에게 배운 기술을 다시 사용하면서 개화공방을 다달이 빼먹지 않고 찾았지만 한 차례도 통과된 적은 없었다.

누군가는 영에게 더는 개화 공방에서 장인 직함을 나눠주지 않을 거라고 말했고, 또 누군가는 개화인에게는 장인 직함을 줄 수 없다고도 말했다. 거기엔 연유가 있었다.

한때 개화 공방은 장인들로 넘쳐났고, 재주 많은 이들의 왕래가 활발한 곳이었다. 그러나 개화가 무역항으로 번창해 갈수록 개화 장인들이 설 곳은 점점 줄어들고 말았다.

더욱이 백제부가 개화 공방을 직접 관리하면서 공방의 입지는 더욱 줄어들었다.

백제의 녹을 먹는 관리로 전락했다 하여 혈기 왕성한 장인들 대부분은 개화를 떠났고, 지금은 그저 대륙 상단에서 들어온 작품들을 진열해 파는 상점에 불과해졌다. 그런 상황이라도 영은 개화 공방을 찾을 수밖에 없었다. 그녀에겐 직함이 필요했다. 이 꿈같은 개화를 벗어나기 위해선 장인의 보물을 완성해야 하니까.

장인의 직함을 받은 자만이 주문을 받을 수 있었다. 직함이 있어야 주문을 받고, 주문을 받아야 장인의 보물을 완성할 수 있게 되는 거다. 영은 오늘도 심기일전하고 공방 문을 두드렸다.

개화 공방의 진열대 위에는 남조에서 들어온 중화풍의 물건들과 서역, 고마성 왕궁 장인들의 물건들이 널려 있었다. 아쉽게도 개화 장인의 작품은 찾아보기 어려웠다. 장인들이 사라졌으니 당연한 현상이었다.

개화 공방 장인들이 도제를 키웠지만 그 직공들 역시 진품과 가품을 구별하는 지식만 배울 뿐 정작 제대로 숙련된 기술을 배울 수는 없었다.

대륙에서 들어오는 값싼 중화풍의 물건들이 판치는데 누가 공방을 직접 찾아가 주문을 넣고 비싼 값을 치르며 기다리려 할까. 개화 공방의 화덕엔 불길이 멈추고 대신 거미줄만 가득해진 지 오래였다. 장인대신 장사꾼만 넘쳐났다.

"또 왔구먼?"

이제는 영의 얼굴만 봐도 으레 하는 인사처럼 또 왔냐며 묻는 이는 개화 공방의 견습공 중 가장 뛰어난 수제자라고 했다.

"불통! 불통! 불통!"

소쿠리에 담아온 작품들을 힐끗 보며 불통이라 외치는 수제자의 말에 영이 발끈했다.

"아재! 제대로 보지도 않고 불통을 날리면 어쩌자는 거야?"

"장인이라는 자가 눈썰미로 대강 살펴보면 딱 답이 나오는 게지! 은으로 만든 지환은 불순물이 섞여 있으니 불통!"

"순은으로 만들면 형체를 보존할 수 없다는 걸 아셔야지!"

"흠, 역시 불순물 섞인 은으로 만든 연봉뒤꽂이도 불통!"

"아재!"

"마지막으로 백동으로 만든 민비녀는 너무 수수해서 불통!"

"수수한 거랑 심플한 것도 구별 못하면서 뭘 감정을 해? 그쪽 눈이 삔 거지!"

영이 치솟는 분을 참지 못하고 버럭 내지르자, 수제자 뒤에 섰던 직공들이 험상궂은 표정으로 몰려오기 시작했다.

"이런 굴퉁이는 널리고 널렸다니까! 저자에 내놔도 안 팔릴 굴퉁이를 가지고 어딜 공방 문턱을 넘겠다는 거야?"

영이 오늘만은 끝까지 평정심을 유지해보리라 다짐했지만 벌써 그 한계를 오르내렸다. 키는 작달막한 것이 직공이라는 감투를 썼다고 반 토막 말을 내뱉으니 오늘도 치받지 않고는 배길 수 없었다.

"잘만 팔리거든! 니들 눈이야말로 썩은 동태 눈깔 아냐?"

영이 고성을 내지르자 기다렸다는 듯 거칠고 투박한 손들이 달려들었고, 얼마 안 가 영은 직공들의 손에 이끌려 문 밖으로 내쳐졌다.

"그런 굴퉁이 따윈 다시 갖고 오지 말라고."

직공들 중에서 가장 어린 사내아이가 영의 물건이 든 소쿠리를 땅바닥에 패대기쳤다.

부서져버린 뒤꽂이와 민비녀가 볼썽사납게 땅바닥에 흩어졌다.

"망할 것들아, 지들 보는 눈이 엉망이지. 어디에다 굴퉁이를 붙여!"

바락바락 기를 쓰며, 영은 그렇게 한참을 투덜거렸다. 그나저나 칠석이 한 달도 남지 않은 때였다.

***

포구와 저자를 잇는 여러 갈래길 중 한쪽 길에 화려한 등이 즐비하게 매달려 있었다. 이곳부터는 홍등가니 여인이나 아이들은 들어서지 말라는 표시였다.

개화에서 가장 유명한 기루, 청루는 오늘 같은 날 한창 북적여야 하는 게 당연했다. 가장 와자지껄한 날이어야 하건만 희한하게도 여느 거리처럼 한산한 편이었다.

"저기, 연호위! 사신단이 심심해서 그러는데 개화 구경 좀…… 아, 아닐세. 그냥 방에 가 있겠네!"

사신단 대표 단양이 박사가 우물대며 말하다 증걸이 눈을 치켜뜨자 풀이 죽어 돌아섰다.

왜로 떠날 백제 사신단이 개화에 도착했는데, 어찌된 일인지 이들을 데리고 떠나야 할 범선이 보이지 않았다. 사아군이 연유를 알아보러 간 사이, 오도 가도 못하게 된 사신단을 백제부가 아닌 기루로 끌고 온 건 태자였다.

이때까지만 해도 증걸 역시 딱히 불만은 없었다. 하지만 기루를 통째로 빌린 후 태자의 한마디 명령이 떨어지고 나서는 순식간에 다들 어쩔 줄 몰라 했다.

기루를 몽땅 비워라!

모든 기녀들에게 하루 휴가를 주고 시커먼 사내놈들만 남게 했으니 여기저기서 불만이 새어나온 것이다. 청루가 이 시간에 이렇게 잠잠한 까닭이었다.

박사들에게 기녀들이라도 붙여주면 될 일이지만 아직도 혼인을 못한 심보 고약한 태자가 제 휘하의 연정을 허락할 리 없었다.

태자가 스물넷이 되도록 태자비조차 없다는 것은 그만큼 지지 세력이 약하다는 뜻이기도 했다. 열두 살에 태자가 되고, 그 후 열두 해 동안 태자 자리를 지켜왔지만, 태자비를 맞이한 적은 단 한 번도 없었다. 물론 여러 차례 혼사가 오가기는 했다. 혼사를 준비하던 중에 태자비 후보의 아비들이 줄줄이 낙향을 하거나, 모반을 꾀하여 집안이 풍비박산 난 것은 우연의 일치라고만 보긴 어려웠다.

어쨌든 세 번의 태자비 후보를 그리 허무하게 잃은 태자에게 제 딸을 바칠 팔성귀족은 더 이상 나타나지 않았다. 태자의 혼사 얘기만 나오면 딸을 가진 팔성귀족들이 와병을 청해 한동안 어라하 앞에 나서지 않는 일까지 벌어졌다.

결국 팔성귀족을 대신해 왕유 박사가 올린 목간으로 태자비 간택은 유야무야되었다.

태자의 사주에 산 여인이 없다며, 죽어야만 태자비가 될 거라는 무서운 내용이었다고 전해지지만, 진실은 박사와 어라하 그리고 위사좌평 이 셋만 알 뿐이었다.

그러나 장성한 태자에게 팔성귀족의 든든한 배경을 주지 않으려는 어륙과 백씨 일족이 벌인 일이라고 짐작하는 것은 그리 어렵지 않았다. 태자가 되기 전에 그의 정혼녀였던 여인은 아직도 멀쩡히 살아 있으니 이치가 맞지 않는 내용이기도 했다.

어쨌든 이런 일련의 사건을 겪은 어라하는 태자비 간택에 관해 지금껏 묵묵부답으로 일관해왔다. 그 때문에 고마성에는 혼인하지 않은 태자를 두고 별별 소문들이 나돌았다. 그 중에서도 태자의 고약한 성정이 가장 큰 문제라고 다들 혀를 찼다. 성미가 고약해 팔성귀족 중 어떤 집안도 딸을 내어주지 않는다는 것이다.

미색 고운 태자가 사실 여인들보다 사내를 더 좋아한다는 망측한 소문도 날개를 달고 퍼져나갔다.

나이 어린 이복동생과의 치열한 보위 쟁탈전은 팔성귀족들에게나 관심사였고, 남 말 좋아하는 가납사니들은 태자의 해괴한 소문에만 열을 올렸다.

증걸도 그런 소문은 몇 번 들은 적이 있었다. 어떤 간 큰 이는 제게 그 소문이 사실이냐고 묻기까지 했다.

아니 땐 굴뚝에서 연기가 날까? 사아군이 돌아온 지 벌써 한식경이 넘었는데도 태자와 단 둘이서만 있는 게 이상했다.

태자가 유독 제 사촌인 사아군과 친밀하지 않던가! 버림받은 왕자들끼리의 추문은 가납사니들이 가장 열 올리며 좋아하는 이야기 거리이기도 했다.

진짜로 태자가 사내를 좋아하진 않겠지!

스멀스멀 기어오르는 호기심을 견디지 못해 증걸은 결국 문틈 사이로 방 안을 훔쳐보고 말았다.

"풍랑 때문에 대륙에서 예정보다 이레 늦게 출항했다고 합니다. 배가 개화에 도착하려면 달포 뒤쯤 될 겁니다."

차를 따르는 사아의 목소리는 어느 때보다 낭랑했다.

"불가의 제자인 그대도 기녀가 필요하지 않나?"

출가한 그를 노골적으로 조롱하는 말이었지만 정작 순타의 눈엔 경멸의 기색 같은 건 없었다.

"여인뿐이겠습니까?"

묘한 울림이 있는 목소리에 반응하듯 순타가 사아의 손을 잡았다. 둘둘 말린 비단 조각이 사아의 손에서 순타의 손으로 은밀하게 넘겨졌다.

천재일우! 젊은 두 사촌의 눈이 같은 것을 말하고 있었다. 풍랑까지 도와주었으니, 이 기회를 놓칠 수 없다고 말이다.

백씨 일족이 과감하게 암살 기도까지 한 이 마당에 순타가 더는 어라하의 어심만을 기다릴 처지가 되지 못한다는 걸 사아는 누구보다 잘 알았다. 태자가 사신단 배웅을 자처하며 개화까지 어떤 심정을 가지고 내려왔는지 사아만이 헤아릴 수 있었다.

사지로 내몰리고 나서도 그 사지 위에서 기약 없이 버텨야 하는 심정. 그도 똑같이 왜에서 견뎌왔기 때문에 누구보다 태자의 마음을 잘 헤아렸다.

그래서 사촌인 순타가 보위를 이어야 한다고.

사아는 자신의 어그러진 운명을 제 사촌만은 따라서 잇지 않기를 간절히 바랐다.

보위를 잇는 방법은 단 두 가지였다. 정통성을 보장받으며 절차에 따라 보위에 오르거나, 역모를 꾀하는 것.

사아는 사촌이자 제 주인인 순타의 판단을 기다리고 있었다. 그가 어떤 방법을 선택해 보위를 이을 것인지.

자신은 그의 모사로, 주인이 어느 길을 가든 그대로 따를 것이며, 제 손을 더럽히더라도 주인만은 순탄하게 그 길을 갈 수 있도록 할 것이었다. 그때였다.

"으아악!"

요란한 비명소리와 함께 방 안으로 증걸이 엎어졌다.

순타의 얼굴에 불쾌감이 번져나갔다.

"오랜만에 사촌과 다정한 시간을 보내볼까 했건만 경박한 눈들이 가만있질 못하는군!"

증걸뿐만이 아니었다. 사신을 가장한 무리와 점소이를 가장한 인물, 병사 중에도 각 귀족의 간자들이 있었다.

그들의 눈과 귀가 될 자들 앞에서 순타는 태연히 자신의 계획을 말했다.

"태풍 때문에 남제에서 제대로 출발하지 못한 배가 달포 후에나 온다더구나. 이래저래 이 몸은 요양이나 하며 지내볼까 하니, 네 주인들에게 알리거라!"

"요, 요양이라뇨?"

퍼뜩 정신을 차린 증걸이 빽 소리를 지르며 일어서자 별안간 태자의 얼굴이 다가왔다.

'밉살스럽긴!'

서로를 바라보는 시선엔 야발이 가득했다.

증걸은 제 아비의 든든한 신임은 받지 못했지만 그래도 애정은 듬뿍 받고 있을 것이다. 순타는 느낄 수 있었다. 부자간의 동조는 신임을 떠나 마음이다. 그렇지 않고서야 제 애비와 똑같이 저리 불만 가득한 눈빛으로 자신을 볼 순 없었다.

어라하의 분신이라고 할 수 있는 위사좌평. 그가 소식통으로 넣어 둔 막내아들. 증걸을 통해 순타의 일거수일투족이 어라하에게 들어갈 것이 확실했다. 결국 신하보다도 신임을 받고 있지 못한 아들이라는 사실에 순타는 다시금 씁쓸해졌다.

그 씁쓸함에 더해 증걸에 대한 일말의 연민이 없지 않았다. 그 역시 부정(父情)과는 별개로 아비에게 버려진 꼴이라는 데는 마찬가지였으니까.

'여하튼 아비가 포기한 아들 하나 추가로군!'

순타가 의뭉스레 증걸을 향해 웃으며 말했다.

"대성팔족 연씨 가문은 주인의 명이라면 죽음까지도 불사한다는 충성스런 가문이지."

"……."

"주인을 제대로 섬겨야지! 사냥을 마치고 쓸모없는 개는 뜨거운 물에 삶아지기밖에 더하겠느냐?"

살벌한 말과 어울리지 않게 순타의 미소는 화사하기 그지없었다. 그 앞에서 증걸은 말문이 막힌 듯 서 있었다.

태자는 면사가 달린 방립을 쥐고 방을 나섰다.

"사신단은 내일부터 달포 뒤까지 원대로 개화 구경을 하라 전하여라. 구경이라고 해봤자 침상 위에서 개화 기녀들 탐색이 전부겠지만."

태자는 정확히 2층으로 올라가는 계단에 숨어 있는 소심한 단양이 박사를 향해 비아냥거렸다.

귀찮은 감시인을 따돌리고 온 길이라 그런지 산보치고는 발걸음이 가벼웠다.

순타는 고마성에서조차 혼자 다녀본 적이 없었다. 호위를 떼어놓아도 원치 않는 꼬리가 항시 따라붙었다. 하지만 이곳까지 꼬리를 달고 다닐 수는 없는 법.

순타는 사람들 틈으로 휩쓸리면서 미행을 따돌리기 시작했다.

개화 옥장은 고마성 공방에서 이미 데려갔다 합니다.

사촌형제인 사아가 전해준 비단에 적힌 내용은 순타의 계획이 상당 부분 수정되어야 한다는 것이었다. 그가 난데없이 옥장을 찾는 이유는 그의 구명길이 오직 하나였기 때문이다. 어미가 저를 살리기 위해 마지막 순간에 넘겨준 유일한 유품.

그 유품만이 순타를 살릴 방도임을 모친은 알았을까?

순타가 살기 위해선 반드시 그 옥장이 필요했다. 그것도 천상의 솜씨로 옥에 조각을 넣을 수 있는 자!

136

누구도 보지 못했지만, 누구도 의심할 수 없는 조각이어야 했다.

원래 개화는 이름난 옥 생산지였다. 개화 옥은 품질이 우수해서 대륙은 물론이고 적국인 고구려에서도 구매하겠다는 요청이 쇄도할 정도였다. 개화는 옥 생산지라는 지리적 이점으로 시장이 자연스레 형성된 최대의 무역지구인 셈이다.

헌데 옥장이 없다니?

순타는 개화에 옥장이 없다는 말을 처음엔 도무지 이해할 수 없었다.

사연은 이랬다. 개화의 옥은 사실 대부분 백제부에서 캐어가는 형편이었다. 자연스레 옥장들은 백제의 장인으로 소속되지 않으면 옥 자체를 얻을 수 없었다. 결국 개화 옥장들은 옥을 쉽게 얻을 수 있는 고마성으로 들어가거나 아예 다른 생산지로 공방의 식구들을 데리고 떠나버린 것이다.

그러나 순타는 이대로 옥장을 포기하고 고마성으로 환궁할 순 없었다. 환궁은 자신의 저승길임에 틀림없었기 때문이다.

"사신단의 배웅을 하겠다고? 개화로 말이더냐?"

오랜만에 듣는 어라하의 목소리는 여전히 무미건조했다.

동궁 처소에서 암살의 위기로부터 가까스로 목숨을 구한 다음 날, 순타는 어라하에게 독대를 신청했다. 몇 해만의 독대인지 기억 속에서도 가물가물했지만, 순타 역시 아무런 감흥이 없었다.

"허울뿐인 태자 자리도 이제 지겨운 게로군."

데면데면한 것도 모자라 이렇게 만나기만 하면 서로 못 잡아먹어 난리인 부자가 또 있을까 싶었다.

오죽하면 '순타태자 있는 곳에 어라하의 노성 소리 들린다', '어라하 들떼리는 데는 순타태자가 으뜸이다' 라는 말들이 우스개처럼 고마성에 돌았을까!

어라하의 감정을 건드려 마음을 상하게 하는 이로 순타태자가 으뜸이란 것은 고마성 시녀들에게서 나온 말이니, 뜬소문만은 아니었다. 물론 간교한 어륙이 부자 간을 갈라놓았다는 소문도 무성했지만, 제왕의 자리란 것이 원래 그렇기도 했다. 왕이 앉은 보위가 장성한 아들을 그저 아들로만 볼 수는 없게 하는 것이다.

그리하여 지금 어라하와 태자는 군신지간도, 그렇다고 부자 사이도 아니었다.

정확히 말하면 보위를 두고 다투는 늙은 제왕과 도전자일 뿐이었다. 이렇게 오랜만에 이루어진 부자지간의 독대도 정적들과 한 우리에 있는 것이나 마찬가지였다.

순타는 문득 궁금해졌다.

이마 띠를 벗어던지고 아직도 욱신거리는 상처를 보여 피습을 당했다고 고해바친다면 과연 아버지는 어떤 말을 할까?

지금 어라하는 장성한 태자도, 팔성귀족을 견제할 수 있는 백씨 일족도 고스란히 필요했다. 그러나 효용성 면에서 백씨 일족만큼이나 태자가 필요한 건 아니었다. 어라하에게는 어리지만 또 다른 왕자가 있으니 말이다. 열두 해 전 그날, 백씨 일족의 여인을 어륙으로 삼고 그 여인에게서 본 아들이다.

그날, 다른 아들은 백씨 일족에게 잃은 제 어미의 흔적을 찾아 헤매며 몇 번이고 까무러쳐야 했다. 순타는 잊을 수가 없었다. 저에게서 어미를 빼앗은 일족과 야합하던 아비의 얼굴을 똑똑히 보았다.

그때의 얼굴을 하고 어라하가 물어왔다.

"제왕에게 가장 필요한 덕목이 무엇인 것 같으냐?"

난데없는 질문이 돌발적으로 나오자마자 바깥에서는 분주한 발걸음 소리가 들려왔다. 어라하의 일거수일투족을 감시하는 대성팔족의 눈과 귀들이었다.

제왕의 덕목을 묻는 어라하로 인해 또 한 번 순타에게 어심이 기울어졌다는 소문이 돌지도 모른다. 하지만 언제나처럼 어라하는 어륙에게도 동일한 기회를 줄 것이다. 그래서 아직 어심은 어느 쪽도 택하지 않았다는 것을 증명할 것이다. 지난 몇 년 간을 그래왔던 것처럼 말이다.

비정한 권력욕에도 사람의 얼굴이 있는 것일까.

제왕은 비정할 수밖에 없다는 것으로 모든 것이 다 용서될 수 있단 말인가! 어머니의 마지막 모습을 떠올릴 때면 아비의 얼굴을 보는 것만으로도 구역질이 솟구쳤다.

"무엇 같으냐!"

재촉하는 어라하의 목소리에 순타는 나지막하게 내뱉었다.

"정통성입니다."

"헛소리!"

"하면! 정통성을 무시하고 조카와 제 친형도 모자라 부인까지 죽인 자들과 야합하여 보위를 이은 어라하가 직접 가르쳐주시죠."

야발스럽다 못해 위협적이기까지 한 아들의 태도에 어라하의 눈살이 찌푸려지는 것이 보였다.

순타는 제가 지을 수 있는 가장 화려한 눈웃음을 지었다. 제 어미를 닮은 그 웃음을 어라하가 얼마나 싫어하는지 잘 알기 때문이었다.

"태자 자리가 좋긴 하나 보군. 갈수록 두려움이 없어지는 것이!"

"어라하만 하겠습니까?"

서로를 향해 빈정거리는 부자의 다툼은 어라하가 피식 웃어버리면서 다소 싱겁게 끝이 났다.

"얼굴이 아깝구나!"

"아직 이 얼굴에는 질리지 않으신 것 같으니 다행입니다."

어라하의 매서운 눈초리가 쫓아왔지만 더 이상의 힐난은 없었다.

"가거라. 가서 제왕에게 가장 필요한 게 무엇인지 뼈저리게 느끼고 오너라. 그때도 네가 그 말을 할 수 있다면 네 원대로 양위하마."

***

어라하의 그 건조한 목소리가 다시금 목을 죄어오는 밧줄처럼 느껴졌다.

'옥장을 찾아야 한다. 옥장에게 이 목숨이 걸렸어.'

대륙과 멀리 서역의 상인까지도 오고가는 개화 땅 아니던가!

순타는 분명히 이곳에서 제가 찾는 옥장을 발견할 것을 믿어 의심치 않았다.

"그러니까 머시기는 봄 것이고!"

앳된 소녀의 목소리가 순타의 발걸음을 붙잡았다.

"거시기는 가을 거시기가 최고 아닌가요?"

소녀에게 화답이라도 하듯 깔깔거리며 웃는 여인들의 웃음소리가 떼창처럼 들려왔다.

"예로부터 남정네 아랫도리 중에 이런 것들은 몹쓸 물건들로 치부됐지라! 얼음마냥 차가워서는 달아오른 흥분도 서늘하게 만드는 냉냉이!"

"어머! 그거 느이 서방 꺼 아녀?"

"누, 누가 그려? 울 서방께 냉냉이라고?"

"이웃이면 그 집 서방 물건 잠깐 맡아주기도 하는 거지! 그렇게 대단한 물건도 아니드만!"

"뭐, 뭐야?"

"아따! 싸우려면 저리 가서 싸우라고! 저이 썰 푸는 거 구경하려고 장사도 접고 왔단 말여!"

"내는 애 재우고 나왔다 안 카나!"

저희들끼리의 농밀하고 낯 뜨거운 대화가 이어졌다.

"저 집 서방 물건처럼 그나마 차가운 건 닿는 느낌이라도 있어. 이런 우라질! 물렁이는 세워지지도 않어!"

"……시부랄!"

"그런 놈은 떼어버려야지!"

말투나 내용으로 봐서는 닳고 닳은 장사치라 짐작했건만, 의외로 장사치는 앳된 얼굴을 가진 소녀였다.

까무잡잡한 피부에 얼레빗으로 대충 틀어올린 머리칼은 흔한 촌 것의 얼굴이었지만, 순타의 시선을 한동안 끌었다.

"떼버릴 게 그놈들뿐이겠수? 당문파랑 시부랭이가 남아 있는디. 당문파라는 것은 아, 이것이 문지방도 넘기 전에 푸시식 하더니 죽어버리는 것이고!"

"그런 쳐 죽일 놈이!"

"세상에 그걸 못 넘고 죽어? 그놈도 떼야지!"

이 정도 이르자, 풉! 순타는 저도 모르게 터져 나오는 웃음을 애써 참아야 했다. 걸쭉한 여인들의 입담이 혼자 듣기 아까울 정도였다.

"좀 조용해 보드라고. 시부랭이…… 그게 뭐시당가?"

개중 유난히 장사치의 말을 경청하던 중년의 여인이 머뭇대는 장사치를 다그쳤다.

"아, 시부랭이! 고것은 그러니까, 아예 여인들 앞에 서질 못하는 불구라 이 말이지. 이런 악질 놈들 만나불면 어쩌요?"

"옆집 꺼 간간히 맡아주지 뭘!"

"이 여편네가 미쳤나, 진짜!"

제법 앙칼지게 대꾸했지만 다른 여인들이 대놓고 웃는 통에 여인은 정말 제 서방을 뺏긴 것 같은 기분에도 악다구니를 늘어놓지는 못했다. 당장 오늘밤 제 서방은 영문도 모르고 이리저리 추궁을 당하겠지만 말이다.

"시원찮은 옆집 것 만날 돌려쓰기도 그렇잖아요!"

"아무렴!"

모두 과부 팔자라도 되는 걸까?

왜 제 서방 놔두고 남의 서방을 돌려쓴다는 것인지, 여인들의 호응을 순타는 도통 이해할 수 없었다.

"저기 대륙의 궁녀는 말이죠, 평생 황제만 보고 사는 팔자라! 한데 그네들이 몰래 각신이라고, 사내 물건을 꼭 닮은 걸로 외로움을 달랜다 이 말입니다!"

영은 부끄럼 없이 보따리에서 남근 모양을 한 뿔 조각을 꺼냈다.

순타는 대륙에서 들어온 근엄한 유학과 불교로 고마성에서 찾아보기 힘들어진 전통의 각신에 반가움마저 일었다.

한때는 백제 땅뿐만 아니라 대적 고구려나 신라에서도 천신과 지신에게 제사를 지냈다. 그때 신앙의 매개물로 사용한 게 남근 모형이었다. 나무나 뼈, 드물게 돌까지도 조각해서 그 모양을 썼던 것이다.

세상의 모든 물건이 통하고 사람이 통하는 개화처럼 변화무쌍한 곳에서 여전히 그 신앙을 지키고 산다니, 순타는 제법 흥미롭기까지 했다. 힘줄이 돋아난 것까지 표현된 각신은 개화 여인들이 보아

왔던 것 중에서 가장 실한 그것이었다.

"에구머니!"

"워매! 저 큰 게 어딜 들어간데?"

"대륙이라 저것도 큰 거 아녀?"

"대륙은 다 거인들만 사는감?"

자신의 생각과 다르게 장사치와 여인들의 호응은 신앙심에서 우러나오는 게 아니라, 노골적인 쾌락에 관한 것임을 순타는 뒤늦게 깨달았다.

"어허, 모르시는 말씀! 대륙뿐만 아니라, 이것은 백제인들도 쓴다니까요! 저 고마성 시녀들도 이런 걸 갖고 있어요. 고마성에서 요즘 이게 으뜸이라고!"

제 앞에선 다들 얌전을 떨며 새초롬하던 시녀들을 떠올리며 순타가 갸웃거렸다.

게다가 고마성에서 으뜸으로 잘 나간다니?

제가 아는 고마성이 아니라 다른 고마성이 또 어디에 있는 모양이었다. 어려 보여도 수완이 보통 아닌 장사치였다.

"그리고 이건 비밀인데요, 백제 것 아니면 쳐다도 안 보는 왜놈들은 이걸 사내들끼리도 쓴대요!"

수군거리는 게 분명한데 메아리치는 목소리들이 나발수 저리가라다.

"뭐시여? 사내들끼리? 그게 들어갈 구멍이 있데?"

"나오는 구멍이면 들어가기도 하겠지 뭐!"

"아이구, 망측해라!"

말은 그리하면서도 각신을 이리저리 만지며 돌려보는 통에 영은 그야말로 입이 귀에 걸렸다.

"천연 각신! 물에 젖어도 방수 기능 있고요, 반영구적으로 쓸 수 있어요! 당문파 시부랭이는 걱정할 필요 없습니다!"

영은 제가 한 달 동안 깎은 멧돼지 뿔을 자부심 가득한 눈길로 바라봤다.

"참말?"

영은 얼추 고갯짓을 하면서 두 말하면 잔소리라는 신호를 보냈다.

'참말은 무슨! 모다 거짓부렁이지!'

고달의 말대로 백제에 대한 선망이 있는 거개의 개화인에게 강매를 할 땐 이 방법이 최고였다. 고마성에서 요즘 으뜸으로 많이 팔린다 하면 너도나도 넘어가 사지 않고는 못 배기는 것이다.

'이건 그냥 21세기 상술일 뿐이라고! 속으면서 사는 것 아니겠어!'

"허면 고마성 장인이 만든 각신인가?"

여인 하나가 뜬금없이 제조국을 물어왔다.

"무슨…… 대륙 장인이라 안 카나!"

이 언니들은 애국심도 없나! 개화 장인은 장인 취급도 하지 않는 것 같은 여인들의 행태에 영이 불끈하고 나섰다.

"이 각신을 만드신 다이애나 장인으로 말할 것 같으면…… 눈썰미가 하도 좋아서 스쳐지나간 물건을 똑같이 만들어낼 뿐만 아니라, 말만 듣고도 주문자의 머릿속에 들어갔다 나온 것처럼 똑같이 만들

어내는 개화 장인으로, 곧 고마성에서 스카우트…… 그러니까 데려
간다는 소문의 장인이지요."

오글거리는 제 자랑일 뿐이지만, 사람들은 엉뚱한 것에 촉이 온
모양이다.

"뭐! 딸이 애나?"

"뭔 소리래요?"

"장인 딸이 애를 낳았다는구먼. 그래서 물건을 많이 팔아야 하고."

영은 자신의 가명이 한순간에 출산드라를 넘어 앵벌이 수단이 되
는 것을 지켜보며 황당함을 감추지 못했다.

"아무리 그래도 무슨 장인이 그 따위로 이름을 정한데?"

여인들의 황당하단 목소리가 다시 영의 귓가에 들려올 때였다.

"장인치고 괴팍하지 않은 이가 어디 있습니까? 알고 보면 재주만
믿고 용심을 부리는 족속들이죠."

"에구머니!"

난데없이 들려온 남정네 목소리에 여인들이 기겁하며 소리를 질
러댔다.

그 통에 골목 안은 삽시간에 아수라장이 되고 말았다. 한순간에
먼지 구름마저 일어났다.

"어, 어딜 가요? 언니들 주문하고 가야죠!"

소스라치면서 도망치는 여인들로 인해 갑자기 천대받아 땅에 떨
어진 각신이 여인들의 발에 이리저리 채이며 뒹굴다 순타 앞에서 멈
췄다.

'뿔을 갈았군.'

흉한 각신을 들여다보는 순타의 눈에 혐오감이 언뜻 스쳐 지나갔다.

"당신 뭐야?"

어느새 다가온 장사치가 눈을 부라리며 삿대질을 해댔다.

"재주가 있으니 무엇이든지 만들 수는 있겠지. 허나 만드는 이도 낯이 부끄러운 걸 만들어서야 장인이라 할 수 있겠느냐? 만약 그것을 부끄러워하지 않는 자는 그저 음행을 퍼트리는 천한 이와 다를 바 없다!"

순타가 타이르듯 말하자 더욱 부아가 치민 영이 목소리에 날을 세워 대꾸했다.

"장사에 기본이 시장조사인 것 모르시나? 개화에 태반이 과부야! 긴긴밤을 홀로 지새우는 언니들 위해서 각신 좀 만들어 팔았기로 내가 뭔 죄가 있어? 죄라면 개화 사내들 다 죽인 백제 놈들이지."

영이 순타의 손에서 낚아채듯 각신을 뺏어들었다.

하필 각신에 면사가 걸리는 바람에 순타의 머리에서 방립이 떨어졌다.

붕대가 감긴 이마 아래 드러난 얼굴을 무심결에 확인하게 된 영은 망부석이라도 된 듯 굳어버렸다.

사내의 얼굴은 분명 준이었다.

믿기지 않았다. 준이 이곳에 있었다니!

"주…… 준?"

영은 하마터면 각신을 떨어트릴 뻔했다. 온몸에서 한꺼번에 맥이 다 빠져버린 것처럼 어지러웠다. 그가 여기에 있었다. 같은 시대, 같은 공간에!

상대가 예상치 못한 행동을 하는 바람에 순타의 유채색 눈동자에 의문이 떠올랐으나 그것도 잠시였다. 그의 시선에 몸을 숨기고 은밀히 지켜보는 비쩍 마른 인영 하나가 들어왔기 때문이다.

아는 얼굴이었다.

"나름 뼈대 있는 해씨 일족이라 이 말이지!"

유채색 눈이 보기 좋게 휘어졌다.

그는 정말로 오어교를 밟고 건너온 모양이었다. 배에서 증걸이 놓친 봉두난발의 마른 사내가 바다에서 살아 나와 예까지 쫓아온 것이다.

물귀신이 따로 없구나 싶어 순타는 어이가 없으면서도 그 악착같은 집념에 감탄하는 마음마저 들었다.

"준! 소가노 준!"

뭐라는 거야? 순타는 소녀 장사치와 말을 섞을 여유가 없었다. 언제 그가 덮치려 들지 모르는 상황이었기 때문이다.

"당신도 길잡이를 만난 거죠?"

"길잡이?"

멍하니 되묻는데 영이 격렬하게 고개를 끄덕이며 제 얼굴을 디밀었다.

"달이요, 달이! 이 얼굴을 한 여자애가 당신을 호수로 밀지 않았어요?"

순타가 영을 내려보며 비릿한 미소를 짓는가 싶더니, 손목을 잡고 끌어당겼다.

팔성귀족은 각각 그들의 개성을 요약할 수 있는 특징들이 있는데, 해씨는 가장 고귀한 척하지만 일단 제 생각과 다를 때면 포악한 성질을 드러내는 족속이었다.

지금처럼!

"태자, 이놈! 해모수와 해부루께 맹세코 네 놈의 심장을 꺼내 물고기 밥으로 던져주마!"

순타가 영을 방패삼아 돌아 세우자 영이 반사적으로 악, 외마디 비명을 질렀다. 눈에 핏발을 세우고 봉두난발을 한 사내가 검을 들고 달려오는 것이 보였기 때문이다.

벌건 대낮에 이 무슨 흉악범인가!

치안이 저 살던 곳 같지 않은 곳이라 그동안 납득할 수 없는 일들이 한두 번이 아니었지만 지금처럼 이렇게 위급한 상황이 눈앞에 닥치기는 처음이었다.

얼른 몸을 빼 옆으로 피하려 했지만 꼼짝도 할 수 없었다. 단단한 힘이 뒤에서 그녀를 옴짝달싹 못하게 옭아매고 있었기 때문이다.

"뭐, 뭐하는 거예요?"

영은 그제야 자신이 방패로 세워졌다는 걸 깨닫고 사색이 되었다.

"이 몸이 좀 귀한 몸이라 말이다."

"이 몸도 귀하거든요!"

"이 몸은 태자니라."

"이 몸은…… 달이한테 빌린 거라고요!"

순타의 눈꼬리가 또 휘어졌다.

"정신 나간 계집이로군. 칼받이로 안성맞춤이야!"

"뭐라구요?"

누구 때문에 이 고생인데!

그동안의 설움을 주먹질이라도 실컷 해서 다 갚고 싶은 심정인데.

우선 자신을 겨냥해 찔러오는 저 검부터 피하고 볼 일이었다.

"죽어라, 태자!"

흉악범이 단검을 쳐든 채 달려들며 소리쳤다.

"지금 찔리는 건 나란 말이야!"

저를 겨냥한 칼 끝에 영이 무작정 손에 든 각신을 휘두르며 억울한 듯 소리쳤다.

퍽, 둔탁한 소리와 함께 사내가 쓰러졌다. 영이 휘두른 각신에 머리를 맞은 것이다.

방패막이는 안중에도 없이 태자만 노리며 달려드느라 설마 이 여자가 뭘 휘두를 거라고는 생각도 못 한 모양이었다.

바닥에 널브러진 암살자와 각신을 든 채 씩씩거리는 장사치 소녀.

이 희한한 상황에 순타는 그제야 정신이 들었지만 난데없는 지청구를 들어야 했다.

"모두 당신 탓이야! 당신이 무령왕비 팔찌만 안 훔쳤어도 내가 여기 올 일은 없었잖아. 대체 무슨 짓을 한 거야? 보물을 가지고 싶었으면 당신만 오면 됐잖아. 왜 나까지 끌고 왔냔 말이야!"

보물?

순타는 불 위에 콩 튀듯 쏟아지는 정신 나간 소녀의 말 속에서 한 단어를 놓치지 않았다. 평범한 장사치의 입에서 나올 수 없는 예사롭지 않은 말이 순타의 귀를 잡아끌었다.

"혹, 장인의 보물을 말하는 것이냐?"

영이 쏟아놓는 말끝을 잡아채 미끼를 던지듯 말을 꺼냈다.

이 장사치가 말하는 보물이 장인의 보물과 연결될 확률이 얼마나 되는지는 짐작도 할 수 없었다. 그저 자신의 머릿속을 가득 채우고 있는 장인의 보물을 자동적으로 연상해버린 것에 불과한지도 몰랐다. 다분히 충동적인 물음이었다.

"누구의 보물이든 다 만들어줄 테니까 제발 보내줘! 내 세상으로 보내달란 말이야. 내 세상으로 제발……."

그러나 대화가 제대로 이어지지는 못했다. 그녀는 악에 받쳐 제 할 말만 바락바락 늘어놓다 기어이 한순간에 정신을 놓고 말았다.

힘없이 고꾸라지는 소녀 장사치를 순타는 재빨리 안아들었다.

정신을 잃은 장사치의 손에서 떨어진 각신이 빙그르 원을 그리며 제자리에서 돌았다.

제 품에 안긴 소녀 장사치와 각신을 번갈아보던 순타의 얼굴에 묘한 기색이 떠올랐다. 뜻하지 않은 행운을 발견한 표정 같기도 했고, 난감한 일을 당해 신경질적인 얼굴 같기도 했다.

다리공방이었다.

서영의 과거와 현재 그리고 미래가 있는 그녀의 세상.

장인의 손때 묻은 공구들이 놓인 작업대와 저마다의 사연들을 가진 오래된 작품들. 마치 흑백사진을 보는 것처럼 아련한 풍경.

영은 오랜만에 보는 다리공방에서 어쩐지 낯선 느낌을 받았다.

분명 익숙한 곳이 틀림없는데도 한없이 낯설게만 느껴지는 생소함이 있었다.

영은 할아버지의 작업대 위에 못 보던 그림이 걸려 있는 걸 알아챘다.

"샤갈이 그린 그림이란다."

갑작스레 들려온 서환 명장의 목소리에 움찔 놀라 뒤를 돌아보았다. 정말 서영의 할아버지인 서환 명장이 거기 서 있었다.

"물론 복제품이야. 진품은 네덜란드에 있거든!"

"할아버지!"

"화가의 영감이란 그림이란다. 화가의 머리에 천사가 영감을 불어넣고 있는 게 보이니? 저 뒤에 바이올린을 켜고 있는 당나귀는 샤갈 자신이야. 그이가 유대인이었거든. 꽤 괜찮은 그림이라 하나 샀단다. 어울리지 않니?"

영은 오랜만에 할아버지와 대화를 나누고 있다는 것을 깨달았다.

"좋아 보여요, 할아버지."

돌아가실 당시까지 장인의 보물에만 집착했던 할아버지였다. 집착이 빚은 환각에 사로잡혀 점점 이성이 마비되는 것을 옆에서 지켜

볼 수밖에 없었던 영은 할아버지의 예전 모습을 다시 보자 어린아이처럼 그리움이 솟구쳤다.

"공방을 비워두고 왔어요. 저 대신 지켜주실 거죠?"

"걱정 말거라. 네가 그곳에 있는 시간과 이곳의 시간과는 같지 않단다. 그곳에서 오랜 시간이 이곳에서는 찰나일 수도 있거든."

영은 할아버지가 개화 땅에서의 일을 얘기하고 있다는 걸 깨달았다.

"저는 어떡하면 돌아올 수 있는 거죠? 달이, 길잡이 말이에요. 갈까마귀 길잡이! 달이 말처럼 장인의 보물을 만들면 되는 건가요?"

할아버지는 더 이상 영을 바라보지 않았다. 그의 시선은 영을 넘어 아주 아득히 먼 곳을 바라보는 듯했다.

"모든 일은 반드시 제 길로 돌아가게 돼 있단다. 시간은 원형을 이루고 그 원형 안에서 만나야 할 인연은 이어지고, 이뤄져야 할 일들은 이뤄지는 것이지. 걱정 마렴. 너는 이미 한 번 장인의 보물을 만났단다."

또다시 수수께끼 같은 말을 들은 후에야 영은 꿈을 꾸듯 아득해지는 것을 느꼈다.

"제 기억에는 없어요. 제가 장인의 보물을 가진 적은……. 설마 할아버지 유품, 아니 그 옥 조각 말인가요?"

달이의 말대로라면, 옥 조각은 할아버지의 유품이 아니라 장인의 혼을 찾아온 장인의 보물이었다. 영은 편안하게 미소 짓는 서환 명장을 보고서야 제 말이 맞다는 걸 깨달았다.

"하지만 그건…… 사라졌는걸요."

"다시 찾으면 되겠구나!"

"그럼 전 그걸 찾기 전에 돌아오지 못하는 거예요?"

손녀의 애타는 마음을 아는지 모르는지, 짓궂은 아이의 표정을 하더니 할아버지가 말했다.

"이번에야말로 장인의 보물을 완성하거라."

영은 또다시 보물 얘기가 나오자 할아버지에게서 한 발짝 물러섰다. 막연한 두려움이 스멀거리며 몸을 휘감는 듯했다. 하지만 손녀의 불안을 대수롭게 여기지 않는 듯 서환 명장은 온화한 미소로 바라보고 있었다.

"장인의 보물을 완성시켜달라고 찾아올 거란다."

"누, 누가요?"

"보면 알 수 있을 게다, 그가 누군지."

그 말을 마지막으로 영은 다리공방에서 점점 멀어지는 것을 느꼈다. 그것은 아득히 깊고 먼 곳으로 빨려 들어가는 기분이었다.

헉!

외마디 비명과 함께 영이 눈을 떴다. 더 이상 다리공방이 아니었다.

그렇다고 고달의 집도 아니었다. 또 낯선 곳이었지만 아직 정신이 제대로 돌아오지 않았다. 여전히 꿈속의 일을 떠올리느라 여기가 어

154

딘지 살필 겨를이 없었다. 꿈에서 본 할아버지의 말이 사실이라면, 영은 이곳에서 장인의 보물을 완성해야만 돌아갈 수 있는 것이다. 장인의 보물! 그 보물을 완성시켜달라고 찾아온다는 사람.

영은 흥건히 젖은 손바닥을 옷에 닦아내다가 비로소 두리번거렸다. 공간을 지각하는 감각이 이제야 작동한 것이다.

고택의 분위기가 물씬 풍기지만 이질적으로 느껴지는 방이었다. 그리고 침상 위에 있는 걸 보니 여기서 잠들어 있었던 모양이다.

덮고 있는 금빛 보료를 만져보았다. 언젠가 본 적 있는 수 천만 원 한다는 명장의 침구보다 더 좋아 보였다.

영은 명작을 덮고 있다는 경외감에 눌려서인지 침상에서 일어나는 것도 왠지 힘이 들었다. 집중해서 둘러보니 눈에 닿는 모든 것이 명품들이었다. 하물며 창문조차 말린 꽃으로 무늬를 낸 한지로 곱게 발라져 있었다.

창문 밖으로 보이는 정원은 이 방에 어울릴 만큼 화려했는데 연꽃으로 가득 찬 연못 가운데 세운 인공 섬에는 나무 한 그루가 달빛에 빛나고 있었다.

"신선이 산다는 봉래산을 표현하기 위해 왜에서 공수해온 금송이라더군. 화려한 걸 유난히 좋아하는 백씨 일족은 전쟁터에 나서서도 머무는 전장부터 꾸미는 자들이거든."

익숙한 목소리를 들으니 돌아보지 않아도 누군지 알 듯했다.

짐작한 대로 자신을 방패막이로 삼았던 준이었다. 정말 그가 있었다. 새하얀 달빛이 창문을 넘어 내실로 들어왔다.

여기가 어딘지 몰라 얼이 빠져 있겠거니 여기며 다가서던 순타는 어쩔했다.

달빛에 감싸인 영을 보자 우뚝 걸음을 멈추고 말았다. 붉디붉은 짧은 머리칼을 한 성숙한 여인의 얼굴이 얼핏 스쳐지나간 탓이다. 그야말로 환영처럼 순식간에 드리워졌다 사라졌다.

다시 보니, 분명 저자에서 본 갈까마귀 같은 소녀 장사치였다.

'달 아래 서 있는 여인에게 때때로 월궁항아님이 달빛을 타고 내려온다더니. 요사스러운 달빛이군!'

한때 태사로 있었던 왕유 박사가 어린 저를 붙들고 술에 취해 멋대로 지껄였던 말이 어쩌면 맞는지도 몰랐다. 여인의 변덕스런 모습은 시시각각 모습을 바꾸는 달과 같아서 죄다 월궁에서 내려온 항아님인 것이다.

어쨌든 저를 구한 보잘것없는 개화 계집을 순타는 백제부 별채까지 들여놓았다.

그래서는 안 된다고 길길이 날뛰는 증걸을 애써 무시해 가면서까지 갈까마귀 소녀를 내치지 않은 것은 왠지 모를 호기심이 당기기도 했거니와 그보다는 의외로 가능할지 모를 쓸모 때문이었다.

"준……."

소녀 장사치가 다시 한 번 자신을 낯선 이름으로 불렀다. 저자에서처럼 원망과 불평이 아닌 아련함이 물씬 느껴지는 음성이었다.

이 음성이 만들어내는 감정의 기복은 애증인 걸까? 순타는 피식 웃으며 대꾸했다.

"준이라! 월궁에선 이 몸을 그리 부르는가? 이 몸을 닮은 이라……
재밌군!"

그의 입에서 월궁이라는 말이 자연스럽게 튀어나왔다. 어쩌면 정
말 월궁항아님이라고 믿고 싶은지도 몰랐다.

월궁항아님이 아니라면 그렇게 만들어야지!

순타가 소녀 장사치를 데려온 것은 순전히 각신 때문이었다. 그녀
가 만든 각신은 저열한 물건이었으나, 조각 자체가 조잡한 수준은
아니었다.

이 정도 세밀하게 조각을 새길 수 있다면…….

순타는 확신을 가지고 싶었다. 자신이 원하는 작업을 해낼 솜씨
는 되고도 남을 것이라고.

무엇보다 개화에는 지금 옥장이 없다. 우연히 만난 아이였지만 이
제 이 소녀 장사치는 반드시 월궁항아여야만 했다. 순타 자신의 구
명줄인 장인의 보물을 완성하기 위해서라면 어떤 이유를 만들어서
라도 옥장 대신으로 삼겠다고 다짐했을 때 월궁항아님의 입에서 뜻
밖의 말이 흘러나왔다.

"……기억을 못해? 다리공방의 서영! 이래도 모르겠어요?"

그녀의 목소리에서 애닯고 간절한 무엇을 느낀 순타는 직감적으
로 곡절이 있겠다 싶어 의뭉스레 제 이마를 가리키며 말했다.

"얼마 전 머리를 다쳤긴 한데……."

개화를 휘영청 비추던 달이 구름 뒤로 숨어버리자, 사위가 어둑해졌다.

탁탁! 쇳조각과 부싯돌을 부딪쳐 익숙하게 등잔불을 붙이는 순타가 영의 두서없는 말을 단번에 정리했다.

"그러니까…… 그대가 뒤집어쓰고 있는 몸은 갈까마귀 달이의 것인데 그대는 천오백 년 후의 사람이다? 달이와 그대의 할아버지가 말한 장인의 보물을 만들기 전까지, 그대는 그대의 세상으로 갈 수 없고, 이 몸 역시…… 그대의 세상에서 온 소가노 준이다?"

"기억이 좀 나는 것 같아요?"

없는 기억이 날 리가 있나.

영의 간절한 시선에도 불구하고 순타는 감흥 없는 미소를 지었다.

"장인의 혼이 시공간을 초월한다는 건 익히 알려진 이야기지. 그것을 장인들이 만들어낸 이야기라 치부하는 이도 있고, 장인이 하늘장인의 은혜를 받는 것이라 믿는 이도 있지만……."

순타가 화사하게 눈을 접으며 웃었다. 제가 그 말을 믿는지 안 믿는지 맞춰보라는 듯이.

그에게서 개구쟁이 같은 표정이 떠오를수록 영은 묘한 이질감을 느꼈다. 의뭉스럽게 대답조차 하지 않는 순타를 뚫어지게 보다 영이 덥석 그의 왼손을 잡아챘다.

준의 왼쪽 손바닥에 불길하게 느껴질 정도로 불거져 있던 흉터, 그것이 준과 닮은 눈앞의 사내에겐 없었다.

"……흉터 어딨어요?"

소중한 물건이라도 잃어버린 것 같은 긴장감이 영의 얼굴에 떠올랐다.

"흉터! 여기에 붉게 그은 흉터가 어디 갔냐고 묻잖아!"

성마른 고성이 창호까지 부르르 떨리게 하자 장지문 밖에서 긴장한 목소리가 들려왔다.

"태자전하!"

"되었다. 무탈하니 들어올 필요 없다!"

순타의 침착한 음성이 바로 들리자 다시 별채는 고요해졌다.

"……태자?"

영이 되뇌자, 화답하듯 순타는 태연하게 제 소개를 했다.

"백제 태자 부여 순타. 이곳에선 이 몸을 그리 부르지!"

　무령왕의 장자, 부여 순타! 들어본 적 있어요?

자신만만한 순타의 얼굴 위로 준의 목소리가 겹쳐졌다.

또르륵.

정적에 잠긴 별채에 차 따르는 소리만이 유난히 크게 울렸다.

용의 형상을 조각한 옥으로 만든 다구는 입에 문 여의주로 인해 찻물을 따를 때면 옥구슬 구르는 소리가 났다.

그 화려한 자태는 보는 이로 하여금 감탄을 자아내기에 충분했지만, 정작 다구를 들고 차 따르는 고달의 얼굴은 기묘하게 일그러졌다.

'미친년이 속이 들면 행주로 요강을 닦는다더니! 아이구, 저년이 기어이 사고를 치는구나!'

차를 나르러 왔다가 태자 곁에 앉은 달이를 보고 고달은 하마터면 기겁해 차구를 놓칠 뻔했다. 헉, 숨을 들이 삼키느라 순간 얼굴이 벌게질 정도였다.

네가 왜 이 자리에 있는 것이냐! 그 말이 입안에서 맴돌았지만 입 밖으로는 조금도 새어나오질 못했다.

어륙의 사촌인 태수와 선왕의 혈육이자 왜 사신인 사아군, 어라하의 오른팔이라는 위사좌평의 아들 연호위, 그들 셋도 모자라 백제 태자까지 한 자리에 모여 있었다. 여기에 왜 정신이 오락가락하는 딸년이 있느냔 말이다.

금방이라도 무슨 일이 터질 것 같은 예사롭지 않은 분위기였다.

그 속에서 고달과 영은 서로 눈짓을 주고받았다.

눈짓이래야 고달의 입장일 뿐이어서, 저를 향해 괴상하게 얼굴을 일그러트리며 뭔 신호를 계속 보내는데, 영도 이만저만 답답한 게 아니었다.

'왜? 대체…… 뭐?'

영도 자신이 이런 자리에 왜 꿔다 놓은 보릿자루처럼 죽치고 있는 건지 몰랐다. 고달까지 저리 불안한 기색이니 얼른 이 자리를 벗어나는 게 상책일 듯싶었다.

금방이라도 자리를 박차고 일어날 것 같던 영이 잠잠해진 건 불현듯 손에서 느껴지는 온기 때문이었다. 영에겐 눈길 한 번 주지 않은 채로 탁자 밑에서 태자의 손이 영의 손목을 슬그머니 잡아 눌렀다.

'이 인간은 또 왜 이래?'

소가노 준과 똑같은 얼굴에 속아 넘어가 제 사연을 다 털어놓은 것도 마뜩찮은데 미운 놈이 미운 짓 한다고 누구 허락받고 손을 잡는 것인지! 기분이 좋을 리 없었다.

영이 태자의 손을 떨쳐내려고 가볍게 팔을 털어내려는데, 웬걸!

아교라도 붙은 것처럼 떨어지기는커녕 은근히 힘을 줘 영의 손을 꼭 잡아 쥐는 것이 아닌가!

경거망동하지 말란 뜻이 다분한 손길이었다.

잠잠해진 딸년이 비로소 아비의 뜻을 알아차렸다는 착각 속에 고달은 그저 이 자리에서 부녀가 무탈하게, 제발 무탈하게 나가기만을 바랐다.

고달의 타들어가는 마음을 아는지 모르는지 영은 그저 다구만을 샐쭉한 표정으로 바라보는 게 고작이었다.

"이만하길 다행입니다, 태자전하!"

이제껏 차를 맛보느라 생긴 침묵인지, 누가 먼저 이 창백한 공기를 흔드나 눈치를 살피느라 굳어진 침묵인지 몰라도 여하튼 백제 태수의 말 한마디에 정적이 온전히 깨졌다.

개화는 내륙으로는 가야, 신라와 인접한 백제령이면서도 백제와
는 강 하나를 두고 떨어져 있었다.

백제의 대적 고구려가 남하정책을 밀어붙이는 통에 위축된 가야
와 신라, 왜의 연합은 이곳 개화 땅에서 자유로운 무역을 하면서 더
욱 공고해졌는데, 이 중요한 개화의 행정적인 일을 처리하는 곳이
백제부였다.

백제부의 모든 일을 결정하는 이가 개화 태수였다. 어륙의 사촌
오라비인 백문독이 개화의 태수로 부임한 것은 지난해였다.

태수의 기름진 얼굴에 닿는 순타의 눈매가 곱게 휘어졌다.

"다행이라? 내가 암습을 당했는데도 죽지 않고 살아있으니 다행
이라는 건가, 아니면 위험한 순간, 기다렸다는 듯이 나타난 그대들
의 노고를 알아달라는 생색 내기인가?"

미소를 머금고 던지는 말이 섬뜩하기 그지없었다.

"신은 그저…… 전하께서 개화에 오신다는 소식에 모시러 간 것뿐
입니다."

사실은 태자 일행이 기루에 있다는 고달의 발 빠른 보고를 받고
어쩔 수 없이 태자를 마중 나간 것뿐이었다.

아무리 서로를 적대한다 해도 백제 태자를 기루에서 보내게 할 수
는 없었다. 개화에는 백제뿐만 아니라 연합국인 가야와 왜 그리고
신라의 눈들도 있기 때문이다. 문독은 돌연 순타의 눈빛이 차가워지
는 것을 느꼈다.

"사신을 따라 개화행을 결정한 것은 고마성에서도 어라하와 좌평

밖에 모르는 일인데, 개화 태수가 알고 있다? 태수는 어느 누구에게 소식을 들었지?"

아차!

그제야 제 실수를 알아차린 문독이 급히 숨을 들이켰다. 그리고 곧바로 후회가 밀려왔다. 그냥 모른 척하고 말 것을. 괜히 데리러 나섰다고.

당황한 문독이 증걸과 사아에게 도움의 눈길을 청했지만 그들은 태수의 필사적인 눈빛을 외면했다.

"차 맛이 정말 좋습니다."

"연호위 말씀이 맞습니다. 이런 차 맛은 왜에선 쉽게 접할 수 없지요!"

차 품평회도 아니고 한 번씩 홀짝일 때마다 맛을 비교 분석하는 두 사람은 이미 탁자를 사이에 두고 다른 세계를 구축한 것 같았다.

"선왕을 살해한 백가도 그대들의 일족이었지!"

순타가 태연히 던진 말 한마디에 문독의 얼굴에 핏기가 가셨다. 그 선왕의 아들인 사아군이 어느새 문독을 물끄러미 바라보고 있었다.

문독은 고마성에서 태자가 이미 공격 받은 사실을 알고 있었다. 그 배후로 백씨 일가가 지목된 상황이니, 태자가 작정하고자 하면 문독 하나로 끝날 일이 아니었다. 그러나 명색이 백씨 일족인 태수가 태자의 겁박에 무너질 리는 없었다.

"살수를 보내고자 했다면 개화 땅을 밟기 전에 보내 저와 무관함을 증명했겠지요. 혹여 암살자 하나로 백씨 일가를 옭아맬 수 있을 거라 생각하셨습니까? ……농이 지나치십니다, 전하!"

문독은 일부러 태자의 얕은 수를 비웃는 듯한 표정을 지어 보였다. 네가 가진 수는 통하지 않는 허수다. 허세를 떨며 태자가 그렇게 믿게 되길 기다렸다.

"농이라? 태자인 이 몸이 백씨 일족과 농을 주고받는다? 그거야 말로 제대로 된 농이군!"

문독은 고집을 부리는 태자를 향해 타이르듯 말했다.

"전하의 상소가 고마성으로 올라갈 수 있겠습니까? 혹여 올라간다 한들 백씨 일족이 가만히 보고만 있겠습니까? 일족의 사활을 걸고 전하를 쫓겠지요."

순타의 입 꼬리가 눈에 띄게 한쪽만 슬쩍 올라갔다.

그 기묘한 미소에 사색이 된 이는 사아와 증걸이었다.

제 주인의 괴팍한 성정을 잘 아는 그들은 조마조마해서 가슴을 졸이고 있었다.

"팔성귀족 중 전하의 편을 드는 가문이라곤 선왕께 토사구팽 당한 해씨나 진씨 일족이 고작이겠지요. 태자라는 허울이 전부인 전하와 백씨 일족이라는 든든한 뒷배가 버티고 있는 명농군! 과연 어라 하는 누구의 편을 드실까요?"

아비의 눈 밖에 난 자식은 이래저래 서러운 신세였다.

"……어심은 누구도 알 수 없지!"

순타의 어조가 씁쓸해진 것을 승기를 잡은 것으로 착각한 태수는 오만한 표정을 지으며 말을 이었다.

"다행히 명농군의 연치가 올해 열 살이 되시지요."

"하여?"

화사한 미소까지 띠우며 순타가 되묻자 태수의 얼굴이 별안간 붉어졌다.

"이대로 고마성으로 올라가십시오. 그럼 다섯 해 정도는 무탈하게 그 자리 지키시도록 힘써보겠습니다."

증걸의 잇새 사이로 중얼거리는 욕지거리가 간간히 들려왔다. 선의라도 베풀듯이 구는 태수 문독의 말에 호위마저 발끈했을 정도지만 순타는 담담한 미소를 지으며 찻잔을 들어보였다.

백제 나리들 싸움에 꼽추 등이 터질까 봐 안절부절 못하던 고달이 쪼르르 다가왔다.

또르륵.

용의 주둥이에서 여의주가 돌아가며 찻물을 뱉어냈다.

"이 몸의 유효기간이 고작 다섯 해라…… 낮 말 듣는 새도 처리했으니 밤 말 듣는 쥐새끼도 처리해야 공평하겠지?"

순타의 눈이 보기 좋게 휘어졌다.

"저, 전하!"

사아가 급히 순타를 불렀지만 이미 늦었다. 고달의 손에 들린 다구를 낚아챈 순타의 손이 향한 곳은 태수 문독의 얼굴이었다.

여의주를 문 용의 주둥이가 문독의 얼굴에 찻물을 내뿜고 바닥으로 떨어져 산산조각이 났다.

"으아악!"

"태, 태수님!"

얼굴을 감싸고 바닥으로 쓰러진 태수를 향해 고달이 뛰어가자, 영도 자리에서 벌떡 일어났다.

"미, 미쳤어? 아무리 화가 나도 그렇지. 어떻게……."

이 아까운 보물급 다구를 던진 건 둘째 치더라도 어떻게 뜨거운 찻물이 담긴 다구를 사람에게 던질 수 있냐고 따져 물으려던 영은 겁에 질린 고달의 얼굴을 보자마자 황급히 입을 다물었다.

영은 고달에게 어떤 피해가 돌아갈지 직감했고 이 모든 사태를 일으킨 장본인인 순타를 돌아보았다. 그리고 확신했다.

'지금 이런 충동적인 행동을 봐도 알 수 있어. 그는 소가노 준이 아니야.'

뒤늦게 별채 밖에 대기하던 병사들이 우르르 몰려왔다.

증걸이 순타 앞을 가로막고 칼을 빼들자, 백제 병사들도 증걸을 향해 칼을 뽑으려 했다. 그 순간 순타의 목소리가 음산하게 들려왔다.

"미친 게로군. 백제 태자가 여기 있거늘 백제 병사라는 것들이 칼을 뽑아?"

태자의 일갈에 병사들이 당혹감을 감추지 못하고 서로 눈치를 보는 사이, 뒤늦게 부관이 들어왔다.

다구가 산산조각이 나 흩어져 있고 모시는 태수가 바닥을 뒹굴며 흐느끼는 이 사태에 부관은 본능적으로 칼을 잡았지만 태자의 면전에서 차마 뽑지는 못했다.

"시종의 실수로 태수가 화상을 입으셨다. 고의는 아닐 테니 용서 해주시구려, 태수. 설마 온전치 못한 이가 백제 태수를 시해하고자 하였을까. 실수인 게지?"

눈치 백단인 고달이 저를 향한 겁박을 못 알아들을 리 없었다. 이 일을 발설하는 즉시 고달은 태수의 시해자로 끌려갈 것이 분명했다.

"저, 전하! 살려주십시오. 이놈이 온전치 못해서 감히 태수께 다구 를 쏟아버렸습니다요."

"가서 의원을 모시고 오게나. 태수께서 치료를 받으셔야 할 것 아 닌가."

사아군이 별일 아니라는 듯 태수를 부축한 부관과 얼떨떨한 병사 들을 별채 밖으로 끌고나갔다.

"……죽일까요?"

고달을 향해 칼을 빼들며 중걸이 물었다.

"아, 안 돼!"

반사적으로 영이 튀어나와 고달의 앞을 막아섰다.

무슨 조폭도 아니고 툭하면 칼질이냐고 소리치려다 영이 그만 순 타와 눈이 딱 마주쳤다.

가늠하듯 쳐다보는 태자의 시선에 하려던 말은 쑥 들어가고 한밤 에 범이라도 만난 듯 심장은 툭하고 내려앉는 것 같았다. 이렇게 잔 인한 면모가 그에게 숨어 있었다는 게 영은 충격적이었다.

매섭게 노려보던 순타의 눈이 또 언제 그랬냐는 듯 순식간에 곱게 휘어졌다.

"실수라지 않느냐, 쯧쯧!"

순타의 타박 아닌 타박에 증걸이 못내 아쉬운 듯 쩝쩝거리다가 칼을 도로 넣었다.

"허나 실수인 척 태수를 피습한 것일 수도 있으니, 지켜봐야겠지!"

"이걸 집어 던진 게 누군데…… 악! 왜 때려요!"

잘잘못을 분명히 따져야겠다고 발끈한 영이 말을 채 맺기도 전에 비명을 터뜨렸다. 그녀의 등을 거세게 후려친 건 고달의 손이었다.

얼마나 힘을 주어 내려쳤는지 정말이지 등뼈가 부서지는 것만 같았다.

"소, 소인이 맞습니다. 소인이 감히 태수께 실수를 했구만요. 저, 저것이 왜 여기 별채에 있는진 모르겠지만! 사, 살려주십시오, 전하! 저년 제정신도 아니라서 뭘 모르는 아입니다."

"나 안 미쳤다니까!"

"닥치지 못해, 이것아! 어느 안전이라고 주둥아릴 놀려! 정녕 니 애비 죽는 꼴 보려고 이래!"

고달이 목소리까지 떨며 내지른 일갈에 영이 화들짝 놀라 입을 다물었다.

"시종의 딸이라고?"

"그, 그것이 부러 말씀 드리지 않으려 한 건 아니고요."

땀까지 삐질삐질 흘리며 쩔쩔매는 고달이 못마땅했지만, 영은 제가 입을 놀릴수록 그가 감당할 것이 많아진다는 사실에 그저 부루

퉁한 얼굴로 서 있었다.

"되었다. 시종의 판결은 조금 후에 내리도록 하지."

영은 대체 뭐가 됐다는 건지 아리송했다. 태자가 눈짓으로 명령하자 중걸이 고달을 일으켜 세워 끌고 나가려 했다.

고달을 따라 나서려는데 순타가 가로막으며 말했다.

"허면 이제 항아님과 거래 얘길 해볼까?"

"거래?"

끌려가는 고달에게 눈길이 머문 채 영은 더 이상 움직이지 못했다. 순타는 그 어느 때보다 화사하게 웃고 있었다. 마치 도박판에서 상대방이 어쩌지 못할 강력한 패를 들고 흔드는 것처럼.

그 시각, 백제부 앞에는 수상한 그림자가 서성였다.

부염이 벌통을 고쳐놓고 달이를 찾으러 저자로 왔을 때 달이는 없었다.

맞은편 포목상 여인의 말로는 백제 병사들이 끌고 갔다 했다.

그 말에 부염의 눈이 뒤집어졌다. 보이는 게 없었다. 달이를 제게서 앗아갔다는 생각만으로도 화가 나 참을 수 없었다. 그 길로 백제부까지 한달음에 달려왔다.

달이. 부염은 달이가 좋았다. 처음 만난 그 순간부터.

***

"헉헉!"

놈은 다 자란 수컷 멧돼지였다.

어금니로 사람을 찔러 죽이기까지 했으니 그 흉포함은 말할 수가 없었다. 사냥터가 빈번하게 겹쳐 몇 번이나 제 것을 가로챈 고약한 놈이었다.

하지만 염통을 찌르는 검에 거대한 멧돼지도 남은 숨을 토해낼 수밖에 없었다.

바스락.

무리인가 싶어 부염은 다짜고짜 칼을 겨누고 달려들었다.

"죽일 거야?"

멧돼지가 아니라 사람이었다. 달이.

목에 칼이 닿아도 비명도 지르지 않고, 달이는 꿈을 꾸듯 몽롱한 눈빛으로 죽어가는 멧돼지를 바라보고 있었다.

심술이었을까?

부염은 달이를 겨눴던 칼로 짐승의 심장에 다시 박았다.

꾸웨엑.

듣기 거북한 단말마가 혈향과 같이 진동했다.

내 것이다!

"고기 따윈 필요 없어. 대신 뿔은 달이 거야!"

광기를 띤 달이의 눈빛은 부염의 형님을 떠올리게 했다.

평소에는 온화함으로 숨기고 있지만, 광기는 언제나 때를 노리고
있었다.

달이가 웃어주면, 제 형님이 웃어주는 것 같은 착각이 들었다.

제 형님 곁에 항상 있을 수 없지만, 달이 곁에는 항상 있을 수 있
었다. 달이와 있으면, 부염은 혼자가 아니었다.

샘에서처럼 늦어선 안 된다. 부염이 샘에서 달이를 구해냈을 때,
달이의 숨은 온전히 끊어졌었다.

숨이 다시 돌아오지 않는 달이는 이미 죽은 상태였다. 그런 달이
가 기침을 하고 숨을 다시 내뱉는 순간, 부염은 맹세했다. 다시는 달
이를 놓치지 않겠다고 말이다.

고달의 말대로 정신이 오락가락하든, 달이 말대로 전혀 다른 사람
이든 상관없었다. 제게 달이는 그저 달이였다.

비장한 기운을 뿜어내며 부염이 백제부를 향해 한 발짝 내딛는 순
간 날카로운 목소리가 부염의 앞을 가로막았다.

"네가 왜 여기 있지?"

***

"거래하자는 게 뭐야?"

고달이 끌려 나가고 단 둘이 남았건만 태자는 한동안 말이 없었다.

태자가 고달을 백제부 병사들에게 맡기지 않은 것은 그나마 안심이 되었다. 증걸이 끌고 가도록 한 건 보호 차원일 것이다. 물론 그게 전부는 아니겠지만.

태자는 고달을 자신의 아비로 오해하고 인질로 삼는 것인지도 몰랐다. 그렇다면 그가 하자는 거래에는 고달까지 포함되어 있을 것이다.

자신의 선택에 따라 고달은 안전할 것이니 그에 대해서는 큰 걱정하지 않아도 될 거라며 스스로를 다독였다. 그런데 신경 쓰이는 건 그게 아니었다. 태자가 아직도 말 한 마디 꺼내지 않은 채 은근한 눈길로 지켜보고만 있었다.

그 시선이 간지러워 견딜 수 없었던 영이 먼저 말을 꺼냈다. 그러나 돌아온 대답은 거래에 대한 내용이 아니었다.

"그대의 세계에서는 그대를 뭐라 부르지?"

영은 또다시 혼란스러웠다. 고달에게 죄를 뒤집어씌운 태자가 거래를 하자더니, 별안간 자신의 본명을 묻는 것이다.

처음으로 누군가 자신에게 이름을 물었다. 달이가 아닌 자신의 진짜 이름을. 고달도 믿지 못한 제 말을 태자가 믿는 걸까?

영은 대체 태자가 원하는 것이 뭔지 좀처럼 알 수 없었다. 준과 똑 닮은 백제의 태자가 내게 원하는 게 뭘까?

"항아님!"

어서 이름을 알려달라고 재촉하는 그 모습이 자신이 아는 준 같아서…… 영은 반사적으로 제 이름을 꺼낼 뻔했다.

하지만 서영, 그 이름을 입 밖으로 꺼내기도 전에 울컥 치밀어 올랐다. 그 감정이 서러움이란 걸 영은 새삼 느꼈다.

고달과 부염이 저를 정신이 오락가락하는 달로 대하는 걸 모르는 게 아니다. 그런 달이 아니더라도 이 시대의 영은 결국 고달과 부염이 생각하는 달일 수밖에 없어 체념한 거다. 하지만 자신은 서영이다. 열일곱의 달이 아닌.

영은 뭉클한 심사를 달래려 별채로 들어오는 달빛을 손으로 어루만져 내렸다.

사연이 있어 머뭇거리는 것으로 보였는지, 일부러 대답을 꺼리는 것으로 여겼는지 태자가 먼저 입을 열었다.

"하긴 월궁의 이름을 속세에서 알 필요는 없겠지."

태자의 말에 영이 멈칫했다.

"월궁?"

"그대의 세상이 천오백 년 후의 세상이라고 했다간 드디어 태자가 미쳤다고 가납사니들이 떠들어댈걸? 이제부터 그대는 월궁에서 이 몸의 장인이 되기 위해 달빛 타고 내려온 항아님인 거야."

태자의 말 한마디에 별에서 온 외계인이 돼버린 것 같아 영이 발끈했다.

"내가 왜 그래야 하는데?"

"항아님은 이제부터 이 몸의 장인이 돼야 하니까!"

"누구 마음대로?"

괴한이 휘두르는 칼 앞에다 방패 삼은 것도 모자라, 자신이 저지른 일을 고달에게 덮어씌워 죄인으로 만들었다.

누가 저 따위가 하는 주문을 받아줄까 봐! 디자이너 다이애너의 이름을 걸고 그 주문 안 받는다.

이제 그리운 2016년의 세상으로 돌아갈 방법도 알았겠다, 장인의 보물을 완성할 생각만 할 것이다.

할아버지는 주문을 완성시켜달라고 찾아올 이에 대해서 걱정 말라는 듯이 말했었다. 분명 주문을 맡기기 위해 찾아온다고 했으니, 장인의 직함 따위도 필요 없게 된 것이다.

어느새 영은 등에서 무거운 짐을 절반쯤 내려놓은 것처럼 조금은 홀가분해졌다.

그 순간, 태자의 입에서 믿지 못할 이야기가 흘러 나왔다.

"달이와 그대의 할아버지가 말했다던 장인의 보물. 이 몸이 주문하지!"

"……장인의 보물을 주문해?"

멍하니 되묻는 영을 대신해서 순타가 어깨를 쭉 펴고 느긋한 미소를 지으며 덧붙였다.

"가치를 따질 수 없는 무가지보(無價之寶)라고 할 수 있다."

졸지에 보물의 주문자가 된 태자의 얼굴을 귀신에 씐 것처럼 바라보는 영의 머릿속에서 할아버지의 목소리가 다시 울렸다.

보면 알 수 있을 거야, 그가 누군지…….

4장

순타 태자보다
월궁의 사내

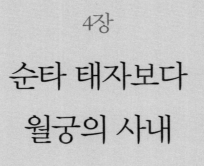

포구에 매어놓은 작은 배들이 파도에 춤을 추듯 흔들리는 가운데 어디선가 구슬픈 음률이 흘러나왔다.

노래가 새어나오는 배는 나란히 정박해 있는 여느 배들과는 달랐다.

선실은 화려한 비단 천개들로 싸여 있었고, 선실을 차지하고 있는 사람들 역시 평범한 모습은 아니었다.

선실 탁자에는 탐스럽게 잘 익은 붉은빛의 복숭아들이 굴러다녔다. 수밀도를 가슴에 품은 듯이 봉긋한 가슴을 내놓은, 그야말로 하계의 선녀들 같은 여인들이 바둑을 두거나 산수화를 그리는 사내들 옆에 찰싹 붙어 구경하고 있었다.

"선인들의 삶이 부럽소이다. 영생과 젊음에서 얻는 즐거움이 참으로 매력적이지 않습니까!"

몸집이 비대한 사내가 나른한 얼굴로 바둑판보다는 마주 앉은 여인의 가슴에 시선을 고정한 채 말했다.

"부리 사신은 풍채가 이미 신선이십니다."

왜인들의 왜소한 특징을 고루 갖춘 사내가 맞장구를 놓자, 선실의 다른 사내들이 경쟁적으로 웃음을 터트렸다.

흔들거리는 선체에서 때 아닌 신선놀음을 하는 이들의 정체는 개화에 모인 연합국 사신들이었다. 가야와 왜 그리고 신라까지, 고구려를 견제하기 위해 백제와 함께 연합한 것이다.

하지만 이 자리엔 백제와 신라 사신은 없고 가야와 왜의 사신들만이 모여 있었다. 연합국 중에서 다소 세가 약한 가야와 왜가 함께 행동하는 것은 백제가 자신들의 입장을 묵살하지 않게 하려는 술수였다.

"들으셨습니까? 신라가 기어이 우산국을 점령했다 합니다. 백제 태자가 개화에 내려온 이참에 미리 신라를 견제해야 합니다. 이대로 가만 두면 신라는 우리 가야마저 노릴 게 분명합니다."

마뜩찮은 얼굴로 말한 자는 키가 유난히 큰 아불이라는 가야 사신이었다. 그는 이곳의 모든 것이 불결하다는 듯이 편안히 앉지도 않고 여인들과도 접촉을 피하고 있었다.

"대사는 너무 부정적이십니다. 백제 태자라고 한들 지금 무슨 힘이 있습니까? 열두 살 어린 이복동생과 보위 다툼에만 골몰해 있는 자일 뿐입니다. 이 개화에 도움이 될 이는 태자가 아니라, 태자를 보좌하는 사아군입니다. 모든 연합국에서 신뢰를 받는 사아군만 우리와 뜻을 같이해준다면, 신라와 백제도 우리 가야를 노리지 못할 겁니다."

부리 사신이 확신에 차서 말했으나 아불은 답답하다는 듯이 대답했다.

"사아군은 백제 왕족 출신의 왜 사신입니다. 그에게 우리 가야가 안중에나 있겠습니까!"

그때였다.

"사신이란 자가 어찌 제 나라만 생각하겠습니까. 우리 사신들은 연합을 가장 최우선으로 두지요. 그래서 모인 자리 아닙니까."

사신들이 대화의 주인공으로 삼고 있던 사아군이 선실로 들어섰다.

"사아군!"

"이제 오시면 어찌합니까!"

부리 사신과 왜 사신이 기다렸다는 듯이 사아군을 맞이했다.

"죄송합니다. 처리할 일이 있어 좀 늦었습니다."

사신들은 조금 전 제 입으로 말한 것처럼 정치적 계산에 따라 사아를 유별나다 싶도록 친밀하게 맞았다. 이 모임 자체가 마뜩찮은 아불 사신만이 제자리에서 사아를 맞으며 말을 이었다.

"연합에서 가장 중요한 것은 각국에 대한 신뢰입니다. 조금이라도 불미스러운 일이 생기면 이 연합은 의미가 없다는 것만 알아두십시오."

제 할 말만 하고 아불이 선실을 나가버리자 멋쩍은 표정으로 부리 사신이 편을 들었다.

"이해하십시오, 사아군! 아불 사신이 원래 성격에 각이 져서 그렇지 악감정이 있어 그런 건 아닙니다."

사아는 이해한다는 듯이 온화하게 웃으며 향로에 돌덩이처럼 생긴 향료를 집어넣었다.

그 평범한 동작을 유심히 살피던 부리 사신의 눈에 기묘한 이채가 어리다 사라졌다.

"사아군이 태자 전하의 수발을 드느라 고생이 많습니다."

"고생이라니요, 전혀 그렇지 않습니다."

왜 사신의 말에 사아가 곤란한 듯 웃으며 손사래를 쳤다.

"태자 전하의 뛰어난 참모인 사아군을 백씨 일족도 탐낸다는 것 잘 압니다. 막말로 그대가 없으면…… 전하께서 지금껏 살아 계셨겠소?"

"부리 사신!"

왜 사신이 부리 사신을 급히 말렸지만 그는 흔들리는 배 안에서 금세 술에 취하기라도 한 것처럼 거침이 없었다.

"사아군이야말로 정녕 보위에 어울리는 분 아닙니까! 선왕의 후계자시고 연합국의 지지를 받는 분이니 왜의 인질로만 가지 않으신다면 충분한 자격이 있지 않소."

"아니, 왜국이 어쨌다고 이럽니까? 인질로 보낸 건 백제의 어라합니다."

"애초에 마나군을 어라하의 직계 혈족이 아니라고 돌려보내지 않았소!"

부리 사신이 노골적으로 지적하자 왜 사신의 얼굴이 붉어졌다.

백제와 왜는 왕족들의 혈연으로 형제국이었지만, 서로를 완전히 믿지 못해 각국의 왕자들을 인질 삼아 교환하는 관례를 가지고 있었다.

어라하는 왜와의 연합을 유지하기 위해 백제 왕족의 방계인 마나군을 왜의 인질로 보냈는데, 인질은 바로 백제와 왜의 연합에 대한 상징이었다. 허나 왜는 방계인 마나군보다 직계인 왕자들을 요구했다.

순타 태자나 왕비 소생인 명농군을 원했는데, 백제 왕실에서는 태어난 지 얼마 안 되는 명농군을 보낼 수도, 어라하의 든든한 후계자인 순타 태자를 보낼 수도 없었다. 해서 선왕의 왕자인 사아군을 어라하의 양자 삼아 왜의 인질로 보낸 것이다.

언제든 연합이 깨진다면 목숨조차 보장받을 수 없는 것이 인질의 운명이었다. 그런 아슬아슬한 자신의 위치에서 왜 사신이 되기까지, 사아는 몸을 낮추고 기다렸다. 사촌이 보위를 차지해 백제로 돌아갈 때, 그의 두 날개가 되기로 다짐하면서 말이다.

백제와 왜의 민감한 정치적인 사안들을 처리하고 조율하면서 사아는 그 어느 쪽에도 원망을 사지 않고 신뢰를 쌓아두는 법을 배웠다. 지금처럼.

왜 사신과 부리 사신의 대화가 격해질 즈음 사아가 끼어들었다.

"두 분 사신께서 이 사람을 이리 생각해주시니 몸 둘 바를 모르겠습니다. 이 개화 땅이 평안해야 각국이 평안하지 않겠습니까! 우리 사신들이 해야 할 일이 바로 그것 아니겠습니까."

"그렇지요!"

"맞는 말씀입니다."

서로가 서로를 이용하고 자신들의 계산에 따라 움직이고 있다는 확신을 만들어두면서 사아는 오늘도 이 회합이 성공리에 끝날 것을 예감했다.

잠시 후, 향로에서 뿜어내는 자색의 연기가 선실을 감쌌다.

툭, 부염이 떨어뜨려놓은 장작을 화덕에 넣자 새빨간 혀 같은 불길이 쉴 새 없이 날름거렸다.

영은 며칠째 달이의 작업장에 틀어박혀 있었다.

작업장이라고 해봤자, 포구가 내려다보이는 언덕 위 고달의 봉군들 옆에 대충 세워놓은 움막에 불과했다. 그래도 나름대로 화덕까지 갖추어진 작업장이다.

하아, 영은 벌써 몇 번째인지도 모를 한숨을 또다시 뿜어냈다.

태자의 주문으로 드디어 이 지긋지긋한 꿈에서 깨어날 수 있다는 희망에 부풀어 올랐던 것도 잠시였다.

항아님의 재주를 먼저 보여줘 봐. 주문은 그 뒤에 맡기지.

"교활한 짝퉁 같으니!"

불쏘시개로 화덕 안을 들쑤시는 영의 말투가 사나웠다. 왼손에 흉터만 있었다면 정말 태자는 준이랑 똑같이 생겼다. 저를 향해 반달마냥 눈 꼬리를 접은 채 웃는 모습도 같았다.

"망할! 이놈이고 저놈이고, 남자가 웃음이 그렇게 헤퍼 어디다 쓴데?"

영은 머릿속에 두둥실 떠오르는 태자의 얼굴을 지우려는 것처럼 장작을 들쑤시던 불쏘시개를 마구잡이로 휘둘렀다. 그러다 갑자기 손에 들린 불쏘시개를 이리저리 돌려보기 시작했다. 마치 옻칠을 한 듯이 검게 그을리다 만 나무토막이었다.

영은 나무토막을 보고 무슨 생각이 들었는지 그걸 작업대로 가져갔다.

그녀의 머리 속에는 벌써 다 만들어진 작품이 보였다. 냉큼 도구를 집어들었다.

손에 익지 않은 전통적인, 그보다 원시적인 느낌까지 주는 도구들을 가지고 처음부터 끝까지 정말 손으로만 해야 하는 수작업은 평소보다 몇 배의 집중력을 요했다.

"아니, 지금 이게 중요한 게 아니잖아!"

어느새 나무토막은 근사한 장신구함으로 완성되었다.

영은 물끄러미 장신구함을 쳐다보다 휙 내던지며 다시 깊은 한숨을 내쉬었다.

그때 화덕 안의 벌건 불꽃이 영의 눈에 들어왔다.

정념의 불꽃!

할아버지는 영에게 장인의 삶을 설명할 때 정념의 불꽃과도 같다고 말했다. 영은 서환 명장의 선문답 같은 가르침을 잘 이해하지 못했다.

아니, 솔직히 말하자면 거의 알아듣지 못했다. 알아들은 것 같다가도 도무지 알 수 없는 관념들로 그녀의 혀끝에서 맴돌다가 사라지곤 했다. 그럴 때면 열패감에 휩싸이거나 조울증마냥 영의 감정이 널뛰었다.

서환 명장은 위로의 말이나 기술적인 노하우로 영을 가르치지 않았다. 그저 언제나 지루할 만큼 단조롭고 힘든 장인의 삶을 몸소 보여주는 게 다였다.

도제교육이라는 것이 단순히 기술을 전달하는 것이 아니라는 것을 그때의 영은 알지 못했다.

'제 기술만 믿는 안하무인의 손에 태어난 것은 삿된 것이야. 사람의 눈을 홀릴 뿐 정작 마음을 움직일 순 없단다. 마음을 움직이는 건 장인의 혼으로 빚었기 때문이지. 기억해야 할 것들은 네 안에 깃들어 있을 게다. 조급해할 필요 없다. 개안(開眼)의 시기는 반드시 올 테니까.'

"그니까 그 개안의 시기는 언제 오는데요?"

내뱉은 한숨만큼이나 영의 시름이 더해졌다.

햇빛에 반짝이는 강은 은색 실로 수놓은 한 폭의 비단 같았다.

언제나 강을 끼고 도망을 치기에 급급했던 것과 달리, 순타는 강을 바라보며 서 있었다.

처음이었다.

모친을 삼킨 무정한 고마의 강을 바라본 적은 12년만에 처음 있는 일이었다.

그것이 비록 꿈속이었다 하더라도 말이다.

장인들은 모다 하늘장인의 능력을 빌리는 거란다.

꿈속 어디에도 모친의 모습은 보이지 않았지만, 순타는 알 수 있었다. 그의 기억 속 모친의 목소리라는 것을 말이다.

모친의 목소리는 언제나 꿈을 꾸는 것 마냥 몽환적이고 신비로웠다.

하늘장인?

기억 속 모친의 말에 되물어오는 어린 소년의 목소리는 어릴 적 순타, 바로 그였다.

순타는 그제야 깨달았다. 지금 그의 귓가에 들리는 목소리가 사실은 기억 속 그와 모친이 나눴던 마지막 대화였다는 것을 말이다.

저 하늘 위 또 다른 하늘에 살고 있는 장인이란다. 장인들이 보물을 만들 수 있도록 하늘 장인은 능력을 빌려주시지.

보물요? 저도 보물을 만들고 싶어요, 어머니!

어린 순타의 말에 여인이 웃음기 가득한 목소리로 대답했다.

장인의 보물은 하늘장인의 은혜를 받은 장인만이 만들 수 있단다. 하늘 장인의 혼이 빛으로……. 경이감을 타고 장인의 마음속에 퍼지고서야 장인의 보물은 만들어지거든!

"허면, 하늘장인의 은혜를 받은 장인을 데려와야겠군요!"
소년의 목소리가 어느새 야젓한 순타의 목소리로 바뀌었다.
햇살에 닿은 눈꺼풀을 밀어올리며 여실히 드러난 순타의 유채색 눈에선 수마의 흔적은 찾아볼 수 없었다. 방금 전까지 잠에 빠져 있었던 것 같지 않게 태연했다.

때로는 보물이 장인을 부를 수도 있단다. 아주 특별한 보물 말이다. 내 보물. 순타야!

기억 속 여인의 목소리에 순타의 눈이 곱게도 휘어졌다.
"전하, 일어나셨습니까!"

허락도 받지 않고 들어온 중걸이 탁자에 기대 잠시 오수를 즐기던 순타와 눈이 마주치자 몰래 일을 저지르려다 들킨 것처럼 움찔했다.

선잠에 불과했건만, 순타는 아주 오랫동안 꿈을 꾼 것 같은 느낌이 들었다.

잠결에도 부산스런 발걸음이 계속 거슬리더라니.

순타는 고개를 몇 차례 꺾으며 중걸을 심드렁하게 바라보았다.

"주인의 처소를 마음대로 출입하더니, 주인의 침상까지도 누워보고 싶더냐? 시침녀면 모를까 덩치 큰 사내놈은 별 흥미가 없는데!"

순타의 고약한 말본새가 익숙해질 만도 하건만 중걸의 표정이 저도 모르게 일그러졌다.

"정말 양심도 없으십니다. 당장에 고마성에 파발을 올리겠다는 태수를 진정시키느라 사아군이랑 제가 얼마나 진을 뺐는지 아십니까?"

"파발은 무슨. 혹여 제 자리를 뺏길까 안절부절못하는 인사니 그저 당장의 자리보전에나 골몰할 게 뻔하다."

순타는 비릿한 웃음을 지었다.

'의원 말이 화상은 다른 상처와 달리 회복이 느려 개화 공사는 당분간 맡기 어려울 것 같답니다.'

어젯밤 부관이 와서 전해준 이야기를 떠올리자 순타의 얼굴에 언뜻 미소가 스쳤다.

원래대로라면 태수 대신 부관이 개화의 제반 행정을 맡아야 했다. 부관은 무관이라 사신들과 얼굴을 마주하는 일은 질색이라며 모든 권한을 태자가 맡아야 한다고 주장했다.

'잠시 동안 시간은 벌었지만…… 오래 머물 수는 없다. 왜로 가는 배는 달포도 안 되어 도착할 테니까.'

순타는 개화에 있을 빌미를 제공해준 태수에게 오히려 고마운 마음이 들었다. 사신단 배웅을 위해 내려오긴 했지만 배가 오는 기간 동안 기다릴 명분이 없었던 터였다.

"고마성에 지원 요청이라도 해야지, 저 같은 호위 하나만으로 태자 전하께서 그렇게 오래 머물 땅이 아니지 않습니까, 개화는."

제 주인이 부러 시간을 벌어놓은 것도 모르고 증걸은 마냥 투덜댔다.

"내 호위는 일당백이 아니던가."

언제부터 저를 그리 인정해주었단 말인가!

증걸은 태자가 쏟아내는 번드레한 말에 코웃음을 쳤다.

"위사좌평이 동궁에 들어 연호위를 천거하며 말하기를, 아들이라서가 아니라 고마성 소년들 중 가장 출중한 무예를 가진 이라 하였지. 신의와 올곧은 정신으로 무인의 길을 걷고자 한다면서 주인의 말 한마디면 불구덩이라도 들어갈 거라고 말이야."

불구덩이? 아버지가 미친 게 틀림없다. 세상에 어느 아비가 자식을 사지로 내몬단 말인가!

증걸은 고마성에 들어가기만 한다면 안채로 들어가 어머니에게 아버지의 일을 고해 바치리라 다짐했다. 연씨 일족의 수장인 위사좌평은 알아주는 공처가였다.

"애당초 연호위를 믿지 못했다면 이 몸이 개화에 올 생각이나 했을까? 어라하의 허락도 없었겠지. 아니 그러하냐?"

연씨 일족이 충성스럽단 말은 그만큼 단순하단 반증이 아니었을까? 증걸은 어느새 태자의 말에 오락가락하더니 반쯤 넘어가기 시작했다.

태자의 말대로라면, 어라하도 자신을 인정한다는 것이 아닌가!

매번 태자의 꾀에 당하면서도 증걸은 또다시 제 주인의 꿀 발린 말에 결국 넘어갔다.

"허, 허면…… 백제부에만 계셔야 하는 겁니다."

"그리하마."

주인의 입가에 화사한 미소가 번지자 증걸도 어깨가 불쑥 올라갔다. 그때였다. 장지문 너머로 다급한 목소리가 들려왔다.

"태자전하! 급히 관사로 가셔야겠습니다."

"내 백제부에만 있어야 하느니라."

방금 전 증걸과 약조하지 않았나. 태자가 거드름을 피우며 한가하게 차나 홀짝였다.

"전하, 가야의 부리 사신이 급사했답니다."

장지문 밖에서 부관의 다급한 목소리가 더해졌다.

히익! 증걸의 입에서 무사에 어울리지 않게 새된 목소리가 튀어나왔다.

개화 연합국의 대표인 사신들의 안전은 백제부 소관이었다. 개화가 백제령이기 때문이다.

때때로 연합국들은 백제에 불만이 있는 경우, 사신들의 처우를 문제 삼아 고마성으로 파발을 올렸고, 그때마다 애먼 백제 태수만 사단이 났었다. 헌데 사고도 아니고 사신들이 묵는 관사에서 가야 사신이 죽었으니, 보통 큰일이 아니었다.

죽음의 원인을 놓고 책임을 전가한다면 그 이후 연합국이 어떤 전면적인 요구를 해올지 모른다.

백제 태수 문독이 하필 이때 드러누워 있었다. 공교롭게도 부관이 태자에게 임시로 백제부를 맡아 달라 요청했다.

그리고 벌어진 사신의 죽음이라……

일련의 사단이 미리 계획이라도 한 것처럼 교묘하게 맞아 들어갔다. 태자를 궁지에 빠트리려는 게 목적이라면 어느 정도 성공적인 진행이라고 할 만했다. 태자는 졸지에 책임을 떠안게 되었으니.

더구나 태자 자신이 직접 나서지 않는다면 연합국들은 이 기회를 놓치지 않고 백제를 압박할 것이 틀림없었다.

"가, 가시죠, 전하!"

샐쭉한 얼굴로 장지문을 열며 증걸이 말했다.

"이런, 이런! 백제부에만 틀어박혀 있으려 했건만."

태자가 마뜩찮은 표정으로 투정을 부리며 일어섰다.

한식경도 안 돼서 관사에 도착한 순타는 문턱을 넘자마자 풍겨오는 역한 냄새를 맡고 코를 찡그렸다.

침상 위에 놓인 부리 사신의 사체는 이미 부패하고 있었다. 시신이 저토록 빠르게 부패한 연유에 대해서는 알 수 없지만 이상한 향 냄새와 섞여 더 끔찍했다. 결국 치밀어 오르는 역기를 참을 수 없어 순타가 고개를 돌렸다.

아무리 그래도 사체 앞에서 너무 노골적이다 싶었는지 가야 사람들이 그를 마뜩찮게 쳐다보았다.

"태자전하! 예의에 어긋납니다."

증걸이 제 주인에게 슬쩍 주의를 줬건만 돌아오는 건 타박이다.

"그놈의 예의 찾다가 네 주인이 먼저 죽겠다."

주인보다 사신들의 눈치를 먼저 살피는 호위에게 잔소리를 늘어놓고 나서 순타는 명을 내렸다.

"우선 사체부터 옮기시오."

태자의 명에 따라 사체를 옮기는 손길이 다급해졌다.

"부관!"

"예, 전하!"

"근래 개화 날씨가 어땠는가?"

순타가 뜬금없이 날씨를 물어왔다.

"며칠 전까지 장마라 비가 많이 왔었지요."

부관이 이마에 난 땀을 연신 훑어내며 대답했다. 더워서라기보다 태자의 엉뚱한 질문에 당황했기 때문이다.

태자가 혹시 어디 모자란 거 아니야?

비아냥거리는 가야 사신 아불의 눈초리가 느껴지자, 부관은 울컥

하면서도 어쩔 줄 몰라 하며 태자의 눈치를 살폈다. 그래도 명색이 백제의 태자였다. 아무리 태자와 척을 진 태수를 모시긴 해도 타국의 사신까지 그를 업신여기는 건 참아내기 어려웠다.

태자가 그런 눈치도 못 느낄 만큼 둔하지는 않을 터인데 어쩐지 내내 무심한 척 굴었다.

사체가 옮겨지는 걸 지켜보던 태자가 다시 물었다.

"사신께선 평소 지병이 있었나?"

아불 사신의 대답이 퉁명스레 이어졌다.

"부리 사신은 건강하다 못해 펄펄 나셨소이다."

"날아다닐 것 같은 몸은 아닌데?"

관사까지 와서도 태자는 가리지 않고 제 할 말은 다하고 있었다.

"출혈이나 자상이 보이지 않으니, 전하께선 병사를 의심하시는 겁니다."

부관이 태자의 대변인이라도 된 듯 가야 사신들에게 설명해줄 때였다.

"부리 사신은 타살 당한 겁니다, 태자전하!"

아불 사신이 즉각 반박하고 나섰다.

"허니, 병력을 총동원해서라도 살인범을 찾는 것은 물론 사신을 보호해야 할 의무를 다하지 못한 백제는 분명히 책임을 져야 할 것입니다."

예상은 했지만 아불의 추궁은 다분히 억지였다.

부관은 저들이 가야 사신이 죽음에 이른 원인을 어떻게든 백제부로 돌리려 한다는 것을 알았다.

"부관! 최근 개화독립군의 활동은 있었나?"

부관은 태자의 물음에 일말의 안도감을 느꼈다. 태자도 저들의 속셈을 눈치 채고 있구나.

그나마 다행이었다. 그렇지 않고서야 허울뿐인 개화독립군이라는 말을 끄집어낼 리 없었다.

아주 오래전부터 마한의 땅이었던 개화는 백제와 가야라는 커다란 두 세력에 의해 원치 않게 번갈아 소속되기도 했다.

명실공히 백제령이 된 개화지만 여전히 마한의 일부였던 자신들의 정체성을 버리지 않고 있었다. 그도 그럴 것이 개화는 대륙과 왜는 물론 멀리 동아시아를 잇는 뱃길의 길목이라서 백제, 왜, 가야, 신라가 대륙으로 가기 위해 꼭 거쳐야 하는 항구여서 아주 오랜 옛날부터 독립적인 자치 지구와도 같은 성격을 갖고 있었다.

하지만 30년 전, 백제의 선왕이 무리하게 개화를 백제령에 복속시키면서 개화에서는 몇 차례 민란이 발발했다. 왜와 손잡고 백제로부터 독립의 기치를 내걸었던 개화인들의 민란은 그때마다 가혹하고 잔인하게 진압당했다.

그 이후로 백제는 개화에서 연합국 간에 껄끄러운 마찰이 생길 때마다 개화독립군이라는 허상을 들먹여 정치적 우위를 공고히 다져왔던 것이다.

"어찌하여 태자께서는 개화독립군의 동태를 물으십니까?"

허나 이번에는 달랐다. 가야 아불 사신이 백제의 얕은 수에 넘어

갈 마음이 없는 것이다.

"개화독립군이 가야 사신을 피살했다 여기십니까, 전하! 백제군이 이미 몰살시킨 개화독립군은 더 이상 사신을 피살할 능력이 없습니다."

"그래?"

아불의 말에 담긴 분노를 짐짓 모른 체하며 순타가 의뭉스럽게 대꾸했다.

아불이 애먼 부관을 노려봤다. 태자가 못 알아듣는 척하는 거냐? 그런 눈빛이었다.

불쾌감에 잔뜩 인상을 구긴 아불 사신과 남의 일처럼 태연자약한 태자가 당최 서로 말이 통하지 않으니 중간에서 부관만 애가 닳았다.

"검안이 끝나고 다시 의논하시지요."

"검안이라니요! 가야는 절대로 부검에 동의할 수 없소이다!"

"허면 검안도 아니 하고 범인을 잡아내라 이 말인가!"

"백제부에서 자신 없으면 저희 가야에서 잡아드리지요."

명백한 도발이었다. 백제령인 개화에서 수사권은 당연히 백제에 속했다. 가야 사신의 속내가 훤하게 들여다보였다.

아직도 가야에서는 호시탐탐 개화를 저희 영토로 영입하고 싶어 안달이었다. 백제 태자에게서 직접 수사권을 이어받는다면? 저들에겐 개화 반환을 요구하는 시발점이 될 것이 분명했다.

"어찌하시겠습니까? 이 사건에 대한 수사권을 가야에 넘기시겠습니까?"

아불 사신의 말에 순타는 슬그머니 웃음이 나왔다. 제 동료의 죽음을 정치적으로 이용하려는 속내마저 확연히 느껴졌기 때문이다. 허나 땅 욕심이라면 어라하도 만만찮다. 개화를 가야에게 주느니, 태자를 희생양 삼아 이용하거나 버릴 것이 분명했다.

"검안도 없이 그대들은 범인을 잡을 수 있다는 말이군. 짐작 가는 범인이라도 있는가!"

"개화 땅에서 감히 가야 사신을 피습할 수 있는 상대가 백제와 신라 말고 또 있겠습니까?"

무례하기 짝이 없는 대답이라 순타는 물론 부관의 얼굴마저 굳어졌다.

'저, 저놈! 가야 사신들 중에서 제일 뻣뻣한 놈! 정말 백제에서 가야 사신을 죽였다면, 네놈이 첫 번째였을 것이다.'

부관이 살벌한 눈빛으로 가야 사람들과 눈싸움을 치르고 있을 때였다.

"전하, 감히 말씀드립니다. 백제는 가야와 척을 질 연유가 없지 않습니까. 하여 이 일은 분명 가야를 노리는 신라인들이 저지른 일입니다. 저들은 우리의 연합을 약화시키고 실은 고구려와 야합하고 있는 게 분명합니다."

"가야 사신은 말을 멈추시오. 신라 역시 연합국인 걸 모르시오!"

순타는 신라를 범인으로 몰고 가려는 아불 사신의 말을 중단시켰다. 서로를 의심하는 것은 연합을 위태롭게 만들 뿐이었다. 그것은 오직 대적 고구려만이 원하는 일이었다.

"어라하께서 이 자리에 계셨다면 유감을 표명하셨을 것이오. 내 백제 태자의 자리를 걸고 빠른 시일 내에 범인을 잡아 가야 사신의 억울함을 풀어드리리라."

순타가 가야 사람들에게 약조를 해주었다. 그것도 태자라는 지위를 걸고 말이다.

순타의 터무니없는 약조에 부관이 난처한 눈길로 증걸에게 하소연했다.

'말려야 하지 않소?'

'말릴 수 있다면 한번 해보시지요!'

뚱한 표정을 한 증걸이 놀랍지도 않다는 듯 시큰둥하게 신호를 보냈다.

'대체 전하의 저 근거 없는 자신감은 어디에서 오는 것이오?'

부관은 태자의 호위인 증걸을 연신 쳐다봤지만, 증걸은 이내 시선을 회피했다.

부관의 절박함을 모른 척하는 증걸에게도 곧 철퇴가 내려졌다.

"죽은 사신의 행적을 여기 부관에게 상세히 알려주시게. 연 호위는 사신의 사체를 빙고에 안전하게 옮기도록!"

더 이상의 부패를 막기 위해 사체를 옮기자는 말은 가야 사람들을 설득하기에 충분했다. 하지만 백제의 장례 풍습을 놓고 보면 빙고라는 곳이 단순히 사체를 보관하는 곳이 아니었기에 순타의 또다른 속셈을 짐작케 했다.

"저, 전하!"

증걸이 황급히 태자를 불러 세웠다.

"내 충성스런 호위가 이 몸에게 할 말이 있는 것이냐?"

마치 정인에게나 보일 따사로운 표정으로 증걸을 바라보는 태자.

하지만 증걸은 깨달았다. 여기서 허튼소리를 나불대면 제 호위 인생은 끝난다는 것을. 감추어진 주인의 살벌한 속내를 간파하고 증걸은 일신의 안위를 선택했다.

"곤륜의 귀한 옥을 누가 캐어 직녀의 얼레빗을 만들었는가. 돌아온다던 임 견우 안 오시니, 근심에 못 이겨 허공에 던진 거라오. 이 얼레빗이 무엇이냐? 바로 직녀 언니가 견우 오빠한테 받은 정표인 반달을 따서 만들었다 이 말이죠!"

"예끼! 장사치가 너무하네. 그냥 얼레빗에 무슨 반달이여."

사내 하나가 대번에 정색해서는 거짓부렁도 작작하라고 성을 내고 지나갔다.

평소 같으면 내 입 가지고 내가 말하는데 뭔 상관이냐고 몽니를 부릴 영이 어쩐지 얌전했다.

영은 찜찜한 기분을 털어내듯 고개를 흔들고 눈에 힘을 주어 지나가는 사람들을 훑었다.

"어머, 거기 언니들! 얼레빗 안 필요해요? 장신구는? 장인 다이애나의 뒤꽂이를 사시면 비녀를 덤으로 드려요!"

먹고 사는 게 바빴다는 구실은 어째 이곳에서도 마찬가지인지.

아침밥도 못 먹은 채 소리를 지르고 있지만 장사가 영 신통치 않았다.

포구에 배 들어온 날은 으레 그렇듯이 장신구 따위보다 향료상이나 곡식상 등이 장사가 잘됐다. 아직 이 시대엔 화폐보다는 물물교환이 더 흔했기 때문이다. 곡식 자루나 비단 한두 필만 가지고 있으면 어느 것으로든 교환이 가능했다.

"이건 뭐유?"

개시 손님이 될지도 모를 중년의 여성이 장식함에 관심을 보였다.

영은 손님의 손에 들린 곡식 자루를 힐끔댔다. 자루에 드러난 미세한 모양을 보아 저건 보리가 분명했다.

'보리다, 보리!'

영은 풀죽이 아닌 보리밥을 먹을 수 있을지도 모른다는 기대감에 얼른 가면을 쓰듯 영업용 미소를 지어냈다.

"이게 그 유명한 벼락 맞은 대추나무로 만든 거라구요! 여기에 패물을 떡하니 넣어두면 액운도 쫓고 대운을 불러온다니까요."

일단 영의 풍월을 듣는 척만 해줘도, 물건을 들었다 내렸다 하는 손님의 머릿속에 들어가 정신을 혼미하게 하는 것쯤은 식은 죽 먹기다.

"딸 아이 시집갈 때 혼수로 넣어주면 좋을 겁니다. 그때까진 언니가 쓰고."

여인에게 딸이 있는지 없는지도 모르면서 천연덕스럽게 말을 잇는 영이다.

"패물은 있죠? 아니, 언니 것 말고 딸내미 것. 디자이너 다이애나의 싸네 스타일 팔찌라든가, 라푼젤의 삼단 같은 머릿결을 지켜줄 얼레빗 겸용 비녀 말이에요. 내가 특별히 언니한테 베넷 스타일 얼레빗 겸용 비녀 끼워줄게요."

영의 끼워 팔기 신공 덕에 살까 말까 하던 여인의 마음이 확 굳어졌다. 막 그녀가 값을 치르려는 찰나 여인의 손에서 누군가 장식함을 뺏어갔다.

"벼락 맞은 대추나무? 웃기고 있네! 불쏘시개로나 쓰던 나무로 만든 함을 가지고 어디서 거짓부렁질이야?"

아직 앳된 티를 벗어던지지 못한 소년 두 명이 비아냥대며 다가왔다.

눈에 익은 녀석들이었다. 공방에 장인 직함을 받으러 갈 때마다 그녀를 무식하게 쫓아낸 바로 그 녀석들이다.

"또 말도 안 되는 설을 붙여서 팔고 있었던 거냐? 보나마나 안쪽엔 잔뜩 그을음이……."

사내 아이 하나가 함을 열어 안쪽을 쓰다듬고 손을 내밀어보였지만 까만 그을음은커녕 어떤 먼지도 묻어나지 않았다.

당황한 녀석들의 얼굴을 보며 영은 웃음이 나오는 것을 애써 참았다. 니스 같은 코팅제는 없었지만 벌을 치는 고달 덕분에 천연 코팅제를 구할 수 있었던 것이다. 부염에게 받은 것이 바로 그 밀랍이었다.

고달이 알면 비싼 황초를 가지고 쓸데없는 짓을 했다고 구박받겠지만 눈앞에 좋은 재료가 있는데 마다할 장인은 없었다. 그 덕에 오늘도 물건을 팔았으니 그녀의 생각이 옳은 셈이다.

"또 와요. 넉넉히 챙겨드릴게요!"

눈썰미 좋은 녀석들의 주장대로 불쏘시개에 불과했지만 저 여인에게는 벼락 맞은 대추나무로 기억될 것이다. 언젠가는 밀랍 효과가 떨어져 속았다는 것을 알게 되긴 하겠지만 말이다.

"인장도 없는 것이 스스로를 장인이랍시고 우쭐대는 꼴이라니. 명석말이라도 당해봐야 네 년이 제정신을 차리지."

뭐? 년! 영의 눈빛이 대번에 사나워졌다.

"남이사 인장 없이 물건을 만들든 짝퉁으로 먹고 살든 사는 사람이 좋아서 산다는데 니들이 무슨 상관이야? 너희야말로 장인 수련생들이 기술은 안 배우고 물건만 나른다며?"

"그건 스승님이 우리의 안목을 늘려주시려고……."

"안목 같은 소리하네. 백날 안목만 늘려봐라, 제 실력이 되는지. 자고로 장인은 입이 아니라 손으로 먹고 사는 거야."

저들도 느끼는 게 있는지 얼굴이 붉게 달아올랐다.

"하여튼 실력도 안 되는 것들이 강샘도 정도껏이지 왜 자꾸 와서 진상 짓이래."

가뜩이나 직함 때문에 평소에 개화 공방의 직공들과 사이가 좋지 않았다.

처음엔 일단 놓고 가라는 그들 말을 믿고 물건을 맡기고 돌아섰었다. 하지만 장인에게 보이기는커녕 일부러 망가트리거나 은장식품은 아예 녹여서 저들이 다시 만든다는 것을 뒤늦게 알고 직접 장인을 보겠다고 주장하게 된 것이다. 하지만 공방 문턱을 밟는 것은 고사하고 매번 직공들에게 문전박대를 당하고 말았다.

그것도 모자라 심심풀이하듯 영의 좌판에 몰려와 이렇게 행패를 부리곤 했다.

"어물전 망신은 꼴뚜기가 시킨다더니, 개화 계집 따위가 장인 직함을 받겠다고 감히 언감생심이냐. 어디 그런 굴퉁이 따위를 가지고 장인이 되려 하느냐고, 이 꼽추 자식아."

녀석들 중 한 명이 가판대에 침을 뱉었다. 제 얼굴에 침이라도 맞은 것 같은 모욕감이 영을 덮쳤다.

저자에서 향료를 파는 곰보 상인은 첫 손님이 행색에 빛이 난다며 좋아라 했건만 반식경도 지나지 않아 거의 울상이 되고 말았다. 서역에서 온 액체로 된 향료는 물론이거니와 대륙에서 건너온 향료란 향료는 모두 꺼내놨지만, 단 하나도 손님의 선택을 받지 못했기 때문이다.

"이게 다인가?"

향료상이 내민 향료의 향을 맡아보며 순타는 이번에도 고개를 저었다.

순타는 가야 사신의 사체에서 맡았던 향 냄새가 독특해 향료상을 찾아온 것이다. 어쩌면 그것이 사건을 푸는 실마리가 될지도 모른다는 예감이 들어서였다.

"한 가지 향이 아니었다. 여러 가지가 섞인 듯했어. 한약 같기도 하고 달았다 시기도 했고, 어떤 것은 매캐한 것 같기도 했지만…… 그게 원래 향인지는 확실하지 않다."

'수수께끼를 푸는 것도 아니고, 참.'

"저희 상단이 가지고 있는 향은 모조리 다 보여드렸습니다. 여기에 없다면 저자에서 파는 향이 아닐 겁니다요."

"파는 것이 아니라면?"

어디서 기상천외한 향을 맡아가지고 와서 이렇게 괴롭히는 것인가 싶었지만 유채색 눈동자에 곰보의 마음이 흔들렸다.

"가가호호 만드는 향이 있습지요. 대대로 내려오는 비방으로 때로는 약재를 섞기도 하고요. 혹 아는 이가 있는지 물어보고 오겠습니다."

곰보 사내가 돌아서 가까운 상인들에게 다가갈 때였다.

"뚫린 입이라도 해서는 안 되는 말이 있는 줄 몰라? 싹퉁 머리 없는 것들아."

양손에 소년들의 멱살을 잡고 저자를 걸어가는 건 영이었다.

"꼽추 자식한테 꼽추 자식이라 한 게 뭐 어쨌다고 이랴."

손아귀에서 벗어나려고 애를 쓰던 소년들을 영이 땅바닥으로 패대기쳤다.

"이 자식들이 아직도 정신을 못 차렸지."

영이 팔을 걷어붙이자 이렇게 거칠게 나올 줄 몰랐던 소년들이 경기라도 일으키는 것처럼 부르르 몸을 떨었다.

"미친 것이 힘만 세서는."

"누가 미쳐?"

"개화 계집 따위가 감히 장인 직함을 원하는 게 미친 거지, 이 반푼아. 백날 공방 문을 두드려봐라, 공방 장인이 네 굴퉁이 물건을 봐주기라도 할 것 같아? 직공 생활 다섯 해가 넘도록 겨우 문지기만 하는 것만 봐도 모르겠냐."

소년이 바락바락 대들었다.

"이게 어디서 잘했다고 소릴 질러! 도제 수업을 견디기 힘들면 종지만도 못한 제 그릇을 탓해야지. 저보다 약한 사람이나 괴롭히는 유리 멘탈 주제에."

아무리 덜 여물어도 남자는 남자다. 그런 멀쩡한 소년 두 명을 양손에 잡고 개 끌듯이 끌고 다녔으면서 자신이 약하단다.

기가 막혀 말이 안 나온다며 눈을 휘둥그레 뜬 소년 뒤로 목소리 하나가 튀어나왔다.

"유리…… 멘탈은 또 무어냐?"

"준? 아! 아니지, 짝퉁이었지!"

"짝퉁?"

영의 시선이 분산된 틈에 소년들이 눈치를 보다가 냅다 도망을 쳤다.

"야, 니들 거기 안 서!"

직공들을 쫓아가려던 영의 발길을 멈추게 한 것은 순타에게 은근 슬쩍 다가온 곰보 사내였다.

"나리, 나리! 기루에 들려보시지요."

기루? 기루라면!

반사적으로 영의 머릿속에서 벌거벗은 부염의 등이 떠올랐다.

'아, 진짜! 겨우 잊고 있었는데……'

애써 잔상을 지우려 고개를 흔들던 영은 순타와 시선이 딱 마주치고 말았다.

그 순간, 눈앞에 아른거린 것은 부염이 아닌 준의 벌거벗은 등짝이었다. 상상만으로도 얼굴이 화끈거릴 정도였다.

"기녀들이 향을 잘 섞는다 하니 그네들 중 혹 찾으시는 향의 이름을 아는 자가 있지 않겠습니까?"

곰보 사내가 말 한마디를 더 얹자 벌거벗은 준의 등에 기녀가 손톱자국을 남기는 장면이 머릿속에서 절로 상상이 됐다.

"그만!"

순타와 곰보 사내가 동시에 영을 돌아보았다.

영의 눈초리가 영문도 없이 사나워 보이는 통에 곰보 사내가 움찔거렸다.

"지금 누구한테 기루에 가라고 소개질이야, 곰보 아재? 저번에두 기루 출입하다가 아재 부인에게 걸려서 혼쭐났으면서, 또 기루 가려는 거야?"

곰보 사내가 마누라에게 수염을 잡혀 끌려 다닌 것을 똑똑히 보았던 영이 따지듯 물었다.

"어허, 뭔 흰소리다냐! 장사하는 거 안 보이는 겨?"

"아니면! 왜 기방 소개해주고 있는 거야? 이 세계에도 소개비가 있는 건가? 아재, 수수료 얼마 받고 이러는 거야, 응?"

"기방을 소개한다니? 게 뭔 소리여?"

곰보 뒤에서 여인의 목소리가 들려왔다. 남산만큼 부른 배를 안고 곰보 먹을 밥을 가져온 부인이 서 있었다.

"아, 아니여! 뭔 소리냐, 나리께서 찾으시는 향이 있어서……."

"향? 그럼 향만 팔 것이지 기방을 왜 소개해? 이…… 쎄가 만발이나 빠질 인간아!"

제 사내에게 달려드는 배불뚝이 아내 때문에 순타와 영은 조용히 그 자리에서 밀려날 수밖에 없었다.

아불이란 가야 사신의 말이 틀리지는 않았다.

백제는 가야와 척을 질 이유가 없다. 개화독립군은 물론 신라 역시 속내가 어떻든 남으로 밀고 내려오는 제국 고구려가 공공의 적이기에 가야 사신을 피살하면서까지 연합을 깨트릴 이유가 없었다.

그가 피살당했다면, 필시 이 연합을 깨트리길 원하는 무리의 소행일 것이다. 이 죽음이 가져올 파장이 어디까지 뻗어나갈지 가늠되지 않을 만큼 상황은 심각했다.

개화에 소란을 일으켜 연합을 약화시키고 백제로부터 개화 땅을

독립시키려는 자들. 그들이 누구일까?

앞으로 자신이 찾아야만 하는 것이다. 만약 선왕 때처럼 피의 진압이 시작된다면 지금도 그때처럼 애먼 개화인들만 희생될 것이 틀림없었다. 무자비한 진압은 개화를 넘보는 연합국에 강력한 경고가 될 수는 있겠지만, 개화인들의 맹렬한 반감을 살 게 뻔했다.

더구나 이 일로 자신의 목숨도 바람 앞에 등불이 되고 말았다.

호시탐탐 목숨을 노리고 있는 백씨 일족은 개화 징벌을 핑계 삼아 이번에야말로 대놓고 자신을 죽일지 모른다. 동궁 처소에서 살해해 사체에 의문을 남기는 것보다 전투 와중에 벌어진 피치 못할 죽음이 훨씬 더 간결하고 깨끗할 테니 말이다.

어느 것 하나 이로울 것 없이 내몰리는 상황임에도 순타의 마음만은 가벼웠다. 구름조차 없는 맑은 하늘이었다.

"말도 없이 가면 어떻게 해? 나만 미친년 됐잖아."

언제 따라온 건지 제 앞을 막아서는 영의 몰골이 말이 아니었다. 싸운 건 곰보 사내와 그 계집이건만 어찌된 일인지 달이의 행색이 더 처참했다.

"쌈 구경하다 보니, 머리채를 잡혀서!"

결국 곰보 사내가 일을 커지게 만든 달이에게 화풀이를 하느라, 여자애와 건장한 사내가 머리채를 잡고 드잡이질을 한 것이다.

얼레빗으로 고정한 머리가 새집마냥 들쑥날쑥이다. 영이 얼레빗을 빼자 삼단 같은 머리칼이 검은 폭포수마냥 내려왔다.

순간, 순타의 눈에 또다시 다른 얼굴이 겹쳐보였다.

'요사스런 달빛도 없는데 또 환영인가!'

순타는 그 기묘한 환각에 직면한 처지를 잊고 영을 따라 움직였다.

"이것들이 도망을 가? 내가 오늘 이것들을 잡아다가……."

팔을 걷어 부치고 씩씩거리며 걷던 영은 순타가 자신을 따라오는 것 같아 우뚝 멈춰 섰다.

"기루는 저쪽 길인데?"

영이 금줄을 쳐놓은 저자 길을 가리켰다.

"아름다운 꽃일수록 밤에 피는 법이지."

"그래서? 밤에 가서 구경하겠다고?"

"항아님이 영특하기도 하지."

밝히긴. 순타가 의뭉스레 웃는 걸 보고 영이 궁시렁댔다.

"월궁은 사내가 기루를 찾는 것이 흠이 되는 곳인가?"

"어! 월궁은 여성중심사회라서 제 여자 말고 다른 여자를 쳐다만 봐도 고자가 돼!"

억지에 가까운 말이었는데 듣는 이는 꽤나 철렁한 모양이다.

"궁형에 처한단 말이냐?"

진지하게 물어오는 순타를 빤히 보고는 영은 짐짓 고개를 끄덕였다.

"당연하지. 사내들은 다른 여인들과 눈이라도 마주칠까 봐 까만 것으로 눈을 가리고 다녀. 함부로 눈 마주쳤다간 끌고 가서 덜컥, 잘라버리거든!"

가위질하는 영의 손을 보던 순타가 자연스레 말머리를 돌렸다.

"항아님이 말재주처럼 손재주가 있다면 장인 직함은 수월한 일이었을 텐데……. 직공들을 쫓아갈 건가?"

"당연하지, 버르장머리를 고쳐놓을 거야. 뭐, 개화 계집한테 장인 직함을 안 줘? 개화 공방에서 개화인한테 장인 직함을 안 준다는 게 말이 돼? 이게 다 백제부 관리들한테 잘 보이려고……."

무슨 생각이 들었는지 영은 순타에게서 눈을 떼지 못했다. 그리고 발상의 전환을 시작했다.

"짝퉁!"

"짝퉁?"

되묻는 얼굴엔 못마땅한 기색이 한가득이다. 어쩐지 어감이 영 안 좋은 단어였다.

영이 쓰는 말은 낯선 것이 많았다. 그런데 뜻을 몰라도 그게 나쁜 말인지는 고달과 부염도 잘 알아챘다. 순타도 단어에서 부정적인 어감을 눈치 챘구나 싶어 영은 얼른 둘러댔다.

"짝퉁이란 월궁에서 귀한 사내에게 쓰는 말이야."

대충 얼버무렸지만 의심의 눈초리는 가시지 않는다.

"월궁의 언어치곤 어감이 상스러운데……."

"월궁 말이 다 그렇대두 그러네."

욕으로 시작해서 욕으로 끝나는 월궁 학생들의 말을 태자가 듣게 된다면 어떤 표정을 지을지 궁금해졌다. 절대, 그런 일은 없겠지만 말이다.

"어쨌든 태자즈은하! 잠시 시간 좀 내줘!"

즈은하는 또 무엇이냐고 묻는 순타의 등을 억지로 떠밀며 영은 순타를 개화 공방으로 이끌었다.

그 시각 백제부 태수 문독의 처소에는 뜻밖의 손님이 들었다.

"사아군께서 여긴 어인 일이십니까?"

문독은 거의 얼굴 전체를 면포로 뒤덮은 채였다.

화상을 입은 얼굴은 이미 수포가 자리 잡고 있었는데 약을 바르고 그 위에다 면포로 덮은 것이다. 면포로 가려져 있었지만, 마뜩찮은 표정까지 가릴 수는 없었다.

"태수, 몸은 좀 어떠시오?"

"천한 시종이 실수로 엎지른 찻물에 화상을 당했는데 괜찮을 리가 있겠습니까? 당장 그 천하고 천한 놈을 잡아다 열 배는 갚아줘야 가슴에 뭉친 것이 풀리겠습니다."

움찔. 그 천한 시종인 고달이 수포를 덮을 면포를 소독하면서 몸을 부르르 떨었다.

자신을 가리키는 것이 아님을 알지만, 고달의 입장에선 태수의 분풀이가 무섭기도 했다. 태자에게 똑같이 찻물을 던질 수는 없는 법 아닌가!

"전하께서 연치 아직 유치하여 그 급한 성정을 다스리지 못하고 과한 부분이 있으셨다 말씀하셨다네. 태수의 마음이 불편할까 봐

직접 오시지 못했으니 너그러이 이해하고 쾌차해주시게."

"스물넷이 어리진 않지요."

열두 살인 명농군이면 모를까. 알 것 다 아는 태자가 고위의 관직에 있는 태수를 농락하듯 공격한 것은 사실 있을 수 없는 일이다. 태수가 백씨 일족, 어륙의 일족이다 보니 후계 문제로까지 번질 수도 있기에 태자의 수족인 사아가 이리 달래고 있는 것이리라.

"태수께선 약관의 나이에 출사했다 들었소만……. 그때가 대적에게 한성을 뺏기고 웅진으로 천도했을 때라 들었는데 맞소이까?"

백제인이라면 어찌 그 해를 잊을 수 있을까. 문독은 밀려오는 회한을 어쩌지 못하고 나지막하게 한숨을 내쉬었다.

문독은 웅진을 기반으로 성장한 신진 귀족 청년이었다. 한성을 잃은 통한의 시기와 백제를 다시 재건하려는 그 혼란한 시대를 관통하여 살아온 셈이다.

30년도 안 되는 짧은 기간 동안 세 명의 어라하가 비명횡사하고 지금의 어라하가 정권을 잡기까지, 자신들 백씨 일족의 희생과 헌신이 없었더라면 백제의 재건이 가능하기나 했을까.

"그때만큼 혼란한 시기가 이 나라 백제에 다시 있겠소이까!"

"그렇지요. 그런 혼란한 시기는 다신 없어야겠지요."

그때서야 태수는 겨우 정세를 안정시켰으니 분란은 일으키지 말자는 사아의 꼼수가 빤히 들여다보였다.

"울적한 심사를 풀어준다 하여 구해보았소."

사아가 내민 물건은 조그만 향갑이었다.

향갑을 우두커니 내려다보는 태수의 심사가 착잡했다. 울화통이 터져 죽겠는데 마음이나 다스리라고?

가만 생각해보니 이자가 불난 집에 부채질을 하고 있는 것이 아닌가! 울컥 치받아 소리라도 빽 지르려던 참이었다.

딸각.

향갑이 열리자, 자줏빛의 향료가 영롱하게 빛을 발하는 게 아닌가!

"이…… 이것은?"

"오석산입니다!"

사아는 더없이 부드러운 미소를 지으며 광물을 태수 앞으로 밀었다.

다섯 가지 광물질을 섞어 만든 오석산은 죽은 자도 살린다는 선약(仙藥)이라 불리는 명약으로, 대륙에서부터 유행한 것이다. 이곳 개화에서도 대륙 상인이 가져온 오석산은 부르는 게 값일 만큼 비싼 값에 거래되고 있었다.

병을 치료해줄 뿐만 아니라, 섭취하면 마음이 명랑해지고 생기발랄해진다 해서 찾는 자들이 줄을 섰다. 그러나 구하고 싶다고 쉽게 구할 수 있는 물건이 아니었다. 고마성에서는 기와로 된 집 한 채 값과 비등하다 하였으니, 귀해도 너무 귀한 것이 아닐 수 없었다.

값어치로 본다면 오석산은 산삼이나 호랑이 가죽보다 더 구하기 어려운 선물로 통용되고 있었다. 태수는 이것을 소량이라도 구해보려고 수차례 직접 대륙 상단과 접촉하기도 했는데, 그때마다 요즘은 대륙에서도 보기 어렵다는 답변만 돌아온 터였다.

때문에 정적이라고 할 수 있는 태자의 수족이 내민 오석산을 문독은 쉽게 거절하기도 어려웠고 또 선뜻 받기도 민망했다.

"따지고 보면 집안일 아닙니까? 굳이 이 일이 고마성에 들어가 어심을 어지럽힐 필요가 있겠습니까?"

그러니까 한마디로 덮자는 얘기였다.

"흠흠! 사아군께서 그리 말씀하시니…… 이 일은 저희끼리 아는 것으로 하지요. 집안 싸움으로 어심을 심란하게 하는 일은 신하된 도리가 아니니 말입니다."

조금 전까지 문독이 어라하와 백씨 일족에게 파발을 보내라고 패악을 부리던 걸 낱낱이 본 터라 고달은 몰래 쓴웃음을 지었다.

"태수가 없으니 각국 사신들의 걱정이 이만저만 아니오. 아시다시피 전하께서 사신들을 대하는 데 영 미숙하지 않소이까? 태수의 공명정대한 공사를 기다린다 하니, 쾌차에 힘써주시오."

격을 잃지 않으면서 상대를 한껏 높여주는 사아를 보며 태수는 인정할 수밖에 없었다.

사아군이 누구인가!

자신을 포함해 백씨 일족과 가장 껄끄러운 상대가 아닌가. 원수가 따로 없을 백씨 일족을 상대로 그 누구와도 척을 지지 않는 처세술에 태수는 경탄해 마지않았다.

사아군은 한마디로 어디로든 흘러 다니는 물과 같은 존재였다. 실제로 개화의 모든 부처에 마음대로 출입이 가능할 정도였으니 이보다 적절한 비유도 없으리라.

걸리는 것 없이 흘러 다니기만 하기에 고여서 냄새 날 일도 없고 둑을 밀치고 터져 나올 일도 하지 않는 것이다.

이런 자가 태자의 참모 격으로 붙어 있는 것이 백씨 일족에겐 여간 부담 되는 게 아니었다. 게다가 실리를 위해선 과감하게 명분을 포기할 수도 있는 사아군을 정적으로만 간단히 치부할 수도 없었다.

"차나 한 잔 하고 가시지요. 고달, 뭐하는 게냐! 사아군께 차도 내오지 않고."

준비했던 차도 내오지 못하게 했던 작태를 모른 척하며 사아는 그저 온화한 미소로 태수를 바라볼 뿐이다.

"누구는 공방 문지방도 못 넘게 하더니……. 이래서 다들 권세, 권세 하는 건가?"

영의 시큰둥한 목소리가 공방 누각에서 울렸다.

개화 공방은 갑작스런 태자의 방문으로 부산스러웠다.

순타 덕분에 영은 개화 공방의 자랑이라고 하는 누각에 단번에 올라올 수 있었다. 언덕배기와 다르게 누각에서 보는 개화는 또 다른 감흥을 주었다.

"항아님은 뭘 그렇게 중얼거리지?"

"그냥 이웃 나라 왕자와 결혼한 신데렐라 기분을 알 것 같다구."

"……이웃 나라 왕자? 그 사내는 또 누구냐?"

"아주 오래전 멀고 먼 나라에 살았다는, 볼품없는 소녀랑 혼인한 왕자야. 신발 한 짝으로 완전 홀린 거지."

"재주가 좋은 화혜장이군. 신발 한 짝에 왕자와 혼인이라?"

빈정대는 순타의 얼굴에는 쓰디쓴 미소가 드리워졌다. 월궁의 화혜장 같은 이를 순타는 이미 알고 있었기 때문이다.

"내가 그동안 여기서 무시당한 거만 생각하면 진짜! 말은 번지르르하게 뭐 장인의 혼이 안 느껴져? 하여튼 내가 오늘 이것들을 가만 안 놔둘 거야!"

"장인의 혼이라⋯⋯."

순타는 자조적으로 웃었다.

"핑계야 핑계. 장인의 혼이 어쩌구. 아, 또 있다. 그놈의 하늘장인. 대체 하늘장인인지는 뭐하는 장인인데 틈만 나면 줄소환이라니까."

그 순간 사람들이 누각으로 올라왔다.

제일 앞에 선 이는 강골진 주걱턱의 중년 사내였는데 그 뒤를 따르는 직공들이 줄잡아 스물은 되어 보였다. 그들 모두 누각에 올라서지 못하고 밑에 줄지어 서 있었다.

"개화 공방 장인 궁시장 우포가 전하를 뵙습니다."

지난 다섯 달 동안 얼굴도 구경 못한 개화 공방의 장인을 태자 덕분에 접견한 순간이었다. 궁시장은 활과 화살을 만드는 장인이었다.

그럼 그렇지.

궁시장이 제가 만드는 장신구를 볼 수 있나. 영은 부글부글 끓어오르는 심사를 애써 내리눌렀다.

"사아에게 그대의 재주는 누차 들었지. 왕성 장인으로 칭해도 손색이 없다 하던데."

"어찌 촌부의 손재주를 왕성 장인과 비교하겠습니까마는 개화에선 제가 으뜸이긴 합니다."

제 자랑을 태연하게 늘어놓는 우포의 뻔뻔한 얼굴을 보자 영은 눈꼴이 시려 가만히 있을 수 없었다.

"개화 공방에서 주는 장인 직함을 개화인에게 주지 않는 건 이상한 일 아닌가? 그런 차별이 어딨담. 안 그래, 짝퉁? 아니, 태자 즈은하!"

"장인은 혼을 빚는 자입니다. 저자에서 팔린다고 다 장인이 될 수는 없는 법이지요, 태자전하!"

"보는 눈이 없다는 말은 못하겠지요, 즈은하!"

"저자를 가보셨습니까? 장사치 주제에 장인 흉내 내는 것들이 많지요."

"개화 공방이랍시고 대륙 물건들만 가져와 파나 봐요? 즈은하!"

말끝마다 전하와 즈은하를 불러가며 영과 장인 우포는 서로에 대한 험담을 늘어놓았다.

그들의 하는 짓을 보고 있던 순타는 기가 차 말도 나오지 않는 중이었다.

"우선 방짜를 구별하는 감식안을 갖춰야 하는 것이다!"

"감식안 같은 소리하고 앉았네!"

성마른 우포의 외침에 영이 버럭 소리를 질렀다.

저런 되먹지 못한 것이 있나!

우포는 당장이라도 물고를 내려도 시원찮은 장사치를 노려보며 으득 이를 갈았다. 저와 개화 공방을 헐뜯는 말을 백제 태자에게 아뢰듯 하니, 제가 끼어들어 버럭 호통을 칠 수도 없었다.

"자신이 직접 만든 작품을 저자에 파는 이와 대륙에서 싼 가격에 들여온 물품을 가져다 파는 이 중 누가 장사치 같아? 저들이지, 즈은하?"

장인이라면서 더는 화덕 앞에 서지 않는 우포와 직공들을 향해 솔직하게 튀어나온 영의 뼈 있는 소리였다.

"전하! 이곳에서 방짜를 가려주십시오. 저 말뿐인 장사치가 감히 백제부의 장인 직함을 받은 우포를 능멸하지 않습니까. 한성 장인의 후손이신 전하께서 직접 가려주십시오."

한성 장인의 후손이라는 지칭에 순타의 얼굴이 일순 굳어졌지만 그들 중 아무도 보지 못했다.

우포가 누각 아래로 손짓을 하자 갖가지 장신구들이 순타 앞에 펼쳐졌다.

꽃과 나비의 화접 장식을 단 은으로 만든 뒤꽂이와 금과 은으로 된 지환(반지), 금제와 옥제로 만든 완천(팔찌), 금제로 만든 목걸이와 구슬로 엮은 목걸이.

대륙과 서역에서 건너온 사치스러울 정도로 화려한 물건들은 고마성에서도 쉬이 볼 수 없었다.

"어떠십니까?"

우포가 보란 듯이 영을 흘기다가 장신구로 향한 순타의 시선을 좇으며 물었다.

"다 훌륭하군."

금과 은, 더러는 유리로 장식된 장신구였지만 그 어떤 것도 순타의 눈을 끌지 못했다. 순타는 장인의 장신구를 새침하게 들여다보는 영을 흘깃거리다 슬쩍 웃음이 나왔다.

"마음에 드시는 물건이 있으십니까?"

자신감이 물씬 밴 우포의 말에 순타가 보기 좋은 눈웃음을 지었다.

"내 눈에는 이것이 가장 마음에 드는군."

순타가 영의 머리에 꽂혀 있는 얼레빗을 잡아 뺐다. 나무로 만든 보통의 얼레빗이었다.

영도 예상치 못했는지 토끼마냥 눈이 커졌다.

"저, 전하! 저희는 장인이 아니라 저자의 장사치에 불과합니다. 더구나 얼레빗 따위를……."

"곤륜의 귀한 옥을 누가 캐어, 직녀의 얼레빗을 만들었는가. 온다던 임 견우 안 오시니, 근심에 못 이겨 허공에 던진 거라오."

그건 또 언제 들었을까. 영은 장인의 손짓으로 장신구들이 막상 누각으로 올라오자, 그 화려한 자태에 저도 모르게 시선을 뺏기기도 했다. 개중엔 이름 있는 장인들의 작품도 존재했다.

아직 태자에게 제대로 된 작품을 보여준 적이 없는 영으로서는 불안감이 슬그머니 머리를 들었다.

'내 연장만 있으면 직함 같은 건 진작에 얻었을걸.'

서툰 일꾼이 연장 탓한다지만 손에 익지 않은 연장이 손에 익기까지는 꽤 많은 시행착오를 견뎌야 하는 법이다.

아직 스스로도 만족할 만한 작품을 만들지 못한 영은 행여나 태자가 장인 우포의 손을 들어주면 어쩌나 걱정했는데, 제 얼레빗을 방짜로 선택해준 것이다.

하긴 눈이 제대로 달렸으면 제 재주를 못 알아볼 리 없다. 영은 내심 뿌듯한 마음을 감추지 못했다.

황진이의 시조 반월을 순타가 알 리 만무하지만 토씨 하나 틀리지 않고 외는 걸 보니, 저자에서 장사하는 저를 언젠가 본 모양이다.

"내 정인이 알려준 월궁의 노래라네. 하여 이 얼레빗을 정표 삼아주었지. 정표란 것은 연심을 담은 물건일 터. 금과 은이 귀하다 한들 연심에 비할 만하겠는가. 장인 우포! 아직도 백제 태자의 정표가 그대 눈엔 하찮게 보이는가?"

날카로운 순타의 눈빛이 어쩔 줄 몰라 하는 우포와 직공들을 훑고 지나갔다.

* * *

"대 백제 태자의 정표가 나무빗 하나라니. 뭐, 금은보다 귀한 연정?"

포구 근처 갈대밭까지 걸어오는 내내 영의 볼멘소리가 이어졌다.

아무리 매섭게 파도가 바위를 내리쳐도 부서지는 건 파도뿐! 야죽

야죽 입을 놀리며 약을 올리는 영의 말에도 순타는 태연자약했다.

"그래서, 태자님은 언제부터 이 몸한테 반했다는 거야?"

아무리 잘 봐주어도 선머슴일 뿐인 갈까마귀 항아가 순타의 앞을 가로막고 물었다.

아니, 저와 진짜 정분이라도 난 줄 아는 건가! 황당하기 그지없다는 표정으로 순타가 대꾸했다.

"월궁항아님은 양심도 없군."

"겨우 나무빗 하나로 거래를 하자는 그쪽이야말로 도둑놈 심보지!"

도둑놈?

별안간 신분 강등 수준이 아니라 죄인이 된 순타가 억울한 심정에 발걸음을 멈췄다. 개화 장인과 붙은 시비에서 나름 영의 편을 들어준 것인데 나무빗이면 어떠하며, 말뿐이면 어떠할까.

헌데 도둑 심보라니! 참고 있자니 부아가 치밀어 오르던 참이었다.

"이왕 공방에 갔으면, 장인 직함이라도 떡하니 내려주든가! 아무리 월궁항아라고 주장해도 달이를 여기서 모르는 이가 어딨다고 그래? 아무리 달이라도 장인 직함을 받은 자라고 하면 누가 굴퉁이 대접을 하겠냐 이 말이지."

오호라, 장인 직함을 주지 않았다 심통이 난 게로군. 저 갈까마귀 장사치가 분수를 알지 못하고 뭔가를 바랐던 모양이다.

장인의 직함 같은 건 필요했다면 주었을 것이다. 허나, 장인의 직함을 내렸다가 장인을 곁에 둔다는 소문이 고마성에 들어간다면 눈치 빠른 팔성귀족들이 순타의 계획을 알아차릴지도 모른다.

그럴 바에야 개화 소녀에게 푹 빠진 태자가 월궁항아라 희롱하며 허송세월을 보내고 있다는 소문이 고마성에 도는 것이 더 안전했다.

"설마 항아님에게 장인 직함을 내주라 했어야 했단 말인가? 도둑 심보를 가진 이는 따로 있었군."

조소 어린 순타의 말에 영이 코웃음을 치며 대꾸했다.

"비빌 언덕이 있으면 편히 가는 게 당연하잖아!"

"그걸 요행이라 부르는 거다. 요행으로 원하는 걸 얻는다 하여도 진정 떳떳할 수 있겠나!"

훈계까지는 아니어도, 어린 장인의 삐뚤어진 심사를 곧게 해주는 것이 연장자의 도리라고 생각해서였다. 평소 그답지 않게 잔소리를 늘어놓았다.

"하! 양심? 그런 건, 눈 한 번 질끈 감으면 끝이야."

헌데 도전적으로 치켜 뜬 말간 눈에 비친 자신의 얼굴을 보는 순간 순타는 인상을 찡그렸다. 조금의 부끄러운 빛도 찾아볼 수 없는 갈까마귀 계집에게서 자신의 용렬한 모습을 발견하고 만 것이다.

"중요한 건, 어떻게든 원하는 걸 얻는 거지! 짝퉁도 원하는 걸 얻기 위해 나를 곁에 두려는 것이잖아!"

어느새 순타의 얼굴에서 웃음기가 사라졌다.

살기 위해서였다.

어륙과 백씨 일족의 견제와 어라하의 냉대 속에서 스스로 살아남기 위해서 순타는 장인의 보물이 간절하게 필요했다.

그런 그도 요령껏 장인의 보물을 가짜로 대신하려고 했으니, 스스로가 떳떳하지 못하지 않나!

아니, 아니다. 어찌 자신의 계획이 요령이 될 수 있는가, 살고자 하는 것이 어찌 욕심이란 말인가!

갈까마귀 계집이 하는 말 따위 가당치 않았다. 감히 누굴 저와 비교한단 말인가!

"항아의 재주는 손끝이 아니라 세 치 혀로만 몰린 것인가?"

"뭐?"

"불쏘시개를 벼락 맞은 대추나무로 둔갑시키는 거짓부렁은 예사면서 장인 직함이 가당키나 한 소리인가 말이다. 이 부끄러움도 모르는 천한 것!"

월궁의 노래랍시고 반월가를 읊고 영의 물건을 방짜라고 선택해줄 땐 언제고 이번엔 천하다고?

영의 모든 피가 머리로 몰리는 것 같았다. 반박할 말은 아무것도 생각나지 않았다. 그때였다.

하늘 아래 모방 아닌 것이 있던가요.

준의 목소리가 기억 속에서 되살아났다.

어느새 준에게 속아 이렇게 생고생 중이라는 것도 잊고 영은 짝퉁 업자인 자신을 한껏 옹호해주던 준이 못 견디게 그리워졌다. 너무 닮은 얼굴이라 생각이 안 날 수가 없었다.

"망할 인간!"

순타는 눈을 비비고 고개를 흔들었다.

갑자기 원망을 쏟아내는 갈까귀 항아의 얼굴에 또다시 다른 누군가의 얼굴이 겹쳐보였다.

순타는 벌써 세 번째 월궁항아의 본체를 보게 됐지만, 이상하게 마주한 순간이 지나면 그 얼굴이 떠오르지 않았다.

다만 피처럼 붉고 짧은 머리칼! 그것만이 뇌리에 강렬하게 남겨질 뿐이었다.

순타의 손가락이 붉은 머리카락에 막 닿을 때였다. 그 순간 월궁항아의 얼굴이 사라지고, 갑작스런 손길에 놀란 영이 순타의 손을 내쳤다.

순타를 바라보는 건 갈까귀 항아의 원망과 야속함이 담긴 눈빛이었다. 그런데 그녀의 눈 속에 담긴 것은 자신이 아니었다. 거기엔 그녀의 사내가 담겨 있었다.

그자를 여전히 그리워하는 걸까?

한편으로 원망의 화살이 저를 겨냥하지 않아 다행스럽기도 했다. 그래도 순타는 어쩐지 입맛이 썼다. 정녕 도둑이라고 할 작자는 월궁의 그자 아니던가! 장인의 보물은 물론이요, 여인의 마음까지도 훔쳐갔으니 말이다.

"이 몸은 월궁의 사내가 아니다."

소가노 준을 생각하고 있는 것을 들켜버렸다는 것이 당황스러운 나머지 영은 바득바득 목소리를 높였다.

"망할 짝퉁! 당연히 아니지! 당신은 준 발끝도 못 쫓아와. 준이 명품이라면 당신은 특A라 해도 만원도 못 받는 가품이라구. 짝퉁! 알았어? 아, 몰라. 안 해! 그깟 장인의 보물 따위 주문 없으면 못 만들까 봐? 나 혼자 만들면 그만이야!"

순타의 눈매가 일순 사나워졌다.

역시나 느낌대로 짝퉁이란 건 가품이란 말이 분명했다. 헌데 가품 취급도 모자라, 뉘 앞에서 강짜를 부리고 있는 것인지!

괘씸함이 밀려오자, 순타는 갈까마귀 항아를 향해 성큼 다가섰다.

"황족을 모독하는 것이 얼마나 큰 죄인지 항아는 모르는 모양이군. 그 잘난 솜씨도 팔이 제대로 붙어 있어야 발휘할 텐데 말이지!"

음산한 기운을 내뿜으며 한 발 더 다가서는 순타의 시선이 영의 팔에 머물렀다.

날카로운 시선에서 느껴지는 게 심상치 않아 영은 제 팔을 얼른 뒤로 감추었다.

"아니, 요즘엔 가품도 명품 못지않게……."

불난 데 기름을 붓는 가품 타령에 영은 스스로 입을 틀어막았다. 태수라는 자의 얼굴에다 뜨거운 찻잔을 던지던 태자였다. 자신에게도 무슨 짓을 할지 예상할 수 없었다. 영이 주춤거리더니 뒷걸음질 쳤다.

"쉴 새 없이 재잘거리더니, 겨우 팔 하나에 겁을 먹는 것이냐?"

"겨우 팔 하나라니. 장인한테는 팔이 목숨인 거 몰라!"

순타가 우뚝 멈춰 섰다.

장인에게 팔이 얼마나 소중한지 모르냐고?

아니, 그만큼 잘 아는 이도 없을 것이다. 손을 잃고 재능을 잃은 장인은 살아도 산 것이 아님을 순타는 보고 자랐으니까!

노기가 슬그머니 사라지고 그 자리를 그리운 감정이 물밀 듯이 들어찼다.

어머니처럼 장인을 꿈꾸는 여인. 겁 없이 재주를 가지고 속을 감춘 이와 거래를 튼 그 어리석고 어렸던 어미를 떠올리게 하는 갈까마귀 항아가 순타는 내심 반가우면서도 달갑지 않았다.

"저기, 이제 가던 길 좀 가지?"

영이 서둘러 길을 재촉했다. 순타가 더는 위협하지 않을 것이란 걸 느낀 모양이었다.

"망할 갈까마귀 같으니!"

항아의 입버릇을 그대로 따라 내뱉으며 순타가 막 한 발 내딛던 순간이었다. 저를 보며 히죽 웃으며 뒷걸음질 치던 영의 몸이 순간적으로 꺼졌다.

"항아!"

갑자기 시야에서 사라진 영을 향해 달려들던 순타는 영이 있었던 자리 뒤로 푹 꺼진 비탈길을 발견하고 눈앞이 아득해졌다. 그러나 얼마 떨어지지 않은 웅덩이진 포구 갈대밭에 남우세스럽게도 엉덩이를 들고 거꾸로 처박힌 영을 보는 순간, 비실비실 새어나오는 웃음을 억지로 참아야만 했다.

"이, 이게 뭐…… 퉤!"

짠 내 나는 텁텁한 진흙을 털어내며 영이 흙 더미에서 몸을 일으켰다.

"항아님은 보기보다 조심성이 없군."

머리 위로 순타의 목소리가 태연하게 울렸다. 그 목소리가 어찌나 얄미웠던지 영은 손에 닿는 진흙을 냅다 던졌지만, 진흙은 생각처럼 날아가지 못하고 다시 영의 얼굴에 도로 떨어졌다.

"망할 짝……."

"움직이지 마."

갑자기 순타의 몸짓이 심상치 않게 변했다. 긴장감이 온몸에서 느껴지고 있었다. 목소리도 마찬가지였다.

영은 자기도 모르게 얼음이라도 된 듯 꼼짝도 못했다.

"그대로. 가만히 있어."

당혹감으로 물든 순타의 목소리와 함께 다른 소리가 영의 귀에도 들려왔다.

무시무시한 소리가 등 뒤에서 울렸다.

붕붕. 힘찬 날개소리가 한두 마리가 아닌 듯했다.

"서, 설마! 나 벌통을 건드린 건 아니지?"

절박하게 묻고 있었지만 순타는 대답 없이 잔뜩 굳은 얼굴로 영의 뒤를 바라보고 있었다.

영이 천천히 돌아보았다. 자신이 떨어진 웅덩이 뒤로 목이 꺾여 뒤틀어진 사체가 수백 마리의 벌떼에 덮여 있었다.

5장

월궁에서 온
나의 항아

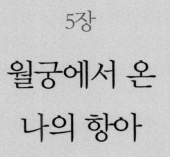

대적 고구려에게 500년 도읍지인 한성을 빼앗기고 부랴부랴 웅진으로 천도한 백제였다.

천도 이후도 순탄치 않았다. 26년 동안 세 명의 어라하가 신하들에게 연이어 살해당하는 일이 벌어지자, 백제의 운명은 망국의 길로 접어든 것처럼 보였다. 하지만 그 혼란한 정국 속에서 불세출의 영웅이 두각을 나타냈는데 그가 바로 마흔의 나이에 어라하가 된 사마왕(무령왕)이었다.

사마왕이 나라의 재건에 전력으로 앞장선 덕에 백제는 다시금 안정을 되찾고, 패기의 강국으로 발돋움하면서 대외적으로 백제의 건재함을 과시하기에 이르렀다.

현재 고마성의 성곽 공사가 끝날 기미가 보이지 않는 것 역시 자기 과시의 일종이었다. 성곽뿐만 아니라 고마성 내에서도 궁들을 증축하느라 망치질이 끊이질 않았다. 이 경쾌한 망치질 소리야말로 불안했던 국내 정세의 종식과 다시금 태평성대를 맞이하게 된 새로운 세기의 백제를 각국에 알리는 나름의 파발마였다.

헌데 근래 고마성에는 건설적인 망치질 소리보다 태자와 어륙이라 불리는 왕비에 관한 민망한 소문들이 더욱 쟁쟁거리며 울려 퍼지고 있었다.

"백제 어륙은 성정이 차고 잔혹하여 미련 없이 정혼자인 태자를 버리고 아비뻘인 어라하를 택하였으나……."

햇살에 제 비늘을 드러낸 잔잔한 호수.

그 절경 위에 세워진 임류각에서 어륙의 낭랑한 목소리가 이어졌다.

"어라하에게 만족 못한 어륙이 젊은 태자의 육체가 그리워 매일 밤마다 동궁을 서성인다 하더이다."

폭정과 사치로 정사를 등한시한 선왕이 측근의 신하에게 살해당하기 전날까지도 찾아 잔치를 벌였다는 임류각은 호수 위에 세워진 전각이면서 유유히 흐르는 백강을 한눈에 볼 수 있는 전망대였다.

이곳을 가장 빈번하게 사용하는 이는 위세 높은 귀족도 아니었고, 백성의 눈치에 제대로 진연 한 번 열지 못하는 어라하도 아니었다. 성정이 매우 악독해 옛 정혼자인 태자의 목숨 줄을 가지고 겁박하며 남몰래 겁간한다는…… 다분히 악의적인 풍문의 주인공인 어륙이었다.

"고마성 안에서 이 풍문을 모르는 이 없다 하니 좌평께서도 들어보셨을 줄 압니다."

어륙이 자신이 얽힌 소문을 대수롭지 않게 툭 던지듯 말했다.

원래 소문이란 것이 돌고 돌아 장본인에게 가장 나중에 돌아오는 것이라, 고마성의 모든 정보를 제일 먼저 듣는다는 좌평이 모를 리 없었다.

"가납사니들의 말에 어찌 그리 신경을 쓰십니까. 금방 사그라질 풍문입니다."

위사좌평 인우가 신경 쓸 일 아니라는 듯 태연하게 대답하자, 어륙의 미간이 더욱 좁아졌다.

"풍문이요? 위사좌평께서는 이 어륙이 풍문 하나로 바르작대는 것 같습니까?"

날이 바짝 선 호통에도 위사좌평의 얼굴색은 좀처럼 변하지 않았다.

"이 풍문을 누가 퍼트린 것 같습니까? 순타 태자예요. 태자 그 발칙한 것이 지난날을 빌미삼아 나와 내 일족을 겁박하는 거란 말입니다."

어륙과 태자가 한때 정혼한 사이였다는 것은 알 만한 사람은 다 알고 있는 마당에 이젠 공공연한 비밀에 지나지 않았다. 물론 소문이란 게 의혹에 의혹을 낳으면서 부풀려지면 그에 비례해 진실에 대한 요구도 걷잡을 수 없어지기 마련이다.

당시 선왕은 대성팔족과 팽팽하게 힘겨루기 중이었는데, 더는 감당하기 어려운 지경에 이르자 그들 세력을 약화시키기 위한 최후의 비책으로 사비성으로 천도하겠단 계획을 세웠다. 천도를 강력하게 반대하던 백씨 일족의 차기 수장인 백가는 대성팔족 중에서 가장 궁지에 몰리게 됐다.

그렇게 왕을 죽인 일족인데 그 일족의 여인을 왕비로 삼고, 그 세력의 지지로 왕이 된 지금의 어라하를 보면서 사람들은 백가와 지금의 어라하인 사마왕이 서로 야합해 선왕을 살해한 것이 아닌가 의혹을 떨치지 못했고, 일단 뿌리를 내리고 줄기를 땅 위로 내민 의혹은 걷잡을 수 없이 퍼져나갔다.

결국 사마왕은 성난 민심을 잠재우기 위해 이미 항복한 백가의 목을 베어 백강에다 던져버렸다. 자신의 손으로 역적을 처리한 뒤에야 그는 의혹에서 벗어났고 비로소 백제의 어라하가 될 수 있었다.

백가의 희생으로 어라하가 된 사마왕은 백씨 귀족을 달래는 수순으로 그들이 태자비로 추천한 백씨 집안의 여인을 왕비로 삼기에 이른다. 아들의 정혼녀를 자신의 계비로 맞아들인 것이다.

물론 왕실 혼인에서 발생하는 이 정도 뒤죽박죽이야 이 시대엔 그리 드문 일도 아니었다. 지금의 어라하인 사마왕조차 그런 혼인을 통해 태어났다고 주장하니 말이다.

사마의 모친은 원래 한성백제의 마지막 왕인 개로왕의 부인이었다.

사마를 임신했을 때, 백제는 고구려의 남진 정책으로 바람 앞의 등불인 형국이었다. 이에 개로왕은 동생 곤지를 보내 왜에게 원군을 요청하는데, 이때 곤지는 무슨 이유에서인지 사마왕의 모친인 그의 형수와 함께 왜로 가길 원했다는 것이다.

결국 왜로 가던 뱃길에 들르게 된 섬에서 사마는 태어났다.

그러나 원군 요청은 웅진으로 도읍을 옮기면서 권세를 잡은 해씨 일족의 거절로 없었던 일이 돼버리는데, 결국 귀국하지 못한 곤지는 일본의 최고 귀족으로 집권했다.

얼마 뒤, 한성백제의 마지막 왕인 개로왕은 한성과 함께 운명을 달리한다.

천도 후에도 고국 백제가 여전히 혼란스럽자, 곤지는 그의 아들인 동성왕과 조카인 사마를 데리고 다시 백제로 돌아온다.

고마성에서 귀족의 손에 유약한 어라하들이 연달아 비명횡사할 때 한성백제의 마지막 왕인 개로왕의 후계자, 사마가 혼란한 나라를 구하며 다시 백제를 재건했다는 이야기가 미담으로 전해졌다.

하지만 한 발 더 들어가면, 정변을 일으켜 보위를 차지한 사마왕이 자신의 정통성을 만들기 위해 한성백제의 마지막 왕을 친부로 내세운 것뿐이다.

이처럼 소문을 이용해 민심을 달래는 것은 이 시대 왕실의 특기 중 하나였다.

헌데 어륙이 원래 순타 태자의 정혼녀였다는 사실을 가지고 만들어낸 망측한 소문이 근래에 갑자기 퍼지고 있었다. 열두 해가 지난 지금에서야 말이다. 백제 왕실을 조롱하려는 의도가 분명했다.

고마성 가납사니들이 떠드는 소문의 갈래는 대강 이러했다.

태자가 사아군을 살리기 위해 정혼녀마저 아비에게 바쳤다는 조공설. 계모인 어륙을 연모해 태자가 스물이 넘도록 혼인을 미뤘다는 단심설. 어륙이 낳은 명농군이 실은 어라하가 아닌 태자의 아들이라는 패륜설 등등.

호사가들이 좋아할 만한 이야기로 각색되어 고마성 안팎으로 널리 퍼지고 있었으니, 어륙과 백씨 일족의 입장에선 곤란하기 짝이 없었다. 그러니 그 화살을 무작정 태자에게 돌리고 있는 것이다.

"태자전하께서 그리하실 이유가 있습니까? 전하 본인께도 흠이 되는 소문을요. 혹 태자전하께서 소문을 내셨다면 그만큼 내몰리셨다는 증좌겠지요."

인우가 그럴듯하게 태자를 변명해주는 것처럼 들렸는지 어륙은 더욱 발끈했다.

"정녕 나와 내 일족이 태자를 습격했다 생각하는 겁니까, 위사좌평?"

"아니라고는 확실하게 말을 못하게 된 상황이지요."

"태자가 백씨 일족을 모해하려 한 것이라면요?"

"아무렴 태자전하께서 백씨 일족을 모해하기 위해 자해까지 하셨겠습니까?"

"동궁은 태자의 처소이니 무슨 일인들 못 꾸미겠습니까?"

"동궁은 외진 곳에 위치해 있으니 누구든 일을 꾸밀 수 있겠지요."

어륙 앞에서도 제 할 말을 다하는 위사좌평 인우는 연씨 일족의 수장이며, 어라하의 오랜 수족이었다.

고마성 누구도 알 수 없는 어심을 가장 가까이에서 판단하는 자. 위사좌평 인우의 행동 하나하나가 어심과 관련 있었다.

늙은 너구리 같으니.

끝까지 백씨 일족 편에서 생각해주지 않는 위사좌평의 얼굴을 대하면서 미소를 지으려니, 어륙의 입가에 경련이 일었다.

황족 시해는 그 일족 전체가 멸족의 화를 당할 정도의 중죄였다. 동궁에서 일어났던 태자 암살사건은 공론화된 적은 없지만, 고마성의 모두가 백씨 일족의 짓이라 단정했다.

자신의 소생이 아닌 태자를 견제하려는 어륙의 부덕이 불러온 일이라 수군거렸던 것이다.

맹세코 자신의 일족이 벌인 일이 아니건만, 해명할 기회조차 어륙은 갖지 못했다. 억울한 일이었지만 태자 쪽에서 위협을 당했다 발설하지 않으니, 백씨 일족이 먼저 동궁 암살은 저희 짓이 아니라고 말할 수도 없었다.

고마성 내에서 쉬쉬 도는 소문은 언젠가 고마성 밖으로 나갈 것이 분명했다. 민심이 곧 천심이라 생각하는 어라하라면, 진위 여부 따윈 관심 없을 것이 분명했다.

그렇다면 백씨 일족의 건재함과 가치를 보여줄 수밖에 없었다.

"위사좌평이 어라하의 충신임을 압니다. 우리 백씨 일족이 어라하께 꼭 필요한 이들이라는 것을 부디 잊지 마시라 불렀습니다."

"……깨우쳐주셔서 감사합니다."

원래 낯짝에 미소를 담고 태어난 사람처럼 위사좌평 인우의 얼굴은 여전히 침착하고 담담해보였다. 나이 반백이 넘도록 전쟁터를 누볐던 노장의 사내답지 않게 유연한 모습이었다. 하지만 인우의 속내는 달랐다.

그는 배후에서 세력을 과시하는 백씨 일족의 행태가 전부터 마음에 들지 않았다. 어륙과 명농군을 전면에 내세워 어심을 유리하게 이끌려 하지만, 제왕의 자리는 혈육 같은 인정에 치우치는 자리가 아니었다.

지난날 망국의 길로 파묻히던 백제의 뒷덜미를 잡아 끌어내 다시 번듯하게 세운 이가 바로 지금의 어라하다. 맹호는 잠들어 있어도 여전히 맹호인 것을 왜 저들은 간과하는 걸까.

제왕의 자리 앞에서 어라하는 훨씬 더 잔인하고 간계할 수도 있다는 것을 저들은 정녕 잊은 걸까?

태자와 백씨 일족이 서로 견제하는 동안 가장 이익을 얻는 자가 누구인지, 어륙과 태자는 모르고 있었다. 대다수의 대성팔족도 모르긴 매한가지였다. 저 높은 자리에 앉아 은밀한 소문만으로도 고마성의 권력을 필요에 따라 이동시킬 수 있는 그 누군가를 말이다.

"모후!"

마침 저를 빼고는 소문을 논하지 말라는 듯 어륙 소생인 명농군이 전각을 뛰어 올라왔다.

열두 살 아이는 천진난만하게 제 어미의 품에 안겼다.

"우리 왕자님! 전보다 더욱 튼튼해지셨군요."

명농군은 어라하의 기골뿐만 아니라 여장부인 어륙의 근골까지 닮아 또래 아이보다 한 치는 더 컸고 두세 근은 더 나가 보였다. 달을 못 채우고 태어났는데도 또래보다 월등히 큰 몸집 역시 소문의 빌미가 되었다. 누구라도 튼실한 이 아이를 보면 어라하와의 혼인 전에 태자와의 사이에서 태어난 아이라는 소문이 도는 게 이해가 될 만도 했다.

＊＊＊

어휴, 영은 저도 모르게 커다란 한숨을 입 밖으로 내쉬었다.

평상 위에 신주 모시듯 올려놓은 소쿠리에는 갑오징어 뼈를 주조
틀로 이용해서 만든 목걸이와 반지가 섞여 있었다.

반지와 목걸이의 모양이 이 시대 것은 아니었다. 디자이너 다이애
나가 만들어 팔던 명품 주얼리의 짝퉁이었다. 모두 태자에게 가져갈
것들이었다.

"망할 짝퉁!"

영의 뾰로통한 얼굴이 다시 소쿠리로 향했다.

벌에 둘러싸인 사체를 발견한 그날, 태자는 돌연히 안면을 바꾸고
명령했다. 장인의 보물에 대해선 입도 떼지 않은 채 영의 실력을 빨
리 보여 달라고 채근한 것이다.

오랜만에 만든 슈퍼페이크 명품 짝퉁을 보자, 영은 장인의 보물이
무엇이든 후딱 만들고 하루 바삐 돌아가겠다고 다짐했다.

"단 한 사람을 향한 열정적인 사랑을 추구하는 까르띠에. 영원히
사랑받는 클래식 샤넬. 무결점의 기술적 정교함으로 태어난 불가리.
번뜩이는 영감처럼 영롱하게 빛나는 티파니!"

영은 다이아 대신 진주를 단 반지를 한없이 사랑스러운 눈길로 내
려다봤다.

"재료가 없어서 그렇지, 도구랑 재료만 있어 봐. 이 땅이 난리가
날걸!"

영은 오랜만에 만든 명품에 벌써 그리운 제 세상으로 돌아간 기분이 들었다.

화덕의 뜨거운 열기와 검푸르죽죽한 쇳빛이 주는 익숙함이 아니었다면, 영은 분명 이 시대에 적응하기 어려웠을 것이다. 물론 영을 달이의 작업장에 감금하다시피 한 고달이 아니었다면, 적응은 더 어려웠을 것이다.

미쳐도 밥값은 하라는 백제 자린고비 고달의 강요가 이리 도움이 되었을 줄이야. 영은 때마침 부엌에서 뭔가를 가지고 나오는 고달을 향해 생글거렸다.

"눈에 티끌이라도 들어갔냐? 왜 눈을 감고 그라?"

통박 아닌 통박이 이어졌다. 가뜩이나 째진 눈을 새치름하게 뜨니 눈을 감고 있는지, 뜨고 있는지 모를 얼굴인 거다.

원래 영의 얼굴이라면 모를까, 갈까마귀 달이의 얼굴에는 어울리지 않는 표정이었다.

금세 샐쭉해지는 영을 밀어내며 고달이 평상에 앉았다.

"그건 또 뭐예요?"

볼멘소리를 하자 고달이 히죽 웃으며 영의 얼굴에 철퍼덕 그릇 속의 것을 바르기 시작했다.

꿀이었다.

"꿀?"

영과 태자가 거래를 한 덕분에 태수에게 찻물을 들이부었던 죄목에도 무사했다는 걸 알게 되면서 고달은 영을 대하는 태도가 미묘하게 달라져 있었다. 그 모습은 흡사 재고 상품이 갑자기 인기를 얻어 부르는 게 값이 됐을 때와 비슷하달까?

"태자님 보러 가는 거 맞제? 아무튼 태자님 앞에선 말조심…… 아니, 아예 입을 열지 마라. 오락가락하는 거 이해해준다 해도 제정신 아닌 계집 보고 좋아할 사내 없구만!"

"나 몰래 공양미 받았죠?"

"뭐?"

"왜 자꾸 팔려가는 기분이지?"

지레 놀란 얼굴이 된 고달을 향해 영이 이죽거렸다.

"막말로 애 얼굴 좀 보라지. 열일곱 살이면 막 피어날 얼굴인데 갈까마귀가 뭐냐구! 고슴도치 시력이래도 그렇지, 태자한테 들이댈 주제냐구! 애가!"

자린고비 고달이 제 손으로 꿀을 퍼서 영의 볼에 덕지덕지 붙이는 이유가 따로 있었다.

혹시 백제 태자의 눈에 든 것이 아닐까?

딸년 덕 좀 보려는 아비의 눈물겨운 분투가 밑바닥에 존재했던 것이다.

"흠흠! 사내는 다들 이상야릇한 버릇을 가지고 있는 겨. 만날 고기 반찬만 어찌 먹누? 풀떼기도 먹어야지."

이름처럼 희멀건 보름달이라도 닮을 것이지, 박꽃처럼 희었던 어미는 안 닮고 거무스름한 제 얼굴 가져간 달이를 보며 고달은 쓴웃음을 지었다.

"하기는 만날 고기반찬만 먹으면 고혈압에 고지혈증에 콜레스테롤 높아서 훅 가기는 하지. 아니, 그것보다 지금 내가 풀때기라는 거예요?"

"관심 가질 때 자빠트리란 말여, 이것아. 딸년 키운 보람은 있어야 하는 거 아냐."

"글쎄 그쪽 딸 아니라니까요."

영이 쏘아붙이는 말에 또 울컥한 고달의 입에서 넋두리가 흘러 나왔다.

"으이구, 내 팔자야. 딸년 덕에 호강한다 생각한 내가 미친놈이지. 아이고! 어무이 아부지, 왜 하고 많은 이름 중에 고달이라고 지어 가지고설랑 이렇게 고달픈 인생을 살게 하셨소."

고달의 신세 타령에 어느 정도 익숙해진 영은 흥얼거리기까지 하며 아예 제 손으로 꿀을 펴 바르기 시작했다.

"이건 부염이 잘하는데. 근데…… 부염은 몇 살이래?"

"그놈 나이가 열여덟이던가?"

열여덟? 서영은 못해도 제 나이 또래는 됐겠구나 싶었던 부염이 달이와 또래라는 것에 너무 놀라서 얼굴에 송충이라도 떨어진 것 마냥 펄쩍 뛰어오르는 바람에 꿀단지까지 엎질러버렸다.

"갑자기 일어나면 어째?"

평상에 흘린 꿀을 훑는 고달이 영을 힐끗거리며 물을 때였다. 마침 부염이 토끼를 손에 쥐고 마당으로 들어왔다.

말도 안 돼! 저 얼굴이 열여덟?

영은 부염의 얼굴을 보며 새삼 사기라도 당한 느낌이었다.

부염의 말간 눈이 의아함을 담고선 영을 바라보았다.

설명을 원하는 부염의 시선을 애써 무시하며 영은 소쿠리를 들었다.

"나 지금 나가야 해서!"

사립문 앞에 버티고 선 부염을 스치면서 영은 얼버무리듯 서둘러 자리를 떴다.

영이 자신을 피해 도망치듯 집을 나서는 모습에 부염은 토끼를 잡고 있던 손을 풀었다.

마당으로 떨어진 토끼가 숲을 향해 내달리던 그때, 부염은 일순 언덕바지로 오르는 길을 내려다봤다.

저만치 영이 내려가는 것밖에 보이지 않았지만, 어쩐지 기묘한 느낌이 들었다.

바늘 끝이 목덜미를 겨누고 있다고나 할까?

나쁘다. 무언가 나쁜 것이 오고 있다는 느낌에 한 발짝 물러서던 그 순간.

퍽, 하고 고달의 매서운 손이 부염의 등을 내리쳤다.

"이 반푼아! 먹는 걸 왜 버리고 난리야? 퍼뜩 가서 다시 잡아오지 못해. 어쭈, 그 눈빛은 대체 뭐여?"

부염의 본능이 곧 닥칠 거라고 경고한 나쁜 것이란, 독이 오를 대로 오른, 고달의 사정 봐주지 않는 매타작이었나 보다.

"요즘 따라 내꺼인 듯 내꺼 아닌 내꺼 같은 너, 니꺼인 듯 니꺼 아닌 니꺼 같은 나……."

절로 노래가 나와 흥얼거리며 언덕바지를 내려오는데 저만치 영
을 지켜보는 눈들이 있었다.

"저 광년이는 어찌할까요?"

숲에서 숨어 언덕바지 위의 초가집을 주시하던 백제 병사들이 초
가에서 나오는 영을 발견하고는 일순 긴장해 자신들의 부장을 바라
보았다.

부장은 결단을 내려달라는 부하들의 눈빛에 식은땀마저 흘러내
렸다.

태수의 부관이 다짜고짜 벌을 치는 이들을 잡아들이라는 명을 내
렸을 때까지만 하더라도 일이 어렵게 느껴지진 않았다. 그저 누가
됐든 벌을 치는 이들만 잡아들이면 됐던 것이다. 하지만 언덕바지
를 내려오는 저 조막만 한 계집을 본 순간, 부장은 안 돌아가는 머리
를 굴려가며 저것의 정체가 무엇일까 고민해야만 했다.

말인지 가사인지 모를 것을 흥얼거리며 간헐적으로 발작을 하는
것이 한눈에 보기에도 정상은 아니지 싶었다.

"요즘 따라 서영인 듯 서영 아닌 서영 같은 나, 달이인 듯 달이 아
닌 달이 같은 나……에잇! 이게 무슨 말이야?"

노래 가사를 흥얼거리던 계집이 버럭 괴성을 지르며 제 머리를 마
구 흐트러뜨리더니, 산발을 한 계집은 마치 술에 취한 것처럼 흐늘
흐늘 언덕바지를 내려갔다.

참으로 해괴한 짓거리를 본 백제 병사들의 눈이 부장을 향했다.

저런 것이 마을로 내려가면 큰일 아니냐는 개화 치안에 대한 걱정이었지만, 부장의 눈빛이 돌연 살벌해졌다.

'우린 지금 벌치기를 잡는 것이다.'

그렇다. 저 광년이의 정체 따위에 한눈을 팔 수 없었다.

부장은 병사들에게 초가집으로 득달같이 뛰어들 것을 수신호로 명령했다. 훈련된 병사들이 영이 내려오는 길을 피해 나무 사이사이로 올라갔다.

잠시 후, 부염과 고달이 위험을 감지하기 전에 백제 병사들이 들이닥쳤다.

고함소리와 땅을 쿵쿵 울리는 발 소리에 고달은 얼이 빠져 아무것도 하지 못했다. 열 명 남짓한 백제 병사들이 흉흉한 형세로 고달의 집을 에워쌌다.

"여기 벌을 치는 자가 누구냐?"

부장이 엄히 물었다.

"이놈 둘이온데 무슨 일이신지……."

고달의 말이 채 끝나기도 전에 병사들이 무섭게 달려들었다.

억센 손아귀들이 고달의 무릎을 차대더니 억지로 꿇어앉혔다. 곧 굵은 밧줄이 몸통을 옥죄어 왔다.

오랏줄로 꽁꽁 묶인 부염이 제 옆에 꿇어 앉혀지는 걸 보고서야 고달은 상황의 심각성을 깨달았다.

개화 저자에는 배 들어오는 날도 아닌데 사람들이 빼곡하게 몰려 있었다. 굴비처럼 엮여 끌려가는 개화 사내들 때문이었다.

백제 병사들에게 벌써 세 번째 무리가 포승줄에 묶여 끌려가고 있었다.

"또 뭔 일이래?"

여인 하나가 낮게 무리에게 물었지만 대답하는 이는 없었다. 그들도 이 살벌한 광경에 겁을 먹은 것 같았다.

"며칠 전에 발견된 사체 말이여. 왜 벌한테 쌓여 있다가 발견됐다던!"

소곤거리는 목소리 하나가 뒤에서 들려오자, 연이어 말문들이 터져나왔다.

"그게 아니라, 가야 사신이 죽은 것 때문에 잡아간다던데?"

"가야 쪽에서 범인 안 잡는다고 시위를 하는 모양인디, 그 밤에 발견된 사체가 괴이한 꼴을 하고 발견됐으니 그쪽 범인이랑 묶으려고 하는 것 아니겠어?"

일순 무리가 술렁거렸다. 포승줄에 묶인 개화 사내들 중 하나가 휘청거렸기 때문이다.

백제부 병사의 날카로운 창이 즉시 사내를 위협했다.

"또 애먼 우리 개화인들만 죽어나가는 게지."

누군가는 혀를 찼고, 또 누군가는 돌아섰다.

익숙한 일이었다. 개화독립군. 그 허상뿐인 단체를 들먹여 저들의 기호에 맞게 사건을 은폐, 축소하는 건 개화를 통치하는 백제부에서 자주 쓰는 방법이었다.

"헌데 그 벌들에 싸여 있던 사체는 백제 태자가 잡아먹은 거라던데? 발견한 것도 태자라믄서!"

원래 괴담이라는 것은 당혹스런 상황을 반복해 접하면서 사람들의 불안이 더해져 생기는 것이다.

"참말 백제 태자가 사람 잡아먹는 도깨비인 것이여?"

"그렇다니께. 백제 태자가 내려와서 가야 사신도 죽고 이번 시체도 발견됐다잖아."

까마귀 날자 배 떨어진다고 공교롭게도 태자의 개화 입성 후 연이은 죽음이 보고되자, 개화 저자에는 백제 태자가 사람을 잡아먹는 도깨비란 소문이 빠르게 돌았다. 아이들 사이에서는 태자가 개화인들을 다 잡아먹을 거라는 터무니없는 괴담까지 괴질처럼 빠르게 퍼져나갔다.

"염병, 아침부터 지랄들이여."

약방 사내가 약방 문을 열며 연신 투덜거렸다.

어수룩한 개화 처자들처럼 저자의 소문을 그대로 믿는 건 아니지만, 가축처럼 잡혀가는 행렬을 보는 개화 사내들의 마음은 여간 답답한 게 아니었다.

"아재! 아재!"

약재상 매부리코 사내 앞으로 이제 막 열일곱 된 목만이 숨을 몰아쉬며 뛰어왔다.

"아재, 촌주가 끌려간 거 아세요?"

"이것아, 입 함부로 놀리지 마라. 튀는 놈들은 죄다 범인으로 잡으려고 눈 시뻘게진 백제 놈들 안 보이냐?"

"촌주가! 촌주가 잡혔다니까요. 그놈들이 촌주의 정체를 알아버린 거 아니에요?"

"정체를 알긴! 그놈들은 백 번 깨어나도 모를 일이니까 그 쇳바닥이나 간수 잘 혀, 이놈아!"

시큰둥한 약재상의 말에 목만이 갸웃거릴 때였다.

"걱정 마라. 우리 촌주한테 제 한 몸 지키는 건 일도 아니다."

어느새 향료상 곰보 사내가 씨익 웃으며 약방으로 다가왔다.

"허, 허지만!"

목만은 개화독립단에 들어와서 지난 달 겨우 촌주의 얼굴을 볼 수 있었다.

개화가 더 이상 백제나 가야의 소유로 약탈당하거나 속박 당하지 않길 원하는 자들이 만든 지하 조직이 개화독립단이었다. 개화인들이 자발적으로 만든 단체였다.

한때는 가야의 통치에서 벗어나기 위해 백제와 손을 잡기도 했고, 백제의 압제에서 벗어나기 위해 왜나 고구려의 손도 마다하지 않고 움켜잡았던 그들이었다.

지금이야 가야 부리 사신의 말대로 유명무실해지긴 했지만, 한편으로 개화 남자들이라면 죄다 개화독립단이나 마찬가지기도 했다. 하물며 그도!

개화독립단의 수장이 저런 사람인 게 아직도 실망스러웠는데 이제는 저리 잡혀가는 모습을 보니 개화는 어찌 되는 것일까, 목만은 두렵기도 했다.

"괜한 소동 부리지 말고 얌전히 집에 있어. 이럴 때는 바짝 엎드려 있는 것이여. 촌주가 다 알아서 할 테니까."

약방 매부리코 사내의 쉰 목소리가 쇳소리마냥 소름이 끼쳤다.

그 시각, 영은 제가 만든 작품들을 껴안고 백제부 별채에서 무한대기 중이었다.

"뭐 준비할 게 있다고 이리 오래 걸려?"

연신 투덜거리는 게 거슬렸는지 별채 문 앞을 지키는 병사 하나가 영을 힐끔거렸다.

작금의 어라하와 선왕을 귀족들은 왜에서 온 왕족이라 부르곤 했다. 백제의 팔성귀족들이 왕가를 견제하기 위해 퍼트린 소문 중 하나가 바로 왜에서 온 왕족은 안목이 형편없다는 거였다.

아무래도 백제인들의 생각에 왜는 자신들의 속국처럼 여겨져 왜에서 만든 물건이나, 왜에서 온 사람이나 모두 낮게 평가하는 시각이 있었다.

그래도 한성장인의 핏줄을 이은 태자는 감식안이라는 별명을 가졌을 정도니, 떠도는 풍문과는 다를 거라고 여겼던 병사는 태자의 정인이라고 소문이 파다하게 난 갈까마귀를 보고서야 풍문 속에도 진실은 숨어 있겠구나, 생각했다.

"저기…… 안에 준비 다 된 것 같은데 문 좀 열어주면 안 될까?"

생글거리며 웃고 있는 게 분명한데 병사는 어쩐지 오한이 나는 기분에 이내 얼굴을 굳혔다.

"기다리시오. 전하께서 신호를 주셔야 하오."

'신호는 무슨!'

거래에 앞서 갑이 하는 짓은 뻔했다. 계약 성사를 앞두고 초조하게 만들어 단가를 맞추려 하는 것이다.

"하여튼 갑이라는 것들은 어딜 가나 하는 짓이 다 똑같지. 지긋지긋한 화상들!"

"소생이 귀녀께 무슨 실례라도……."

쉬지 않고 툴툴거리는데 등 뒤에서 당혹스러워하는 목소리가 들려왔다.

에? 고개만 살짝 돌렸다가 영은 천천히 꼬인 몸이 풀리듯 돌아섰다.

법의를 입은 사내의 등장에 저도 모르게 마른 침을 삼켰다. 전에 한번 얼굴을 본 적이 있었다. 태자 짝퉁이 태수의 얼굴에 차구를 던질 때 그 곁에 서 있던 스님.

"사아군!"

병사가 단번에 아는 체하는 걸 보니, 보통 스님이 아닌 모양이었다.

"제가 말한 화상은 그쪽을 가리킨 게 아닌데요?"

"화상은 중을 뜻합니다만."

"하지만 스님 하시기엔 아까운 얼굴인걸요."

듣기에 따라 희롱기가 묻어나는 말이었지만 사아는 그저 담담히 웃기만 했다.

"전하를 뵈러 오신 겁니까?"

종교인 특유의 친근한 미소로 대하자 영은 그에 맞춰 최대한 불쌍한 미소를 지으며 고개를 끄덕였다.

"전하께서 기침하셨는가?"

역시!

영의 판단이 옳았다. 사아군 덕분에 별채로 빨리 들어갈 수 있게 된 것이다.

"아직 기침 전이십니다."

영에게만 뻣뻣했던 게 아닌 모양인지, 병사는 사아에게도 단호히 말했다.

"아뢰시게."

"하오나……."

"아뢰게."

사아의 야젓한 목소리에 병사가 우물쭈물 할 때였다.

흠흠, 별채 안에서 헛기침 소리가 들려왔다.

"전하, 사아군과 달이……."

"저기 달이 아니거든요. 장인 다이애나라고 불러주라고요."

"……딸이 애나?"

병사와 사아가 놀란 듯 영의 얼굴과 배를 연신 쳐다봤다.

또다시 영을 출산드라로 만드는 막귀들에게서 답답했던 나머지 영은 직접 별채의 문을 열고 들어섰다.

"저런! 되바라진 것이……."

병사가 영의 뒤통수를 손가락질 하며 혀를 차는데 서늘한 사아군의 눈과 마주쳤다.

병사는 즉시 부복했다.

"사, 사아군!"

"전하의 객일세. 함부로 입을 놀려선 안 될 것이야."

엄한 목소리가 병사의 머리 위로 울리다가 사라진 후에야 병사는 별채의 문을 닫을 수 있었다.

***

"뭐냐, 이 굴퉁이는."

영이 가져온 소쿠리를 내려다보더니 순타의 얼굴이 이내 일그러졌다.

지환에 찍어놓은 문양은 실로 어처구니없는 것들이었다.

동그라미 안에 작대기 표시는 대체 무슨 뜻인지. 순타는 눈살을 찌푸렸다.

"21세기 최고의 명품들이야. 시대를 뛰어넘은 예술혼들의 집합체라구!"

침을 튀기며 자랑하는 모습이 저자의 장사꾼이나 다름없었다.

하긴, 원래 장사치에 불과하지!

순타는 짜증이 솟구치는 걸 애써 참고 갈까마귀 항아의 설명에 귀를 기울이려고 노력했다.

"이게 단순한 작대기가 아니거든! 이 심플, 그러니까 이 단순함에, 소중한 사람에게 보내고 싶은 순결한 사랑의 상징, 영원한 사랑의 맹세라는 뜻이 숨겨져 있다고!"

"월궁에선 작대기 하나에 참 많은 뜻을 담았나 보군! 사아, 그대는 이 뜻을 알겠나?"

"장인의 설명을 듣고 보니 그러할 수도 있겠다 싶습니다."

안목이라면 백씨 일족보다도 한 수 위라는 진씨 일족의 후예가 버젓이 그녀에 호응하는 말을 하자 순타는 고개마저 설레설레 흔들었다. 얼굴 대면한 지 얼마나 됐다고!

홀렸군. 홀린 게야!

순타는 장지문 밖에서 제 사촌을 희롱하던 월궁항아의 목소리를 기억해냈다.

제가 말한 화상은 그쪽을 가리킨 게 아닌데요?

화상은 중을 뜻합니다만.

하지만 스님 하시기엔 아까운 얼굴인걸요.

갈까마귀 항아가 제 사촌을 사도(邪道)에 들게 할 것처럼 요사스런 말로 홀린 것이다.

둘 다 마뜩찮았다. 모다 삿된 것뿐이군.

"삿되다."

어긋난 심중의 말에 단번에 항아가 눈초리를 부릅떴다.

"지금 내가 만든 게 다 삿된 거라는 말이야?"

"항아님도 알고 있는 게 아닌가?"

"짝퉁한테 이 디자인이 좀 급진적인 건 알겠는데…… 창조성을 너무 무시하고 있잖아!"

"재능 없는 자는 자신의 무질서와 무체계를 자유라고 생각하지!"

"이거 진짜 천오백 년 후에 엄청 비싸게 유행하는 것들이야. 드라마 협찬까지 했던 J사 작품이라니까? 이쪽은 명품 스타일이구, 여기부터는 트렌드에 맞게……."

"그만! 사람의 마음을 순간적으로 훔치는 건 삿된 것이다!"

성마른 순타의 노성에 영은 자기도 모르게 움찔하고 말았다. 그리고 문득 서환 명장의 기억이 떠올랐다.

***

"대체 이것들이 다 무어냐!"

서환 명장의 날이 선 목소리에 자라목처럼 절로 고개를 움츠릴 수밖에 없었다.

작업대에는 영이 만들다가 만 장신구들이 널려 있었다.

매서운 명장의 눈이 작업대로 향했다.

"또 그 되먹지 못한 굴퉁이를 흉내 내는 게야?"

"남들은 명품이래요."

볼멘소리가 입 밖으로 튀어나왔다.

어차피 알아주지도 않을 전통 따위 왜 자신들은 힘들게 이어야 하냐고 따지고 싶었다.

"남들이 말한다고 명품이란 게야? 그리 생각하니?"

서환 명장의 노여움이 허탈함으로 바뀌는 건 오래가지 않았다.

"장인의 혼을 담지 않은 물건이 아무리 멋들어지게 나온들, 사람의 마음을 미혹케 할 뿐이라고 말하지 않았니! 삿된 것을 만드는 것은 장인이 짓는 가장 무서운 죄란다."

명장의 깊은 탄식에 영은 서럽게 눈물을 흘렸다.

서환 명장과 똑같은 말로 지적하는 순타를 보자 영은 갑자기 얼굴이 화끈거렸다.

제 기술만 믿는 안하무인에게서 빚은 것은 죄다 삿된 것이라던 할아버지의 말이 하필 지금 영의 가슴을 파고들었다.

영은 바싹 마른 입술을 자근자근 씹었다. 입에 한 움큼의 모래라도 집어넣은 듯 바스락거리는 게 입안이 말라버릴 정도로 긴장한 모양이었다.

짝퉁 혼자라면 모를까 다른 이까지 있는 데서 대놓고 야박한 평을 들으니 내심 화가 났지만 애써 태연을 가장했다. 어쨌든 자신은 짝퉁에게서 장인의 보물을 주문받아야 하는 입장이니 말이다.

"뭐, 원한다면 다른 걸로 만들어 올 수도 있어."

"설마 이따위 물건을 또 보라는 것이냐?"

빈정거리는 태자의 말에 오기가 난 영도 고집을 부리기 시작했다.

"되었다!"

"되긴 뭐가 돼! 다른 거 가져오겠다니까."

"되었다는대두!"

끝이 나지 않을 것 같은 태자와 장인의 대화에 사아는 어떤 기시감을 느꼈는지 자기도 모르게 고개를 설레설레 저었다. 태자의 악취미가 또 발동한 것이다. 마음에 드는 이는 더욱 골려먹는 심보 말이다.

사아는 어깨를 축 늘어트린 장인이 마치 희생물처럼 보여 쓴웃음을 지었다.

사아는 장인을 관찰하듯 바라보며 생각에 잠겼다. 옥장 대신 찾은 이가 장인 직함도 받지 못한 개화 계집이라기에 처음엔 의심부터 들었다. 태자가 저들을 속이기 위해 제 편도 속이려드는 것인가 싶었다.

정신이 온전치 못한 장사치라는 것도 부러 태자가 저들을 속이기 위해 안성맞춤으로 구해온 가짜겠구나 짐작했다. 개화 공방에서 노골적으로 정인이라 부르며 장인과 과도한 친밀감을 표현한 걸 알고 나서는 제 사촌이 칠정울결로 인해 허수를 놓으려다 악수를 두는 것 같아 가슴이 철렁했다.

하지만 장인이 가져온 화려한 물건을 보고서야 알았다. 이 별난 장인 스스로도 모르는 잠재력을 태자가 보았음을 말이다.

"되었다. 주문을 맡기마."

끝나지 않을 것 같더니 영과 순타의 말꼬리 잡기는 주문이란 말로 일단락되었다.

"진짜야?"

믿어지지 않는지 재차 확인했다. 다시 한 번 고개를 끄덕여주자 별채를 뛰어다니며 환히 웃는 갈까마귀 항아의 모습이 영락없는 애 같아서 순타는 저도 모르게 따라 웃고 있었다.

"전하, 빙고에서 연락이 왔습니다."

장지문 밖에서 들려온 보고를 확인하자마자 순타의 얼굴이 일순 굳어졌다. 사촌의 얼굴에서 다급함을 읽은 사아 역시 긴장한 얼굴이었다.

"뭐라더냐?"

"벌에 둘러싸여 발견된 사체의 사인은 낙상이라고 합니다."

낙상?

순타는 실망한 기색이 역력했고 사아가 그 낙심한 표정을 힐긋거렸다.

"어찌 그리 실망하십니까?"

"하루 사이에 발견된 사체라 사신과 연관성이 있을 줄 알았거늘. 낙상사라니. 허면 가야 사신의 검시 결과를 기다려야 하는 건가."

순타는 혼잣말로 중얼거렸을 뿐인데 사아가 경악을 금치 못했다.

아찔한 표정이었다.

설마…… 아니시죠?

제발 아니라고 말해달라는 사아의 표정을 충분히 읽었음에도 순타는 의뭉스레 웃으며 말했다.

"가야 사신의 사체를 검안하라고 했다."

검안이라니? 그럴 리가!

탄식을 쏟아내며 쳐다보았지만 태자는 뭐 그런 일로 놀라나, 태연한 표정이었다.

그 설마가 사람 잡는 설마임에 틀림없구나! 확신이 들자 사아는 그만 두 다리에 힘이 쭉 빠졌다.

사신의 시체를 개복해 뒤진다니, 그리해서는 안 되는 일이었다.

"전하, 가야 쪽에선 허락하지 않은 얘기 아닙니까."

순타가 짓궂게 웃으며 말했다.

"그러니까 지금이 내 참모가 실력을 발휘할 순간인 게지."

백제부 옥사에는 적막함이 흘렀다.

지하 옥사였지만 퀴퀴한 곰팡이 냄새는 그다지 독하지 않았다. 환기를 위해 옥마다 창이 나 있었고, 푹신한 바닥에는 짚을 새로 간 것이 분명했다.

웬만한 움막보다 쾌적한 환경이었건만, 잡혀온 개화 사내들은 눈에 띄게 공포에 사로잡혀 있었다.

"우리는 살아서 백제부를 넘을 수 없을 거야!"

누군가 낙담해 푸념을 늘어놓자 다른 사내들의 얼굴엔 긴장한 빛이 어렸다.

"재수 없는 소리 하지 마시우!"

옥사 한 구석에서 연신 몸을 주무르고 있는 고달이 툭하니 내뱉었다. 오랏줄에 장시간 묶여 끌려온 몸 곳곳에 지끈거리는 통증이 밀려왔다.

"으으으!"

오만상을 찌푸리며 등을 펴보았지만 굽은 등이 펴지는 느낌은 없었다. 일순 목덜미 쪽에서 온기가 느껴졌다. 부염이었다.

녀석이 고달의 굳은 어깨를 지압해주고 있는 것이다. 굴비처럼 엮여 끌려올 때도 부염이 뒤에 있었고, 저자에서 넘어진 자신을 엎고 온 이도 부염이었다.

고달은 반푼이 취급만 하던 부염의 허벅지를 슬쩍 토닥거렸다. 옥사에 끌려왔어도 겁먹지 말라는 뜻이었지만, 예고 없는 접촉에 부염은 석화라도 된 듯 굳어져 있었다.

'옘병! 누가 잡아 묵나?'

고까운 눈으로 부염을 쳐다볼 때였다.

"여기 백제부 부관이란 놈의 고신술이 얼마나 악랄한지 없는 죄도 토설케 한다더만…… 맞소?"

같이 잡혀온 사내 중 하나가 고달이 백제부에서 일한다는 것을 알고 물었다.

"융통성이 부족하긴 해도 일은 잘한다고 태수가 그럽디다."

고달의 말이 사형선고 같았는지 사내는 모든 것을 체념한 듯 중얼 거렸다.

"우리는 살아서 백제부를 넘을 수 없을 거야."

개화가 백제령이 된 지 삼십 년이 채 안 됐지만 백제는 가장 효과 적이며 효율적인 방법으로 개화를 지배하고 있었다.

백제인들을 위한 대사관에 불과했던 백제부가 개화의 실질적인 주인 행세를 할 수 있었던 것은 개화인들에게 공포를 주입시켰기 때문이다. 선왕 때, 개화독립군이 왜의 장수 기생반과 결탁하여 고 구려와 야합해 이 개화 땅에 백제 세력을 몰아내려 한 적이 있었다. 이에 선왕은 군대를 이끌고 개화를 진압했는데 이때 삼백여 명이 넘 는 개화인들이 한꺼번에 목숨을 잃었다.

한 집 건너 한 집씩 초상을 치른 그 악몽 같던 기억을 개화인들은 잊지 못했다. 자신들의 남편과 아버지와 아들을 무참히 살해하던 백 제군의 잔인한 살상을 어찌 잊을 수 있을까!

최근 십 년 동안에는 이렇다 할 큰 충돌이 없어 개화 땅에 평화가 정착되는 것 같았지만, 저 밑바닥에는 여전히 피비린내를 풍기며 당 시의 끔찍한 기억들이 흐르고 있었다.

백제부는 파장이 예상되는 사건이 터질 때마다 이렇게 자신들의 기준에서 벗어나는 개화인들을 몰이하듯 잡아들였다. 그리고는 개 화독립군이라는 허울 좋은 멍에를 뒤집어씌웠다. 필요한 만큼 피를 뿌렸고, 그 핏물들이 고였다가 개화인들의 마음으로 다시 공포의 강이 되어 흐르게 했다.

"정렬!"

옥지기의 기합이 잔뜩 들어간 구호가 옥사 안에 울리고 몇 사람의
발소리가 이어졌다.

히끅, 공포에 질린 누군가의 입에서 딸꾹질이 불안하게 새어나왔다.

그 시각, 영은 순타의 뒤를 쫓아 산 속을 걷고 있었다.

"주문은? 주문만 하고 가라니까."

"월궁항아님은 성격도 급하군."

"짝퉁이 나라면 안 급하겠어? 곧 있으면 칠석이란 말이야."

"칠석? 월궁에 두고 온 견우라도 만날 참인가?"

"견우는 무슨……."

인연을 알아 볼 수 없다면…… 인연이 닿았던 때로 돌아가면 돼.

불현듯 긴박했던 순간에 들었던 준의 말이 떠올라 영이 멈춰 섰다.
수수께끼 같은 준의 마지막 말.

아련히 바라보던 그 유채색 눈동자가 똑같은 모습으로 지금 저를
바라보고 있었다. 준의 옅은 갈색 눈동자, 거기 자신의 얼굴이 드리
워지는 것을 보고 영은 신기한 듯 말했다.

당신 눈동자에 내가 있어요.

준의 눈에 가득 담긴 열망에 두 사람은 키스를 했다. 누구나 들여다볼 수 있는 안내소에서 말이다. 영의 얼굴이 그때처럼 붉어졌다.

"형아?"

정신을 차리고 나니 눈앞으로 순타의 손바닥이 왔다 갔다 했다. 두 번이나 불러도 듣지 못한 것 같아 순타가 손까지 흔들어 깨우는 중이었다.

붉은 흉터는커녕 어디 긁힌 상처 하나 없이 깨끗한 손바닥을 보면서 영은 저도 모르게 아쉬움의 한숨을 내뱉었다.

"……준!"

또 넋을 놓았다며 장난스럽게 지켜보던 순타의 시선이 이내 심드렁해졌다.

"칠석에 견우를 만나려거든 어서 주문을 받아야겠지. 정 받고 싶으면 따라오너라."

심통을 부리듯 다짜고짜 따라오라는 말만 내뱉고 순타는 보초가 지키는 동굴로 쏙 들어가버렸다.

"저 짝퉁이가 진짜!"

인정머리라고는 찾아볼래야 찾아볼 수 없는 순타를 쫓아 영도 동굴로 들어설 수밖에 없었다.

"왜 이리 늦으셨습니까?"

검시관과 먼저 도착해 있던 중걸이 툴툴거렸다.

그의 뒤를 따라 영이 삐죽대며 들어오자, 원망스런 눈길로 순타를 노려봤다.

'그럼 그렇지. 저는 놀다오고 나는 부검하는 거나 지켜보라 하고.'

불신과 배신으로 얼룩진 중걸의 눈빛이 노골적이었지만, 순타는 가볍게 무시하고 말았다.

동굴은 빙고로 얼음을 저장하는 장소였다. 가야 사신의 사체가 더 이상 부패하는 것을 막기 위해서라고 둘러댔지만, 사실 검안을 위해 빙고로 옮겨온 것이다.

백제는 사람이 죽으면 집 안에서 빈을 치르고 길일을 택하여 매장했는데, 백제 왕실에서는 얼음을 이용해 3년 가까이 빈장을 치르곤 했다. 빈장이라는 것이 없고 무덤 쓰는 것도 백제와 많이 다른 개화에선 시체를 빙고에 넣었다는 것 자체가 기괴한 일임에는 틀림없었다.

가야 사신의 사체를 예리한 눈길로 내려다보던 순타가 검시관에게 물었다.

"사신의 검시 결과는 어떠한가?"

"중독에 의한 급사 같습니다."

"중독? 독살이란 말인가?"

"처음 보는 증상이라 그렇게 확신할 수는 없습니다. 한데…… 벌에 뒤덮여 있었다는 사체 말입니다."

"사인이 낙상이라 하던 자 말인가?"

"예, 사인이 낙상이긴 합니다만, 그자 역시 미미하나마 사신과 동일한 증상을 보였습니다."

동일한 증상!

순타의 눈에 이채가 번득였다.

"증상이 같아? 허면 사신이 벌독에 당한 것이냐?"

"벌독은 아닙니다."

검시관이 단호하게 부정하자 순타가 의아한 얼굴로 되물었다.

"허면 시체에 왜 벌이?"

"흔한 일입니다. 죽은 사체는 벌들에게 좋은 영양분이니까요."

"영양분?"

"예, 벌이 벌집을 만들기 위해선 가축의 변이나 죽은 동물의 사체, 소금…… 다 벌들에게는 유용한 영양분이 됩니다."

검시관의 말을 엿들으며 영이 이제 꿀 팩은 그만해야겠다고 남몰래 다짐할 때였다.

"증상이 어찌 같으냐?"

검시관이 옆의 시신에서 천을 거둬냈다.

헉, 뒤에서 외마디 비명이 들렸다. 그제야 순타는 영의 존재가 생각나 돌아보았다.

시체를 보는 일이 흔한 게 아니니 놀랄 만도 했다. 역겨움에 못 견디고 당장이라도 뛰쳐나갈 것이라 예상했던 것과 달리 영은 우두커니 자리를 지키고 서 있었다.

오히려 멍한 눈길로 사체에서 눈을 떼지 못했다. 어린 여자가 죽은 몸을 대하는 태도치고는 조금 이상하다고 여겼다. 원체 종잡을 수 없는 특이성향 탓이겠지…….

"심한 열증을 앓았던 흔적이 있습니다."

검시관의 설명이 이어지자, 순타는 무엇엔가 놀란 듯한 영의 얼굴에서 시선을 거두었다. 검시관이 말한 대로였다.

"두 사체 다 등짝에 큰 종기가 생겨 움푹 패인 곳이 여러 곳……. 이 무슨 짓이오!"

별안간 검시관이 소리를 질렀다. 사체의 등을 가까이 살펴보던 순타가 고개를 들었다.

어느새 바로 옆으로 다가든 영이 느닷없이 사체를 직접 손으로 더듬거리며 이리저리 살피기 시작했다. 예상 밖의 돌출 행동이라 다들 어쩌지 못한 채 바라보기만 했다.

그때 증걸이 영을 떼어내려고 다가들자 순타가 물러서라는 신호를 주었다.

한동안 영은 사체를 더 뒤적거렸다. 그리고는 더 이상 볼 것이 없었는지 사체의 입으로 손을 가져갔다. 몹시 떨리는 손으로 영은 조심스럽게 죽은 이의 입을 열어보았다. 그리고 무엇을 보았는지 휘청거리며 한 걸음 물러났다.

이상한 행동을 보이긴 했으나 그렇다고 궁금해하지는 않았다. 발작을 한 것도 아니고 소란을 피운 것도 아니라 다들 대수롭지 않게 여기고 말았다.

영이 순순히 물러나 잠자코 서 있는 걸 지켜본 뒤에야 검시관이 다시 말을 이었다.

"사신의 사체는 혀가 오그라들어 목구멍을 가로 막은 것이 사인입니다."

"그럼…… 기도가 막힌 탓에 죽었다?"

"……신선의 숨결."

영이 자기도 모르게 중얼거렸다. 허연 입김과 함께 흘러나온 말은 그게 전부였다.

"혹 아는 것이 있느냐?"

순타가 그녀의 말을 놓치지 않고 조심스럽게 물었다.

"신선의 숨결이 무엇이냐?"

대답을 재촉하는 순타를 마주보다 영은 고개를 저을 뿐이었다.

'아, 아니야. 그럴 리 없어. 비슷한 사인일 뿐이야. 할아버지처럼 그것 때문에 죽은 게 아니라구!'

눈의 초점이 흐려지더니 영은 주춤주춤 더 물러서고 있었다.

영의 상태가 심상치 않다고 느껴 순타가 다가서는 순간이었다.

"웬 놈들이냐!"

갑자기 증걸이 순타 앞을 가로막으며 외쳤다.

어느새 허리춤에서 칼까지 뽑아들고 있었다.

동굴로 들어서는 괴한들. 한둘이 아니었다.

얼핏 보아도 예닐곱이나 되었는데 하나 같이 복면을 썼다. 그들의 손에 들린 칼은 이미 피를 머금고 있었다. 입구의 병사들이 모두 당했음에 틀림없었다.

증걸은 긴장했다. 이들이 들어오는 동안 다투는 소리가 전혀 들리지 않은 걸 보면 솜씨가 상당하다는 걸 의미했다.

자객들의 목적이 무엇이든 칼부림은 피할 수 없을 것이다. 증걸은 사방을 기민하게 둘러보았다. 좁은 동굴이다 보니 어찌할 방도가 떠오르지 않았다. 입구는 저들이 막고 있어 피할 곳도 도망칠 곳도 없었다.

"항아! 이리로……."

아직도 제정신을 차리지 못한 영을 제 품으로 끌어당기려던 순타는 어느새 뱀의 혀처럼 날름거리며 파고드는 복면인의 칼을 피해 팔을 걷어붙일 수밖에 없었다.

이렇게 공격 일변도라면 목적은 분명해 보였다.

챙! 챙!

증걸이 즉각 몸을 휙 돌려 순타를 겨냥하고 찔러오는 칼을 막아섰다.

갑작스럽고 요란스런 활극이 시작되자 영은 도무지 정신을 차릴 수가 없었다. 검날에 반사된 빛이 동굴 여기저기 흩뿌려졌다.

"이, 이리로 오시오!"

검시대 아래서 몸을 숨기고 있던 검시관이 영을 잡아끌었다.

그 와중에도 영의 시선이 순타를 찾았다. 순타의 곁에는 한 몸처럼 증걸이 있었다. 평소에 순타의 괄시를 받아서 그렇지, 증걸은 백제 최고 무인 집안의 일원이었다. 제 주인 하나 지키기엔 무리가 없어보였다.

"말해보시오. 대체 사체의 사인을 어찌 안 것이오?"

의혹이 가득 담긴 눈빛을 한 검시관이 영을 향해 물었다.

"개화 땅에서 이십 년 넘게 검안을 했지만 그대처럼 사체의 사인을 바로 찾는 것을 보지 못했소. 설마 그대가……"

그때였다. 영의 뒤에서 머리털이 쭈뼛 서는 고함과 함께 날카로운 칼날이 눈앞을 스쳐 지나갔다.

영은 검시관의 등 뒤에서 뭔가 획 움직이는 것을 보았다. 조심하라고 외칠 틈도 없었다.

살이 찢기는 소리가 둔탁하게 들리고 검시관이 영을 덮치듯이 쓰러졌다. 저도 모르게 새된 비명이 터져 나왔다.

영이 벗어나려고 몸부림쳤지만 이미 생명이 빠져나간 검시관의 몸은 팔 다리 모두 힘없이 축 늘어진 채 꼼짝하지 않았다.

검시관의 등을 찔렀던 복면인이 칼을 빼들자, 영은 자신이 다음 차례임을 깨닫고 눈을 감아버렸다.

죽는 순간이 되면, 그 짧은 순간에 자신의 생애가 파노라마처럼 펼쳐진다하던데 영은 아무것도 느낄 수 없었다.

칼이 순식간에 지나간 걸까?

칼에 베인 듯한 느낌이 전혀 없었다.

영은 실눈을 뜨고 주위를 살폈다.

복면인들이 검시대 위의 사체를 옮기고 있었다. 그녀 따윈 안중에도 없는 것 같았다.

다행이다 안도하려는 찰나, 한 복면인과 눈이 마주치고 말았다.

그 까만 눈동자와 마주한 영은 손부터 시작해 전신이 부들부들 떨려오고 눈앞이 캄캄해졌다. 어디서부터 시작되었는지도 모를 통증이 온몸을 들쑤셔댔다.

숨을 쉴 수도, 눈을 뜨고 있기도 힘들 만큼 가슴이 너무 아팠다.

몸을 짓누르던 검시관의 사체를 이미 들어 올려 복면인들이 옮기고 있는데도 여전히 천근만근의 무게에 짓눌린 듯 무거웠다.

철썩.

어느새 영의 곁으로 다가온 복면인이 영의 뺨을 올려붙였다.

영은 맥없이 쓰러졌다.

'그만해! 그만!'

눈앞에서 스쳐가는 모든 것들이 비현실적으로 느껴졌다. 시야가 부옇게 변하는가 싶더니 더 이상 아무런 소리도 들리지 않았다. 칼부림이 난무하던 현장이 시간이 정지한 듯 모든 게 멈춰버렸다. 아주 느리게 사람들이 움직였고, 잠깐씩 암전이 찾아왔고, 이내 신물이 올라왔다.

목을 부여잡고 토악질을 하는데, 갑자기 누군가 영의 팔을 잡고 일으켜 세웠다.

그때 아무 소리도 들리지 않는 물속에서 막 물 밖으로 튀어나온 것처럼 소음들이 한꺼번에 달려들었다.

쇠와 쇠가 부딪치고, 비명이 비명을 삼키고 있었다. 피부에 닿는 냉랭한 기운을 느끼자 소스라치게 놀라며 비명을 지르고 발버둥을 쳐댔다.

"놔! 저리 가! 놓으란 말이야!"

영은 제풀에 옆으로 나동그라지면서 한 줄기 빛을 보았다. 동굴 입구에서 쏟아져 들어오는 빛줄기였다.

그 빛을 따라가야 할 것 같았다. 이 피비린내 나는 싸움터로부터 탈출할 수 있는 유일한 통로처럼 보였다. 영은 손을 뿌리치고 입구를 향해 비틀거리며 달렸다. 그러나 달리고 있다고 느꼈을 뿐이었다. 그나마 그것도 금세 누군가에 의해 저지당하고 말했다.

"항아!"

순타였다. 하지만 영은 순타를 알아보지 못했다. 그저 복면을 한 괴물처럼 보일 뿐이었다. 온몸으로 뿌리치며 괴성과도 같은 소리를 질렀다.

"손대지 마! 저리 가란 말이야!"

"항아! 나다! 네 사내의 짝퉁이란 말이다."

"……짝퉁?"

산란했던 영의 시선이 천천히 한 곳에다 초점을 맞추기 시작했다. 그리운 얼굴이 거기 있었다.

"준……."

순타가 들은 게 자신의 이름이 아님에도 다행이라며 가슴을 쓸어내렸다.

여전히 혼란스러워하는 눈빛이었지만 영이 정신은 차린 듯했다. 분간이 흐리긴 해도 간신히 자신을 알아본 것 같아 순타는 마음을 놓았다. 그러나 영의 얼굴이 다시 경악으로 물들기 시작하자 뒷덜미에 소름이 돋았다.

"뒤, 뒤!"

순타의 등 뒤로 정확히는 머리 위로 번쩍 천둥이 치듯 칼날이 솟구쳤다. 영이 다시금 비명을 질렀다.

"전하!"

증걸이 영의 찢어지는 듯한 비명 소리를 듣고 돌아보며 소리쳤지만 그가 눈앞에서 상대해야 할 적이 아직 세 명이나 되었다. 이들에게 묶여 순타에게 다가가는 것은 불가능해 보였다.

원래는 증걸이 순타의 곁에서 그를 방어하고 있었는데 느닷없이 그가 영에게로 달려가면서 방어의 범위를 벗어나버린 것이다. 제길, 아무튼 여자가 요물이었다.

영이 내지르는 소리에 반사적으로 돌아본 순타는 사선으로 자신을 그어오는 칼날에 망연자실했다. 무방비 상태에다 등까지 돌리고 있어 도저히 어찌해볼 수 없는 촉박한 순간이었다.

더 할 게 없었던 순타는 질끈 눈을 감아버리고 말았다.

"안 돼!"

순타는 영의 목소리를 들었다.

안 돼! 다시 비명 같은 소리가 들렸다.

목이 떨어져야 할 그 시점에도 소리가 들리는 게 믿기지 않아 번쩍 정신을 차리고 눈을 떴을 때, 순타가 받은 충격은 이만저만이 아니었다. 영이 자신을 겨누고 찔러온 칼을 두 손으로 움켜쥐고 있었기 때문이다.

그 가냘픈 손이 금세 피범벅이었다.

복면인도 이 조그만 여자가 칼을 움켜쥘 것이라고는 전혀 예상치도 못했던지 잠깐 지체하는 듯했다. 그러나 그건 찰나에 불과한 시간이었다. 그렇다고 달라지는 건 아무것도 없었다.

이제 조금이라도 칼에 힘을 주어 밀거나 비튼다면 바로 영의 목이나 가슴을 찌르게 될 판이었다.

그리고 그렇게 될 것 같은 순간에 갑자기 복면인이 칼을 놓았다. 칼이 스르르 바닥으로 떨어졌고 복면인은 다시 잡을 생각을 하지 않았다.

다만 어떤 불길한 예감에 젖은 것처럼 손을 떨었다.

갑작스런 돌변을 헤아려볼 틈도 없이 순타는 본능적으로 복면인의 가슴팍을 손바닥으로 밀쳐냈다.

쓰러지지 않고 버틴 복면인이 다시 달려들 거라 예상했지만 그는 오히려 주위를 돌아보며 휘파람 소리를 냈다.

휘익!

그게 신호라도 된 것처럼 일제히 칼부림이 멎었다.

복면인들은 공격 일변도에서 갑자기 방어적인 자세를 취하더니 신속하게 뒷걸음질로 물러나기 시작했다. 증걸을 상대하던 자들도 후퇴했다.

"전하, 괜찮으십니까?"

물러나려던 살수 하나를 기어이 베어내고 순타에게 달려온 증걸은 태자가 그 긴박한 순간을 어떻게 넘겼는지 보지 못했다.

그가 언뜻 본 대로라면 원래 순타의 목숨은 이미 끊어졌어야 했다. 순타의 표정이 몹시 고통스러워 보이긴 했지만 그는 엄연히 살아 있었다.

놀라운 건 그의 옆에 무릎을 꿇고 부들부들 떠는 영이었다. 그녀는 손에 피칠갑을 하고 그 손이 자신의 것이 아닌 양 두려운 눈길로 바라보고 있었다.

"전하."

순타가 중걸의 부축을 제지하고 옷을 벗더니 영의 손을 천천히 닦아냈다. 조심스런 손길이었다. 그러면서도 그는 지금 이 사태를 정확하게 인지했다.

"놈들이 사신의 사체를 가져갔다."

자객들이 자신들을 덮치는 사이 그 중 몇 명이 사신의 사체를 탈취해간 것이다.

"대체 무엇 때문에 사체를 훔쳐갔을까요?"

"시신이 말해줄 수 있는 것, 그것을 꺼려한 것이겠지."

순타의 시선이 죽은 검시관에 닿았다가 다시 영의 손으로 모아졌다. 그러면서 하는 말이 다분히 훈계조였다.

"대체 장인이란 자가 제정신이냐? 장인에게 목숨보다 귀한 것이 손이 아니었나?"

겉으로는 그리 말했지만 순타는 속으로 안도의 한숨을 내쉬었다. 생각보다 상처가 깊지 않았다. 영의 손을 말아쥐고 살짝 오므리자 영이 악, 하며 외마디 소리를 질렀다.

순타는 그 소리가 얼마나 반가운지 몰랐다. 감각이 온전한 것이다.

이 정도로 끝난 게 천만다행이었다. 찔러 들어오는 검에 입은 상처인 걸 감안하면 하늘이 도왔다고 해도 과언이 아니었다. 복면인이 갑자기 살기를 거둔 덕분이었다.

순타는 양 볼을 잡고 푹 숙인 영의 고개를 들어올렸다. 눈동자를 봐야 했다. 혼절이라도 할까 겁이 난 것이다.

눈물로 얼룩진 얼굴은 가뜩이나 못난 갈까마귀의 얼굴을 더 흉하게 보이게 했다. 그 얼굴이 순타는 안타깝고 무작정 서러웠다. 이런 일에 휘말리게 된 것이 모두 자신의 탓이나 다름없었다.

입안에서 터져 나온 피가 묻은 입가를 닦아내며 속으로 중얼거렸다.

이제 너는 내 목숨을 구한 은인이다.

칼을 막았다. 닿으면 베이고 피가 나고 목숨이 끊어지는 칼을 막았다. 그것이 자신도 모르게 나온 본능적이고 반사적인 행동이더라도 달라질 건 없었다. 그녀의 손이 방패가 되어 자신의 목숨을 구했으니까.

그래서 더욱 아찔했던 것이다. 하마터면 그녀가 모든 것을 잃을 뻔했다. 심지어 목숨까지도.

고통을 대신 겪어줄 수 없는 고통이 얼마나 더 지독한지 순타는 고스란히 느끼고 있었다.

그동안 자신이 보호받아야 하는 데는 충분한 당위가 있었다. 당연히 보호받아야 하는 존엄을 가지고 태어났다고 여겼다. 그래서 고마

위해본 적이 없었다.

자신을 지키려다 희생된 이들에 대해 조의를 표했던 것은 그저 형식에 지나지 않았다. 최소한의 양심이 발동했을 뿐이다. 그러나 이 볼품없는 장인이 제 앞을 가로 막아 부상을 당했을 때는 두려움이라는 감정이 가장 먼저 솟구쳤다.

자신의 가장 소중한 무엇이 위태롭게 되었을 때의 그런 아찔한 감정이 칼을 쑤시듯 가슴을 후벼 팠다. 생소하고 낯선 감정의 정체를 몰라 순타는 복잡한 심정이었다.

"주문해!"

순타가 오히려 정신이 없어 할 때 어느새 생기를 되찾은 영이 그를 향해 득달같이 요구했다.

"주문하라고, 장인의 보물! 짝퉁이 주문 안 하고 죽어버리면, 난 어떻게 해? 누굴 평생 이 꼴로 살게 할 작정이야? 이젠 삼시 세 끼 걱정 없이 먹고, 막대가 아니라 부드러운 화장지를 느끼고 싶다구. 언제 어느 때든 뜨거운 물 펑펑 쓰는 21세기 인간이고 싶단 말야. 죽으려면 주문하고 죽으라고!"

영이 울분을 터트리며 기어이 순타의 멱살을 잡았다.

아직 피가 완전히 멎지 않은 손을 흔들어대자 핏물이 떨어졌다. 그녀의 격정이 고스란히 전해졌다.

"이게 감히 무슨 짓이냐!"

순타가 냉정을 되찾고 본연의 자신이 하듯 소리쳤다. 그러나 거기엔 위엄이나 분노는 탈색된 채 걱정과 우려만이 묻어났다. 그 자신

도 가늠하기가 어려웠다. 감히 자신의 멱살을 잡는 불손한 행동을
책하는 것인지, 다친 손의 상처가 염려된 것인지는.

헛갈리던 감정은 좀더 시간이 지나면서 원래의 자신으로 돌아오
고 있었다. 갈까마귀 항아에게 멱살을 잡혀 흔들리는 꼴이 우스워
보이기 시작한 것이다.

그는 신경질적으로 영의 손을 움켜잡고 떼어냈다. 뿌리치듯 하는
게 아니라 조심스럽게 다루느라 적당히 힘을 주어야 했다.

그 바람에 악을 쓰고 달려드는 영이 이번에는 아무데나 잡고 마구
흔들기 시작했다.

"주문! 빨리 주문하란 말야! 그까짓 것 빨리 만들고 돌아갈 거란
말이야!"

영이 쏟아내듯 하는 감정의 기복에 따라 순타의 감정도 춤을 추는
듯했다. 그래서 그 말이 자신을 찔러오는 가시가 되었다. 한시라도
빨리 월궁으로 돌아가겠다는 말이.

짓궂은 상황에서 듣는 말이었다면 농으로 받아치고 말 텐데, 이렇
게 감정이 널을 뛰는 상황에서는 몹시도 쓰라렸다.

순타의 유채색 눈이 차갑게 가라앉았다. 불현듯 깨닫고 말았다.
항아에게 자신은 고작 주문을 맡기는 손에 불과했던 것이다.

멱살을 잡고 흔들어도 어쩌지 못하던 태자에게서 얼음장처럼 차
가운 기운이 느껴지자 영도 움찔하고 말았다. 격정을 다 쏟아내기도
한 터였다.

그제야 상대의 기분을 헤아릴 만큼 이성을 되찾고 있었다.

영이 기어들어가는 목소리로 말했다.

"그러니까…… 주문해주고 갔으면 됐잖아!"

순타는 잔뜩 구겨진 옷자락을 물끄러미 내려다보았다. 순타의 복잡한 마음을 눈으로 확인하는 것 같아 얼굴이 다 화끈거렸다. 구겨진 옷자락만큼이나 구겨진 자존심. 그것만이 남아 있었다.

풍덩.

신묘한 장인의 솜씨처럼 금방이라도 살아 꿈틀거릴 것 같은 용머리를 닮은 해안 절벽.

그 아래로 거적으로 둘둘 감싼 사체가 돌에 매달려 던져졌다.

절벽 위에는 복면인을 한 자들이 또 다른 거적더미를 절벽 아래로 내던지고 있었다. 빙고에서 태자를 공격하고 사체를 훔쳐간 자들이었다.

사체를 바다에 던져 넣는 작업을 늘 하던 일인 것처럼 자연스럽게 하는 복면인들의 뒤에서 두 명의 사내가 지켜보고 있었다.

한 명은 복면인들과 같은 복장이었고, 다른 한 명은 잔뜩 인상을 구기고 구경하는 개화 공방의 장인 우포였다.

벌 떼를 뒤집어쓴 채 발견됐다는 또 하나의 사체는 원래 우포의 제자로 개화 공방 사람이었다.

'제 놈이 욕심을 부린 탓에 저승 문턱을 밟게 된 것이지!'

재물에 눈이 어두워 감히 손대면 안 되는 물건에 손을 댄 녀석이 스스로 불러들인 화였다.

우포는 생각만 해도 화가 치미는지 이를 바드득 갈았다.

개화 공방에서 비밀 리에 만드는 오석산.

지방의 군벌들이 난립하고 소수 민족 세력까지 날뛰면서 지금 대륙은 혼란에 빠져 있었다. 거기다 산적들과 해적들까지 창궐하는 대륙을 관통해 돈 벌자고 예까지 건너오는 상단들은 거의 없다고 봐야 했다. 뱃길을 통해 주로 포구와 포구를 건너다니며 무역을 하던 상단들도 처지는 마찬가지였다. 그들에게서도 오석산 같은 희귀한 사치품은 더 이상 거래할 수 있는 물품이 아니었다.

정식 거래목록에서도 자연스럽게 빠진 지 꽤 오래되었다. 이때 개화 공방에서 오석산을 만들어 팔고 있는 것이다. 오석산 밀거래로 개화 공방은 세워진 이래로 가장 많은 부를 축적해 나가고 있었다.

왜 사신 사아로부터 오석산을 가공해보자고 제안을 받던 그날, 우포는 일생일대의 기회를 얻은 것이다.

개화 공방이 독점적으로 생산해내고 있는 오석산. 그 한 가지 생산품만으로 얼마나 더 많은 부를 축적할지는 아무도 모르는 일이었다. 헌데 오석산을 빼돌려 도망친 놈이 죽은 몸으로 나타나 하필 태자에게 발견되었다.

그 탓에 우포는 한동안 안절부절못했다. 가야 사신의 죽음이 개화 공방과 관계가 있다는 것을 조만간 태자가 알아낼지 모른다는 두려움 때문이었다.

마침 백제부에 있던 사아의 전갈이 아니었다면 몇 년간 준비해 온 일이 모두 수포로 돌아갈 뻔했다.

"일은 명하신 대로 처리했다 전해드리겠네. 이제 더 자주 보겠구만!"

복면인의 서늘한 눈이 우포에게 향했다.

달리 살인귀라 불리는 살수가 아니었던지, 우포는 그와 눈을 마주치는 것만으로도 오금이 저렸다.

대체 사신이라는 직분을 가진 자가 어찌 저런 살수를 데리고 있는지 알 수 없었지만, 오늘처럼 이런 급박한 일에는 저자의 도움이 꼭 필요했다. 덕분에 우포의 비밀스런 사업은 계속 이어나갈 수 있게 됐으니 말이다.

"이제 확인할 것은 다 했으니 뒤처리는 자네에게 맡기지."

우포가 사체를 던진 자들을 힐끗거리며 복면인에게 말했다.

복면인이 동료들을 돌아보았다.

모든 일에는 때가 있는 법! 아직은 이 일이 알려줘선 안 되었다. 그러기 위해선 수족으로 썼던 자들의 침묵이 반드시 필요했다. 복면인은 우포의 뜻을 그렇게 이해했다.

고개를 끄덕이며 제 허리춤을 만지다가 멈칫거렸다. 무의식적으로 허리춤에 채워놓았던 칼을 찾았다. 그제야 복면인은 제 칼을 맨손으로 잡았던 영을 떠올렸다.

평소에는 허투루 물 한 방울도 닿지 않으려고 하면서 겁도 없이 칼을 잡아챘던 것이다.

자신이 칼을 포기하지 않았다면, 영의 손가락은 필시 잘려 나갔을 것이 분명했다.

　복면인은 이내 동료들의 등 뒤로 다가가 맨손으로 그들의 목을 꺾어버렸다. 사람의 목을 꺾는 것이 그렇게 간단한 일일까 싶을 정도로 순식간이었다.

　불시에 당한 기습이었지만 칼을 쓰는 자들이 손속 한 번 부리지도 못하고 그리 쉽게 죽어나가는 것을 본 우포의 눈에 공포가 스며들었다.

　"허, 허면…… 나는 이만 가보겠네."

　사색이 된 우포는 도망가듯 달음질치며 자리를 떴다.

　얼마 지나지 않아 절벽 아래로 세 구의 사체가 더 던져졌다.

　복면인들까지 삼킨 바다가 죽은 이들을 대신해 복수라도 하는 양 성난 파도를 밀어올렸다.

　절벽을 때리는 파도에서 높이 솟구친 모래알 같은 포말이 비처럼 떨어졌다. 복면인에게까지 쏟아진 물거품은 그의 손에 죽은 자들의 원한이 담긴 마지막 발악 같았다.

　네 놈의 마지막도 그리 곱게 죽지는 못하리라. 원한이 담긴 아우성이 연달아 쏟아졌지만, 살아있는 자에게 죽은 자의 원한은 겨우 물세례에 지나지 않았다.

　복면인은 흠뻑 젖은 복면을 신경질적으로 벗어던졌다.

　복면 아래 드러난 얼굴은 죽은 자의 원한 따위 가소롭다는 듯 으레 무표정한 얼굴의 더벅머리 부염이었다.

개화 저자가 사아군에 대한 소문으로 들썩이고 있었다. 굴비 엮듯 개화 사내들을 묶어 잡아가 놓고 도로 풀어준 이야기였다.

"사아군이라면…… 왜 사신 아니에요?"

약재상에 모인 사내들이 불안한 눈으로 서로를 응시했다.

"그렇다니까. 왜 사신이라 해도 원래 백제 왕족이라서 태자의 참모로 있다는구먼."

"그럼 태자가 살려준 거야, 사아군이 살려준 거야?"

"따져서 뭐해! 백제놈들이 개화에 뭔 도움이 됐다고. 애당초 고마성에 있어야 할 태자가 내려온 것부터 이상하지. 태자가 여기 있으면 더 이상한 일들이 일어날걸."

약방 매부리코 사내가 통박을 놓았다.

"그게 아니지. 사아군이라는 든든한 이가 개화에 우호적이라는 걸 확인했으니 앞으로 우리 쪽에서 그와 긴밀하게 접촉하면 좋지 않겠나."

어느새 약재상에 도착한 우포가 거들먹거리며 은근히 사내들을 선동했다.

"그거야 촌주께서 결정할 일이고요."

향료상 곰보 사내의 말에 다른 이들도 눈빛들을 교환하며 암묵적으로 동조했다.

우포가 속으로 혀를 찼다.

촌주가 결정할 일? 천한 것들이 의리는 있다 이건가.

단순하다 못해 맹목적이기까지 한 촌주에 대한 신뢰가 우포는 언제나 거슬렸다.

그따위 반푼이 자식에게 개화를 맡기다니 말도 되지 않는 일이다. 어차피 누군가의 지배하에 있어야 한다면, 그 지배 아래서 가장 최선의 자유를 누릴 수 있도록 교섭할 능력을 갖춘 자가 촌주가 되어야 마땅했다.

교섭이든 야합이든 협박이든 그 무엇이든 간에 개화 땅의 자유를 위해서라면 모험을 할 만큼 과감할 필요도 있는 법이다. 교섭은커녕 제 한 몸 감추기에 급급한 지금의 촌주에게선 바랄 수 없는 부분이기도 했다.

이제라도 제대로 된 능력을 갖춘 자가 이 개화를 지켜야 한다. 우포 자신이 말이다. 이제 이들부터 설득할 필요가 있었다.

"촌주가 그동안 뭘 했다고……."

누군가 약재상으로 들어오자 우포는 몇 마디 하지도 못한 채 말끝을 흐렸다.

모여 있던 사내들 역시 황급히 자리에서 일어났다.

약재상의 유일한 무기인 약작두를 서로 들겠다고 사내들이 소리 없는 시비를 벌이기도 하였다.

"지랄도 풍년들이다. 문까지 닫고 수상한 내 풀풀 풍기면서 뭔 작당들이여?"

약재상 안으로 들어온 이는 백제부 시종 고달이었다. 고달인 걸 알아보고서야 다들 반색했다.

"촌주, 무탈하셔서 다행이오."

곰보 사내가 순박한 웃음을 지으며 고달을 맞이했다.

"고생하셨소, 촌주!"

개화 사내들이 던진 따뜻한 말 한마디에 고달의 얼굴이 한층 더 험악해졌다.

"싫다는 사람 억지로 촌주로 앉혀놓고 구하러 오지도 않냐?"

시큰둥한 말이 침을 뱉듯 튀어나와도 사내들의 얼굴엔 화색이 돌았다. 다행스러움과 안도감이 번져났다.

덩치가 아까울 정도로 순박하게 배시시 웃던 곰보가 대꾸했다.

"촌주도 참. 우리의 수칙을 알지 않소."

"의리부동 복수금지."

도리에 어긋나도 좋다. 복수는 절대로 하지 않는다!

이 두 가지 강령을 외쳐야 비로소 개화독립군이 될 수 있었다.

일제히 대답하는 사내들의 얼굴에 체념 섞인 미소가 미안한 마음을 대신해 자리 잡았다.

신입 독립군들은 대부분 비슷한 경험들을 한 번씩 하게 된다. 온전한 몸을 갖추고 태어나지 못한 사내가 자신들을 이끌 촌주라는 것을 처음 알았을 때의 실망감은 이루 말로 다할 수 없었다.

그러나 얼마 지나지 않아 사람은 겪어봐야 안다는 것을 경험하게 된다는 것도 공통점이었다. 그들은 촌주를 통해 새롭게 거듭 태어나는 자신들을 발견하면서 비로소 진심으로 독립군에 헌신하겠다는 마음을 갖추게 되었다.

무엇보다 촌주가 수시로 하는 말이 그들의 마음을 사로잡았다.

살아남는 것. 살아남는 것이 개화 땅의 독립을 위한 첫걸음이라는 것이다.

"그래, 이대로만 살아라. 이 잡것들아."

고달의 통박에도 껄껄 웃는 사내들의 얼굴에선 긴장감은 찾아볼 수 없었다.

누군가의 말처럼 개화독립군은 비밀 결사대는커녕 그저 한풀이나 하는 수다꾼들의 모임으로 밖에 보이지 않았다.

뱃길과 물길이 만나는 개화는 교통과 무역의 중심지로 아리수 다음으로 모두가 탐을 내는 땅이었다. 이런 지리적인 배경으로 세력이 커진 나라에 복속되는 것이 개화의 운명이곤 했다.

개화 사내들이 저들을 속박한 나라들에 저항하기도 했지만 언제나 연합국들의 견제와 균형 속에서 무참히 희생되고 말았다. 연합국들은 이들 저항 세력을 개화독립군이라 불렀다.

"이제 어찌할 거요?"

우포의 퉁명스런 물음에 사내들의 시선이 모두 고달에게 향했지만, 고달의 입은 굳게 닫혀 있었다.

백제 태자께서는 개화의 안정을 최우선으로 생각하시네.

자신들을 풀어준 사아군의 말이 떠올랐다.

다른 개화인들은 사면해주었다고 절이라도 하고 싶겠지만 고달은 사아군의 속내를 알 수 없어 불안하기만 하였다. 원래 사아군이란 자는 개화인들을 챙길 만큼 개화에 연고가 있거나 특별한 애정을 가지고 있는 자가 아니었다.

'대체 무슨 꿍꿍이인 거요, 사아군?'

의뭉스런 사아의 뜻을 헤아려보던 고달에게 우포가 재촉해왔다.

"촌주, 어찌할 거냐 묻지 않소."

야발 가득한 우포의 고집스런 시선에 고달이 이맛살을 찌푸렸다.

"뭘 어떻게 해? 가만있어. 먹고 살기만 편하면 됐지, 대체 누구 아래가 뭐가 중요해?"

강국들에 둘러싸여 있으면서 번갈아 복속되는 수난을 겪더라도 그동안 나름의 자주성을 인정받아 살아온 개화인들에게 독립보다는 무역항으로서 상업의 자유를 인정받고 거래할 수 있는 것이 더 중요했다.

무엇보다 세 나라들 사이에서 균형만 잘 유지하면 개화가 다시 전쟁터가 되지는 않을 것이다. 선왕 때처럼 왜에 속아 토사구팽만 당하지 않는다면 말이다.

백제를 밀어내려고 고구려를 끌어들였다가 개화인 삼백 명만 애꿎은 죽음을 당하지 않았던가!

고달은 발치에 놓인 약첩들을 보란 듯이 툭 쳤다.

약재상 사내가 벽을 따라 공들여 쌓아둔 약첩들이 와르르 무너진 건 순식간이었다.

"이곳은 연합국이 모인 곳이야. 함부로 군사를 일으키지 못할 거다. 그리 되었다간 균형이 무너지고 마니까."

무장한 백제 병사들이 샅샅이 수색을 하고 간 포구는 폭풍 전야의 바다처럼 쥐 죽은 듯이 고요했다.

개화를 온통 뒤집어엎다시피 하고 있지만 가야 사신의 사체를 찾을 수 있다는 기대는 거의 하지 않았다. 작정하고 사체를 훔쳐갔으니 이미 화장했거나, 수장시켰을 가능성이 높았다.

마뜩찮은 눈으로 포구를 흘낏거리던 순타는 사라진 사신의 사체 대신 새로운 증좌를 가지고 있는 증인에게 시선을 돌렸다.

"항아는 이 몸에게 먼저 할 얘기가 있을 텐데?"

태연히 다가서는 순타를 피해 영이 한 발짝 물러섰다.

"항아님이 말한 신선의 숨결, 그게 뭐지?"

성마른 영의 얼굴에 짙은 혐오감이 스쳐 지나갔다. 그 표정이 잘 알고 있다고 시인하는 것과 다를 바 없었다.

"아, 아니, 구해줬더니 봇짐 내놓으라 한다고. 생명의 은인한테 상은 못줄망정 닦달이래? 귀한 몸이라며? 그 귀한 몸 구한 대가가 이거야? 와! 백제 인심 한 번 고약하네!"

"다시 물으마. 신선의 숨결이 무엇이지?"

기필코 대답을 듣고야 말겠다는 순타의 강렬한 눈빛을 대하자 영은 저도 모르게 주춤 뒤로 물러섰다.

이지를 잃은 퀭한 두 눈이 기억 속에서 떠올랐다. 흡사 귀신같은 몰골이었다.

"짝퉁, 내가 모른다고 하잖아……."

영답지 않게 소심하게 들리는 목소리가 흘러나왔다. 그녀는 할 수 있다면 이 자리를 피해 도망가고 싶은 마음뿐이었다.

"아니, 항아는 알고 있어."

영은 속으로 제길, 하고 욕을 내뱉었다. 순타의 태도가 얼마나 단호했는지 도망칠 길은 사라졌다고 판단했다. 망할 짝퉁! 영은 원망스런 눈빛으로 순타를 바라보았다.

"사신과 같은 시체를 본 적이 있는 게지?"

기습적인 질문이 이어지자 영은 동요하는 기색이 더욱 뚜렷해졌다. 부들부들 떨리는 손을 보며 순타의 눈이 가늘어졌다.

역시나! 월궁에서 사신과 같은 죽음을 본 것이다. 신선의 숨결, 그것이 무엇인지 꼭 밝혀내리라.

강렬한 의지를 내뿜으며 순타가 다시 영에게 한 발짝 더 다가섰다. 이미 순타의 얼굴은 평소에 보던 그의 얼굴이 아니었다.

영은 말하고 싶지 않았다. 겨우 할아버지에 대한 좋은 기억들을 찾아냈는데…….

신선의 숨결은 영이 다시는 떠올리고 싶지 않은 기억이었다. 영은 갑자기 입을 틀어막고 갈대밭으로 뛰어들었다.

우웩, 갈대밭에 요란한 소리가 울려 퍼졌다.

필시 아이들이 들었다면 지난밤 잡아먹은 낮도깨비가 뱃속에서 요동쳐 갈대 귀신이 토악질하는 소리라 했을 그런 기괴한 소리였다.

유난히 기분이 좋아 보이는 태수는 혼잣말을 중얼거리며 백씨 일족의 수장인 내법좌평에게 보낼 목간을 쓰는 중이었다.

외국의 사신이 갑자기 죽은 것만 해도 일대 사건인데 그 사체까지 잃어버린 마당이니 태자에 대한 신뢰가 땅바닥에 처박힐 것은 불 보듯 뻔했다.

후속 조치로 연합국들은 개화의 강력한 치안을 요구할 테고, 무엇보다 연합을 가장 중요하게 여기는 어라하는 태자에 대해 징벌까지도 고려할 강경한 입장을 보일 수밖에 없을 것이다.

"가야 사신은 또 난리를 치겠군. 그래봤자 제 놈들이 뭘 하겠냐마는 태자를 괴롭힐 수 있으니 잘된 일 아닌가."

가야 사신들만 생각하면 태수는 윙윙거리며 귀를 간질이는 파리 떼가 떠올랐다. 그들은 그만큼 귀찮고 성가셨다. 사소한 문제만 생겨도 큰일 난 것처럼 트집 잡아 백제부 문턱을 닳도록 드나들었다.

백제부의 행정까지 시시콜콜 참견하려드는 가야의 사신들.

그들이 정말로 원하는 것은 개화를 가야령으로 되돌리는 것이다. 그들에게 개화의 가야령은 숙원이기 이전에 마땅히 그리되어야 하는 당위의 문제였다.

개화가 오랜 세월 가야의 땅이었던 것은 맞다. 그러나 가야만의 땅이었던 적은 없다. 개화는 가야를 인접하고 백제와도 강 하나 사이를 두었다. 이런 지리적인 연유로 번번이 지배 국가가 바뀌었고 한동안 지속되었을 뿐 군사력의 균형이 무너지면 여지없이 주인이 바뀌었다.

가야의 땅이었던 적이 있으니 돌려달라?

그들의 주장대로라면 개화를 다스렸던 두 나라가 개화를 공평하게 이등분으로 나눠야 할 것이다. 그러나 개화가 백제령인 이상 그것은 불가능한 일이었다. 동맹을 무기 삼아 개화를 하사해달라고 노골적으로 청해오는 가야 왕의 목간을 어라하가 불쏘시개로 삼는다는 걸 그들은 미처 모를 것이다.

가야는 백제의 중요한 동맹국이었지만, 어라하의 땅 욕심 앞에서는 동맹의 가치도 쉽사리 빛을 잃을 지경이었다. 바다를 사이에 두고도 대륙까지 닿았던 백제의 땅을 포기하지 못해 담로를 설치하고 통치하는 이가 바로 백제의 어라하였다. 하사할 생각이었으면 애당초 이 땅을 토벌하지도 않았을 것이다.

고구려의 남하를 막기 위해 맺은 동맹국들의 집결지로 개화가 선정되면서, 각국의 병력을 따라 상단이 들어와 교류를 시작했다.

개화는 순식간에 국제적인 시장으로 성장했다. 전략적인 요충지인 동시에 거대한 시장이 되었으니 그야말로 알토란같은 땅으로 변신한 것이다.

백제가 개화를 차지할 당시에는 불만이 없었을지 모르지만, 사람이 모이고 물건이 모이고 돈이 모이자 연합국들이 호시탐탐 개화를 노리는 것은 당연한 일이었다.

요청이 통하지 않으면 무력이 다음 단계였다. 허나 명색이 동맹군으로 내분의 모습을 대적에게 보여줄 수는 없었다. 해서 백제의 동맹국들이 선택한 방법은 개화독립군을 이용해 개화에 대한 백제의 영향력을 줄이려는 시도였다.

그때마다 백제는 가야를 염두에 두고 완충의 역할에 불과한 개화 독립군에 대해 강경한 진압에 나섰고, 결국 죽어나가는 건 개화인들이었다.

가야의 욕망이 거세질수록 그 욕망을 누르려는 백제의 압박도 강력해지자 백제인에 대한 개화인의 혐오는 극으로 치닫고 있었다.

전략적으로 개화를 요동치게 하는 사신들에게서 개화를 지키는 것이 태수의 진짜 역할이었다.

개화 태수는 각국 사신들에게 항시 적절한 행동을 취해야만 했다. 우호적이되 친밀해서는 안 됐고, 주도적인 위치에 서야 하나 그것을 과시해서도 안 되며, 사신들의 편의를 맞춰주되 그들에게 얕보여서도 안 되는 자리였다. 이런 태수의 노력 하나하나가 모여 연합구도를 지켜온 것이다.

문독은 저 같이 뛰어난 외교 능력을 발휘한 태수가 있을 리 없다고 자신했다. 때문에 후임도 요청하지 않고 태자에게 임시 태수를 맡긴 것이다. 일이 잘못 된다 해도 자신은 와병 중이었으니, 책임은 모다 태자 순타가 지게 될 터였다. 백씨 일족의 입장에서 아쉬울 것이 없었다.

"허니, 어디 당해보시지요, 순타 태자."

태수의 입가가 고약하게 비뚤어졌다.

안면이 일그러지자 태수의 얼굴에서 수포가 하나 터지며 진득한 진물이 흘렀다. 그 모습이 보지 않고도 충분히 흉측스럽다 느꼈는지 백씨 일족 문독은 진저리 쳤다.

"으으, 저주받을지어다. 순타 이놈, 백씨 일족이 네 놈을 가만히 둘 것 같으냐."

그동안의 쌓인 울분을 저주 삼아 질러대는 태수의 고성이 백제부에 울려 퍼졌다.

"항아! 나다. 네 사내의 짝퉁이란 말이다."

분명 동굴에서 순타가 영에게 했던 말이었다. 그러나 이 말이 메아리처럼 다시 들린 곳은 관청과 한참 떨어진 백제부 별채였다. 그리고 목소리의 주인공도 순타가 아니었다.

증걸이었다. 증걸이 순타의 목소리를 흉내 내며 때 아닌 연기 삼매경에 빠져 있었다.

그는 뒤늦게 재능을 발견한 것처럼 태자 흉내에 신이 났다.

그러나 혼신의 연기에도 불구하고 듣는 이의 온몸을 오그라들게 만들었다.

"그때 놈들이 전하의 등 뒤로 칼을 찔러오는데, 그 못난 것이 손으로 칼날을 잡더라 이 말입니다. 명색이 손을 쓰는 자가 칼을 딱 잡는데 그 박력에 놀란 것인지 살수도 제 칼을 버리고 가더라니까요."

열띤 증걸의 연기를 관람하는 관객은 단 한 사람이었다. 사아. 증걸이 사아에게 빙고에서 벌어졌던 급박했던 상황을 복기해주는 중이었다.

"살수가 칼을 버렸단 말입니까?"

영이 자기도 모르게 붙잡은 실수의 칼을 두고 하는 말이었다. 사아가 그 상황이 도무지 믿기지 않아 되물었다.

"예에, 그 촌것이 아니었으면 태자 전하는 꼼짝 못하고 칼에 찔리셨을 겁니다. 정신이 온전치 못하단 소문이 있다더니 정말 겁도 없다니까요."

"큰일…… 날 뻔했군요."

사아는 아침에 봤던 당돌한 장인을 떠올렸다.

눈썰미가 없는 편은 아닌데, 하고 고개를 갸우뚱했었다. 정신이 온전치 못하다는 소문 그대로는 보이지 않았기 때문이다.

맹랑한 구석이 없지 않았지만 정신이 나간 것 같지는 않았다. 아니 오히려 그 반대였다.

태자에게 장인의 보물을 주문받아야 한다는 목적의식이 뚜렷했다. 자신이 무엇을 해야 하는지 명확하게 알고 하는 행동들이었다.

정신 나간 여자가 그럴 수 있을까?

그보다 정말 궁금한 건 이런 것이었다. 대체 그렇게까지 장인의 보물을 주문받으려는 목적은 무엇일까? 실은 오늘 하루 종일 사아는 그 물음에서 자유롭지 못했다.

"큰일은 지금부터지요. 이미 고마성에는 전하께서 그 촌것에게 반해 여태 개화에 머물고 있다는 소문이 퍼지고 있을 겁니다. 글쎄 공방에서 분명히 그랬다니까요. 그 여자가 정인이라고! 고마성의 모든 눈이 개화 땅을 지켜보고 있습니다. 조만간 어라하의 귀에 이 소문이 들어가는 것도 시간문제 아닙니까!"

증걸의 말에는 태자에 대한 걱정만 들어 있는 게 아니었다. 그 행간에는 지금이 어느 때인데 계집에 빠져 있느냐는 훈계도 섞여 있었다.

호위가 이렇게 느낄 정도면 그 상황을 목격한 사람들은 물론이거니와 소문을 접한 자들에게도 손가락질 받을 일이었다. 태자의 위신이 말이 아닌 꼴로 추락해 다들 한 번씩 짓밟고 지나가는 격이다.

이렇게 너덜너덜해진 소문이 어라하에게까지 전해진다면!

사아는 저도 모르게 고개를 젓고 말았다.

안타까움이 거센 파도처럼 밀려들었다. 장인의 직함도 없는 여자에게 거사를 맡기기 위해 오명을 뒤집어썼다.

대성팔족이 자신의 일거수일투족을 감시한다는 걸 누구보다 잘 알 것이다. 꼬투리 하나만 잘못 잡혀도 어떤 곤욕을 치를지 그 끝을 예상하기 어렵다. 그런데도 정인이라고 들먹여 스스로 약점을 만들어내면서까지 보물을 완성시켜야 한단 말인가!

사아는 그런 당당함이 든든하면서도 한편으로 답답하고 안타깝기만 했다. 그래서 아쉬움이 더 큰지도 몰랐다. 제 사촌에게 방패 같은 배후가 되어줄 팔성귀족이 있었다면!

어륙의 백씨 일족이 지금 이 순간 그토록 간절할 수 없었다.

귀족 출신이 아닌 모친을 둔 제 사촌의 처지가 그만큼 더 처량했다.

자신이라고 뾰족한 수가 있는 게 아니었다. 제 어미의 가문인 진씨 일족 역시 도태되어 겨우 명맥만 유지할 따름이니, 도와줄 처지가 아니었다.

적어도 백씨 일족을 견제할 정도의 가문에서 태자비를 얻는다면……

사아는 문득 눈앞에서 주책없이 제 주인의 흉을 보고 있는 증걸이 달리 보였다. 위사좌평의 아들. 연씨 일족! 사아의 목소리가 부드러워졌다.

"연호위도 전하가 몹시 걱정되시나 봅니다."

"아무렴요. 연씨 집안은 대대로 주인의 명에 충성하는 일족 아닙니까!"

증걸은 그걸 말이라고 하느냐는 듯이 어깨를 으쓱거렸다. 그런 증걸을 보며 사아는 생각을 더듬었다.

슬하에 아들 셋이 전부인 연씨 일족의 수장에게 손녀가 있던가!

사아는 피식 웃고 말았다. 그 손녀가 채 열 살도 되지 않았다는 사실을 깨닫자 쓴웃음이 나왔다.

"주인을 우스갯거리로 만드는 충성도 다 있다더냐?"

또 하나의 관객이 막 별채로 들어섰다.

순타의 표정이 느긋해보였다. 거기에 짓궂은 미소가 걸리는 걸 보고 증걸은 가슴이 철렁 내려앉았다.

태자가 어디부터 자신의 연기를 들었는지 알 수 없으니 눈앞이 노래졌다. 입도 다물지 못하고 그저 손을 휘저으며 안절부절못했다. 태자가 턱을 들어 슬며시 노려보자 그제야 고개를 푹 숙이고 원래의 관계로 되돌아왔다.

언제나 태자 앞에서만 작아지는 연호위. 사아가 쯧쯧하며 속으로 생각했다.

늙은 너구리 밑에서 어떻게 저런 순둥이가 나왔을꼬.

심히 의아했다.

"장인이 전하의 목숨을 구했다 들었습니다."

사아가 다행이라며 말했지만 순타의 얼굴이 대번에 찌푸려졌다.

"이 몸이 걱정돼서 구한 게 아니다. 제 주문을 받기 위함이지."

"주문 받자고 목숨마저 위태롭게 하겠습니까?"

"월궁에 돌아가고자 하니 어쩔 수 없었을 테지."

빈정이 상한 듯 툭 던져버린 말이었지만, 다시 생각해보니 어쩌면 저를 구하려고 한 것이 아니라는 생각이 들었다. 제 월궁의 사내로 착각해 나선 것이라면……. 보은 따위를 요구하던 갈까마귀 항아의 태도가 불현듯 떠올랐다.

고얀 것! 순타는 돌연 치받아 올라오는 노성을 억누르기 위해 주먹을 불끈 움켜쥐었다.

"전하?"

"……되었다."

사아가 무슨 일이냐 묻고 있었지만 순타는 고개를 흔들며 끝내 얼버무렸다.

순타는 사아에게 그녀를 왜 항아로 부르는지 그 이유에 대해 사실대로 얘기해주지 않았었다. 그래서 사아는 나름대로 해석해야만 했다.

그가 내린 추론은 별게 아니었다. 뭔지 모르지만 어쨌든 다른 이들의 눈을 속이기 위해서라고. 그래서 장인을 항아님이라고 부른다고.

태자도 사아가 그 정도로만 알고 있기를 바랐다. 더 깊이 들어가봐야 혼란만 가중될 게 틀림없었다.

월궁항아가 다른 시대에서 온 장인의 혼이라고 해도 어차피 믿지 않을 것이다. 만약 그걸 믿는다면 더 이상한 일 아닐까. 모르는 편이 나았다.

"아니, 되었다."

사아는 순타의 의뭉스런 대답에서 뭐라 정의 내릴 수 없는 미묘한 감정을 느꼈다.

설마, 태자가 장인에게 다른 의도를 가지고 있는 것일까?

사아는 제 사촌의 모친 역시 장인이었음을 뒤늦게 깨달았다. 부지불식간 사아는 속생각을 입 밖으로 꺼내고 말았다.

"혹시 장인이 전하의 마음속에 자리를 잡고 있는 것은 아닙니까? 장인이 아닌 정인으로 말이지요."

심약한 증걸은 아예 자지러지는 기색이고, 순타조차 펄쩍 뛰게 만드는 사아의 고약한 연사질이었다.

"목숨 한 번 구했다고 정인이라면, 내 태자비는 연호위가 되겠군."

순타는 대수롭지 않게 말했지만 증걸은 펄쩍 뛰었다.

"왜 접니까? 전하의 목숨을 구한 횟수로 치자면 사아군을 태자비로 맞으셔야지요."

사내 체면에 태자비라니. 아무리 농이라도 질색하는 증걸을 보고 순타가 몽니를 부렸다.

"사아군은 출가한 몸이 아니냐. 정 태자비 하기 싫거든 네 놈도 출가하려무나."

괴팍한 태자를 모시는 것보다 차라리 출가가 낫겠다고 외치고 싶
은 증걸에게 순타가 혀를 차며 대꾸했다.

"어찌 농을 심각하게 받아들이는 것이야? 이 살얼음판에서 연모
따위가 무슨 도움이 된다고."

"그리 생각하시니 다행입니다."

사아가 끼어들며 말했다.

"적들의 눈을 속이기 위해 장인을 정인으로 대하시는 것이라도 조
심하셔야 합니다. 전하! 거짓 감정이라도 그것에 도취되면 진짜 자
신의 감정을 구분할 수 없게 되기도 하니까요."

"이 몸이 장인에게 목이라도 맬까 봐? 그 갈까마귀를?"

"어찌 생김새만으로 마음이 움직이겠습니까."

사아의 말에 증걸이 덧붙였다.

"암요, 마음에 드시지 않고선 부검에서 발견 못한 단서를 내뱉은
장인을 봐주실 리가…… 헉."

순타가 함구령을 내리며 주의를 주었건만 끝내 말실수를 하고 말
았다.

"단서라니요?"

사아가 애써 침착하게 물었다.

"전하?"

"마음에 들어서 봐주다니! 게 무슨 흰소리야? 목숨을 구한 값으로
더는 추궁하지 말라 하니 그리 된 것 아니냐!"

밑도 끝도 없는 증걸의 말에 순타가 예민하게 발끈했다.

갈대밭에서 비실비실 걸어 나온 월궁항아가 빚을 갚으라 말하더니, 신선의 숨결에 대해 일절 묻지 말라는 것이 아닌가.

사내가 되어 한 입 가지고 두 말을 할 수 없어 그러마 했지만, 생각할수록 분하긴 매한가지였다. 월궁의 지식을 빌려 단번에 해결할 수 있는 사건이었으니 말이다.

"사체에서 흔적을 찾지 못하도록 사체를 훔쳐갔으니 가야 사신을 설득하긴 어렵게 됐지. 허나 장인이 말한 대로라면……."

"장인이 무슨 말을 했길래 그러십니까?"

제 모사라고 월궁의 일을 알 수 있을까. 별 기대없이 순타는 제가 들은 그 생소한 단어를 입 밖으로 꺼냈다.

"혹 신선의 숨결이라고 들어본 적이 있나?"

"……그런 병이 있답니까?"

사아가 처음 듣는다는 듯이 되물었다.

"……장인은 어떻게 그 병을 안다는 겁니까?"

"내 참모는 그것이 궁금한가? 이 몸은 신선의 숨결을 병이라 지칭한 그대가 더 궁금한데."

화사하게 웃어 보였지만 제 사촌 형제를 응시하는 순타의 눈빛은 그 어느 때보다 차가웠다.

(2권에서 계속)